中國古典文學基本叢書

張籍集繫年校注

中册

徐禮節
余恕誠 校注

中華書局

張籍繫年校注卷三

五言排律

和李僕射雨中寄盧嚴二給事〔一〕

郊原飛雨至，城闕濕雲埋。〔二〕迸①點時穿牖，浮漚欲上階。〔三〕偏滋解籜竹，〔四〕併灑落花槐。晚潤生琴匣，新涼滿藥齋。〔五〕從容朝務退②，放曠掖曹乖③。〔六〕盡日無來客，閑吟感所④懷。〔七〕

【校　記】

①迸：英華（卷一五三）作「逆」，劉本作「點」。

②退：英華校「一作後」。

③乖：英華校「一作儕」。

④所：英華、宋本、全詩、庫本作「此」。

【注釋】

〔一〕李僕射：李絳。見《春日李舍人宅見兩省諸公唱和因書情即事》（卷二）注釋〔一〕。僕射，見《和裴僕射移官言志》（卷二）注釋〔一〕。絳寶曆元年（八二五）四月乙亥爲左僕射，同年十二月甲子爲太子少師分司東都。詳《和李僕射秋日病中作》（卷二）注釋〔一〕。盧給事：盧元輔（七七四—八二九）。字子望，滑州人，盧杞之子。貞元十四年（七九八）進士擢第。《舊唐書》（卷一三五）有其傳：「德宗思杞不已，乃求其後，特恩拜左拾遺，再遷左司員外郎，歷杭、常、絳三州刺史。以課最高，徵爲吏部郎中，遷給事中，改刑部侍郎。自兵部侍郎出爲華州刺史、潼關防禦、鎮國軍等使，復爲兵部侍郎。……大和三年八月卒，時年五十六。」同書《敬宗本紀》：「（寶曆元年閏七月）戊子，以給事中盧元輔爲工部侍郎。」知盧寶曆元年閏七月前在給事中任。嚴給事：嚴休復（？—八三五？）。字玄錫，行第十八。吴郡（今江蘇蘇州）人。元和初爲拾遺，四年（八〇九）轉補闕，後歷膳部員外郎、司封郎中、杭州刺史、吏部郎中、給事中等職。大和四年（八三〇）由華州刺史入爲右散騎常侍，七年出爲河南尹，旋以檢校禮部尚書充平盧軍節度使，卒。《舊唐書·楊虞卿傳》（卷一七六）：「大和二年……詔給事中嚴休復、中書舍人高鉞、左丞韋景休充三司推案。」知嚴大和二年在給事中任。（按：據此詩知寶曆元年閏七月盧元輔離給事中時嚴已在給事中任。）給事，給事中，門下省官員。《舊唐書·職官志二》（卷四三）：「門下省……給事中四員。正五品上」，「掌陪侍左右，分判省事」。「凡百司奏抄，侍中審定，則先讀而署之，以駁正違失」，「凡制敕宣行，大事則……覆奏而請施行；小事則署而頒之」，「凡國之大獄……則援法例退而裁之」，「凡發驛遣使，則審其事宜，與黄門侍郎給之」，「凡文武六品已下授職官，所司奏擬，則校其仕歷淺深，功狀殿最，訪其德行，量其才藝。」

〔二〕郊原：見《莊陵挽歌詞三首》其三（卷二）注釋〔三〕。城闕：見《使至藍谿驛寄太常王丞》（卷二）注釋〔四〕。

〔三〕牖：牆上所開的窗户。《説文·囱部》：「在牆曰牖，在屋曰囱。」浮漚：積水中的浮泡。

〔四〕解籜：竹筍長大脱殼。籜，筍殼，竹長成脱落。

〔五〕藥齋：煉丹藥的房屋。

〔六〕掖曹：唐門下、中書兩省分别在禁中左右掖，故稱。此指門下省。掖，宫殿正門兩側之旁門。曹，見《詠懷》（卷二）注釋〔四〕。乖：離開。

〔七〕所懷：懷念的人。指盧、嚴二給事。二句寫李僕射感懷寄詩。

【繫　年】

據李絳爲左僕射、盧元輔爲給事中之時間及詩五、六句所寫之景可知，詩作於寶曆元年（八二五）夏初，時張籍在主客郎中任。按：詩寫京城夏雨之景及李絳感懷吟詩寄友。

酬李僕射晚春①見寄②〔一〕

戟户動③初晨，〔二〕鶯聲雨後頻。虚庭清氣在，衆藥濕光新。〔三〕魚動芳池面，苔侵老竹身。〔四〕教鋪嘗酒處，自問探花人。〔五〕獨此長多病，幽④居欲過春。〔六〕今朝聽高韻，忽覺離⑤埃塵。

【校　記】

① 晚春：英華（卷二四五）作「春日」。
② 寄：英華、席本作「示」。
③ 動：英華、宋本、席本、全詩、庫本作「洞」。
④ 幽：英華作「閑」。
⑤ 離：宋本作「推」。

【注釋】

〔一〕李僕射：李絳。見《春日李舍人宅見兩省諸公唱和因書情即事》（卷二）注釋〔一〕。僕射，見《和裴僕射移官言志》（卷二）注釋〔一〕。絳兩爲僕射。首次爲檢校右僕射，在東都。《舊唐書·穆宗本紀》（卷一六）：長慶元年（八二一）十月「以吏部尚書李絳檢校右僕射，判東都尚書省事、東都留守、都畿防禦使」，二年三月「復拜舊官」。第二次爲左僕射，在長安，任期自寶曆元年（八二五）四月乙亥至十二月甲子。詳《和李僕射秋日病中作》（卷二）注釋〔一〕。詩題云「晚春」，知時爲長慶二年三月，李絳爲檢校右僕射，在東都。

〔二〕戟户：唐制，三品以上官員於宅門立戟。詳《傷歌行》（卷一）注釋〔七〕「十二戟」。此指李絳東都私第。僕射，從二品，門前立戟。動初晨：謂黎明人起。

〔三〕虚庭：清静的庭院。藥：芍藥。詳《西池落泉聯句》（卷八）注釋〔七〕。濕光：緑葉被晨露打濕的光彩。

〔四〕芳池：蓮池的美稱。以上六句寫李絳宅院的幽美之景。

〔五〕問：慰問。二句寫李絳待客。

〔六〕幽居：深居。二句張籍自謂。

【繫　年】

作於長慶二年（八二二）晚春。時張籍方遷水部員外郎。按：詩寫李絳在東都的清静閑適生活與詩人讀李絳贈詩的喜悦之情。

憶[①]盧常侍寄華山鄭隱者[②]〔一〕

獨住[③]三峰下，年深學煉丹。〔二〕一間松葉屋，數片石[④]花冠。〔三〕酒待山中飲，琴將洞裏[⑤]彈。開門移遠竹，剪草出幽蘭。荒壁通泉架，晴崖曬藥壇。〔四〕寧[⑥]知騎省客，長向白[⑦]雲看[⑧]。〔五〕

【校　記】

① 憶：英華（卷二三二）、宋本、品彙（卷八〇）、陸本、席本、全詩作「和」。按：當作「和」。
② 鄭隱者：品彙作「隱者鄭氏」。
③ 住：英華、席本作「憶」，宋本、品彙作「坐」。
④ 石：英華作「蘚」。
⑤ 裏：英華作「内」，全詩作「口」。

⑥寧：原本、石倉（卷五九）、宋本、全詩等作「寄」，據英華改。
⑦白：宋本作「日」。
⑧看：宋本、劉本、陸本、全詩、庫本作「閑」。

【注釋】

〔一〕盧常侍：陶敏《全唐詩人名考證》疑爲盧虔，當是。盧虔，兩唐書無傳。元王思誠《河津縣總圖記》：「盧虔，字子野，永泰初舉進士，高第，仕至銀青光禄大夫、工部尚書。幼讀書於龍門，深知《易》，著《〈春秋〉、〈孝經〉解》。」又，唐林寶《元和姓纂·盧》（卷三）：「龍門：唐左常侍盧虔。」唐張讀《宣室志》（卷五）：「故右散騎常侍范陽盧虔，貞元中爲御史，分察東臺。」孟郊有《送盧虔端公守復州》詩。知虔郡望范陽（治今河北涿州市），幼居龍門（治今山西河津縣東南），貞元中任東都留臺侍御史（「端公」），遷復州刺史，後曾任左（或右）散騎常侍。又，宋歐陽修《集古録》（卷八）「唐侯喜《復黄陂記》」條：「黄陂在汝州……始作於隋，《記》云：『至貞元辛未，刺史盧虔始復之。』辛未，貞元七年也。」宋陳思《寶刻叢編》（卷五）所引歐陽棐《集古録目》記載有異：「黄陂……貞元十八年刺史盧虔築而復之。」知虔貞元間還曾任汝州刺史。又，唐白居易《祭盧虔文》（詳「繫年」）載，元和四年七月終於秘書監，贈兵部尚書。常侍，散騎常侍。門下、中書兩省官員。門下爲左常侍，中書爲右常侍。《舊唐書·職官志一》（卷四二）：「左右散騎常侍。舊班從三品，廣德年升（正三品）。」同書《職官志二》（卷四三）：「左散騎常侍二人……掌侍奉規諷，備顧問應對。」「右散騎常侍二員……掌事同左省。」華山：又稱「西嶽」。在今陝西華陰市南，屬秦嶺東段。鄭隱者：名不詳。

〔二〕三峰：見《送韋評事歸華陰》（卷二）注釋〔二〕。年深：時間久長。煉丹：道教修煉術。有内丹、外丹之分。以氣功修煉人體精、氣、神謂之内丹，以爐火燒煉藥石謂之外丹。

〔三〕石花冠：所指不詳。或爲石花裝飾的冠，或爲石花形狀的冠，或即鐘乳石。石花，鐘乳水凝結生成的花狀物。《夢溪筆談・雜志二》：「信州鉛山縣有苦泉，流以爲澗。……石穴中水，所滴皆爲鍾乳、殷孽。春秋分時，汲井泉則結石花。」

〔四〕荒壁：不毛的石壁。壇：高臺。二句謂在石壁上架筒引泉，到石崖上晾曬藥草。

〔五〕寧：猶「豈」。騎省客：指散騎常侍盧虔。騎省，門下、中書兩省。唐王維《春日直門下省早朝》：「騎省直明光，雞鳴謁建章。」趙殿成注：「唐時兩省皆有散騎常侍，故亦謂之騎省。」白云：借指鄭隱士所隱居的華山。

【繫　年】

尋繹詩題，張籍時已入仕。白居易《祭盧虔文》：「維元和四年，歲次己丑，七月，日……致祭于故秘書監、贈兵部尚書盧虔之靈。」知盧虔元和四年七月卒。合上知詩作於元和初，時張籍在太常太祝任。按：盧虔當於元和初由散騎常侍轉秘書監。又按：詩寫鄭隱者的隱居生活與盧常侍對鄭隱者的思念。

和令狐尚書①平泉東②莊近居③李僕射有④寄⑤〔一〕

平地有清泉，伊南古寺邊。〔二〕漲⑥池閑繞屋，出野⑦偏澆田。舊隱離多日，新鄰得幾年？〔三〕探幽皆一絶，選勝又雙全。〔四〕門静山光别，園深竹影連。斜分採藥徑，直過釣魚船。〔五〕雞犬還應⑧識，雲霞頓覺鮮⑨。〔六〕追思⑩應不遠，賞愛⑪諒⑫難偏。〔七〕此處堪長往，游人早共傳。各當恩寄重，歸卧恐無緣。

【校　記】

① 尚書：英華（卷二四五）作「相公」。
② 東：英華、全詩校「一作西」。
③ 居：英華、席本作「屬」。
④ 有：英華作「因」。
⑤ 寄：英華、全詩後有「十韻」二字。

⑥漲：宋本作「張」。
⑦出野：英華作「流墅」。
⑧還應：英華作「還相」，席本作「應還」。
⑨「雲霞」句：英華作「烟霞亦競鮮」。按：尋詩意，英華是。
⑩思：英華作「尋」。
⑪賞愛：英華作「吟賞」。
⑫諒：英華作「定」，宋本作「日」，劉本、陸本作「足」。

【注 釋】

〔一〕令狐尚書：令狐楚。楚大和二年十月任户部尚書，次年三月爲東都留守。詳《和户部令狐尚書喜裴司空見招看雪》（卷二）注釋〔一〕。平泉東莊：令狐楚東都莊園。平泉，泉名。據詩首句知其出「平地」而得名。在洛陽龍門之西，伊闕縣（治今河南伊川縣西南）南部。唐李德裕《平泉山居誡子孫記》：「吾……有退居伊洛之志。前守金陵，於龍門之西，得喬處士故居……乃翦荆棘，驅狐狸，始立班生之宅。」《舊唐書·李德裕傳》（卷一七四）：「東都於伊闕南置平泉別墅。」李僕射：李絳。見《春日李舍人宅見兩省諸公唱和因書情即事》（卷二）注釋〔一〕。僕射，見《和裴僕射移官言志》（卷二）注釋〔一〕。絳寶曆元年四月乙亥爲左僕射，同年十二月甲子爲太子少師分司東都(詳卷二《和李僕射秋日病中作》注釋〔一〕),大和元年正月回朝爲「檢校司空,兼太常卿」(《舊唐書・文宗本紀上》卷一七上)。李絳在平泉有宅。李德裕《靈泉賦》序:「予林居西嶺,平壤出泉,廣不逾尋,而深則盈尺。自東鄰故丞相崔公至谷口故丞相司徒李公,凡别墅五六,皆謂之平泉,實發源於此。」「故丞相司徒李公」即李絳。絳大和四年二月遇害,贈司徒。絳平泉莊當置於寶曆二年分司東都時。寄:指令狐楚寄詩李絳。據籍詩題可知,事在令狐楚爲東都留守期間,即大和三年三月至十二月(詳《舊唐書・文宗本紀上》卷一七五),時絳任興元尹、山南西道節度使(詳《舊唐書・李絳傳》卷一六四)。

〔二〕伊:伊水。洛水支流。《水經注・伊水》(卷一五):「伊水出南陽魯陽縣西蔓渠山」,「東北過」「陸渾縣」、「新城縣」、「伊闕(縣)」,「至洛陽縣南,北入於洛」。

〔三〕舊隱:指李絳。離多日:李絳大和元年正月離東都,時已過三年,故謂。新鄰:指令狐楚。得幾年:謂楚居洛時間當不會很長。

〔四〕二句謂絳、楚皆好尋幽探勝,同擇佳地。

〔五〕二句謂兩家道路不同,一水相通。

〔六〕鮮:美麗。參《三原李氏園宴集》(卷一)注釋〔八〕。

〔七〕偏:通「徧」。二句謂(兩家主人)想象其間的景色,歷歷在目,但要偏賞其間的美景卻不可能。言其間處處勝景。按:時李絳在興元府(治今陝西漢中市東),令狐楚亦當居洛陽城中而不在平泉莊。

【繫　年】

作於大和三年（八二九）三月至十二月間，時張籍在國子司業任。按：詩寫令狐楚與李絳平泉東莊的幽美勝境。

送鄭尚書出鎮南海①〔一〕

遠鎮承新命，王程不假②催。〔二〕班行爭路送，〔三〕恩賜併③時來。牙旆從城展，兵符到府開。〔四〕蠻聲④喧夜市，海色浸⑤朝⑥臺。〔五〕畫⑦角天邊月，寒關⑧嶺上梅。〔六〕共⑨知公望重，多是隔年⑩迴。

【校　記】

① 全詩題注：「各用來字。」
② 假：品彙（卷八〇）作「暇」。
③ 併：英華（卷二七七）作「一」。

④ 聲：宋本、品彙作「流」。

⑤ 浸：英華、宋本、品彙、陸本、席本作「潤」。

⑥ 朝：原本與庫本作「潮」，據英華、陸本、席本改。韓愈同唱詩有「樂奏武王臺」語，「（南越）武王」即尉佗，尉佗歸漢後曾築「朝臺」（詳注釋〔五〕）。又，宋本、品彙作「南」。按：原本「潮臺」疑爲「朝臺」之誤。宋張君房《雲笈七籤·劉瞻傳》（卷一一三）載：瞻「隱於羅浮山」，兄瞻「謫，南行次廣州潮臺，泊舟江濱」。明李賢等《明一統志·郴州·仙釋》（卷六六）、清修《湖廣通志·仙釋志·郴州》（卷七五）載同（當本於《雲笈七籤》）。然檢宋以前有關載籍，不見廣州有「潮臺」。

⑦ 晝：英華作「殘」。

⑧ 闕：品彙作「門」。

⑨ 共：宋本、品彙作「去」。

⑩ 隔年：品彙作「隔春」，全詩作「來年」。

【注釋】

〔一〕鄭尚書：鄭權（？—八二四）。汴州開封人，貞元六年（七九〇）進士及第。初爲涇原劉昌從事，後入朝爲倉部郎中。貞元十一年，代李遜爲襄州刺史、山南東道節度使；十二年，轉華州刺史、潼關防禦、鎮國軍使；十三年，遷德州刺史、德棣滄景節度使。後歷邠寧節度、右金吾衛大將軍、左散騎常侍。長慶元年，出爲河南尹，入拜工部侍郎，遷本曹尚書。以家口多，俸入不足，求爲鎮守。長慶三年四月，出爲廣州刺史、嶺南節度使；四年十月卒。兩《唐書》有傳。尚書，尚書省六部最高長官。此指工部尚書。《舊唐書・穆宗本紀》（卷一六）：長慶二年十月「以工部侍郎鄭權爲工部尚書」。同書《職官志二》（卷四三）：「工部尚書一員，正三品。……掌天下百工、屯田、山澤之政令。其屬有四：一曰工部，二曰屯田，三曰虞部，四曰水部。總其職務，而行其制命。凡中外百司之事，由於所屬，咸質正焉。」鎮南海：出任南海節度使，即嶺南（東道）節度使。《資治通鑑・唐紀・穆宗長慶三年》（卷二四三）：「（四月）己酉，以權爲嶺南節度使。」《舊唐書・敬宗本紀》（卷一七上）：長慶四年十月「庚子，嶺南節度使鄭權卒」。同書《地理志一》（卷三八）：「嶺南東道節度使。治廣州。」

〔二〕王程：朝廷差遣的行程。不假催：謂不待催促而自當上路急行。

〔三〕班行：見《和陸（裴）司業習靜寄所知》（卷二）注釋〔五〕。此指朝官。

〔四〕牙旆：牙旗。主帥之旗。亦用作儀仗。漢張衡《東京賦》：「戈矛若林，牙旗繽紛。」薛綜注：「牙旗者，將軍之旌。謂古者天子出，建大牙旗，竿上以象牙飾之，故云牙旗。」（《六臣注文選》卷三）城：指京城長安。兵符：調兵遣將用的一種憑證。因爲虎形，又稱「虎符」。初時以玉爲之，後改用銅。背有銘文，剖爲兩半，右半留中央，左半給予地方官吏或統兵的將帥。調發軍隊時，朝廷使臣須持符驗對，符合始能發兵。唐代改用魚符。

〔五〕朝臺：臺名。又稱「朝漢臺」。《元和郡縣圖志·廣州·南海縣》（卷三四）：「朝臺，在縣東北二十里。昔尉佗初遇陸賈之處也，後歲時於此望漢朝拜，故曰朝臺。」按：異文「南臺」，山名。《明一統志·廣州府》（卷七九）：「南臺山、北臺山：在香山縣南五十里，兩山相對如臺，故名。」

〔六〕畫角：管樂器。因表面有彩繪，故稱。發聲哀厲高亢，古時軍中多用以警昏曉，振士氣，肅軍容。關：疑指横浦關。在大庾嶺上，秦漢時故關。《史記·南越列傳》（卷一一三）：「南海尉任囂病且死……（尉佗）行南海尉事。囂死，佗即移檄告横浦、陽山、湟谿關曰：『盜兵且至，急絶道聚兵自守。』」司馬貞索隱引《南康記》云：「南野縣大庾嶺三十里至横浦，有秦時關，其下謂爲『塞上』。」《通典·邊防四·嶺南蠻獠》（卷一八八）：「主爵都尉楊僕爲樓船將軍，出章郡，下横浦。」注：「今南康郡太康縣西南。」（按：大庾嶺唐張九齡鑿通東粤處有梅關，乃宋人所築且名。）嶺：指大庾嶺。五嶺之一，在今江西、廣東交界處，爲嶺北、嶺南交通要道；嶺上多梅，又稱「梅嶺」。

【繫年】

作於長慶三年（八二三）四月，時張籍在水部員外郎任。按：詩寫鄭尚書離别的情形與嶺南的風土以贈别。

【集　評】

（清）吴瑞榮：「昌黎從南海點染，極爲藻繢，此只淺淺形容，神致宛合。『蠻流』二聯，中唐傑句。」（《唐詩箋要》卷四）

【同　唱】

張籍《送鄭尚書赴廣州》（卷四）。

韓愈《送鄭尚書赴南海》：「番禺軍府盛，欲説暫停杯。蓋海旂幢出，連天觀閣開。衙時龍户集，上日馬人來。風靜鶢鶋去，官廉蚌蛤迴。貨通師子國，樂奏武王臺。事事皆殊異，無嫌屈大才。」（全詩卷三四四）

按：韓愈尚有《送鄭尚書序》。

王建《送鄭權尚書南海》：「七郡雙旌貴，人皆不憶迴。戍頭龍腦鋪，關口象牙堆。敕設薰鑪出，蠻辭咒節開。市喧山賊破，金賤海船來。白氎家家織，紅蕉處處栽。已將身報國，莫起望鄉臺。」（全詩卷二九九）

徐州試反舌無聲①〔一〕

夏木多好鳥，偏知反舌名。林幽還共②宿，時過即③無④聲。〔二〕竹外天空曉，谿頭雨自

晴。〔三〕居人宜⑤寂寞，深院益凄清。〔四〕入霧暗相失，當風閑易驚。〔五〕來年上林苑，知爾最先鳴。〔六〕

【校記】

①詩題英華(卷一八五)作「反舌無聲」，劉本「試」作「譏」。按：此爲州試試題，原題當無「徐州試」三字；又，「徐」當作「汴」，詳注釋〔一〕。

②還共：英華作「歸舊」，宋本、席本、全詩作「仍共」，劉本、陸本作「人共」。

③即：英華作「已」。

④無：宋本、劉本、陸本、庫本作「分」。

⑤宜：英華作「疑」。

【注釋】

〔一〕徐州：當作「汴州」。張籍貞元十四年秋於汴州舉州進士，韓愈主試；十五年春登第。張籍《祭退之》：「公領試士司，首薦到上京。一來遂登科，不見苦貢場。」韓愈《此日足可惜贈張籍》：「州家舉進士，選試繆所當。馳辭對我策，章句何煒煌。」孫汝聽注：「汴州舉進士，愈爲考官，試《反舌無聲》詩，籍中等。」(《五百家注昌黎文集》卷二)汴州，治今河南開封市。反舌無聲：語出《禮記・月令》「仲夏之月……小暑至，螳蜋生，鵙始鳴，反舌無聲」。鄭玄注：「反舌，百舌鳥。」孔穎達疏：「反舌鳥，春始鳴，至五月稍止，其聲數轉，故名反舌。」宋胡仔《苕溪漁隱叢話・後集・杜子美》（卷八）引《藝苑雌黄》云：「反舌，百舌鳥也。能反易其聲，以效百鳥之鳴，故謂之反舌。……古今詞章中，多取此以況人之巧言者，故老杜詩云：『過時如發口，君側有讒人。』」唐科舉試題多出自五經。

〔二〕共宿：與人同宿。謂反舌入夜息聲，天明即鳴。時過：謂仲夏過後。二句點題「無聲」。

〔三〕二句寫無鳥報曉、無鳥喚晴的清寂之境。

〔四〕居人：野居之人。二句寫反舌無聲給人的凄清之感。

〔五〕閑：等閑。猶言「無端」。二句謂反舌入霧，無聲而不知所在：居人臨風，無端驚疑風聲爲反舌聲。

〔六〕上林苑：秦宫苑名，漢武帝時重修擴建。故址在今西安市西及周至、户縣界。《三輔黄圖・苑囿》（卷四）：「漢上林苑，即秦之舊苑也。《漢書》云：『武帝建元三年，開上林苑，東南至藍田宜春、鼎湖、御宿、昆吾，旁南山而西，至長楊、五柞，北繞黄山，瀕渭水而東，周袤三百里。』離宫七十所，皆容千乘萬騎。」此泛指宫苑。二句以反舌自況，期許明春省試高第。

【繫　年】

作於貞元十四年（七九八）秋。按：詩寫反舌無聲的淒清之境與詩人對「反舌」明春帝苑「先鳴」的期許。

【集　評】

（清）毛奇齡評三四句：「上句無理。」評七八句：「對拙。」評九十句：「二句最刻劃。」（《唐人試帖》卷二）

（清）劉文蔚：「言夏木中最多調音之鳥，乃偏於衆鳥中而知反舌之名。夏木林幽，衆鳥仍舊時同宿。詎知時過，此鳥即應候無聲。夫反舌之鳥，天曉則鳴，今無聲而竹外之天空曉；雨後則囀，今無聲而溪頭之雨自晴。且山居之人以無聲而疑增寂寞，在幽深之院以無聲而益覺淒清。入霧而暗中難見，當風而閒處易驚。俟來年上林苑中，知爾反舌必最先衆鳥而鳴也。」評「竹外天空曉，谿頭雨自晴。」二句：「此鳥偏於天曉雨後作聲，而今無聲，故曰『空曉』，曰『自晴』。」評「居人宜寂寞，深院益淒清。」二句：「深院無人之處，此鳥正好作聲之時，曰『疑寂寞』，曰『益淒清』，則無聲可知。（以上）四句實賦無聲。」評「入霧暗相失，當風閑易驚。」二句：「惟無聲故入霧，暗中則難見。當風易驚，謂聞風聲而驚以爲鳥聲也。二句反襯無聲。」評「來年上林苑，知爾最先鳴。」二句：「爾，指反舌。末二句以有聲作結，用意活潑，自況不凡。」（《唐詩合選詳解》卷一〇）

（清）曹錫彤評首四句：「曹植詩曰：『好鳥鳴高枝。』此點明題義。」評中四句：「鳥聲或以報曉，或以喚晴，若無聲則空曉自晴矣。居人傍溪，深院多竹，此就無聲寫景情。」評末四句：「此就無聲結出有聲，則妙矣。上林苑，在唐長安宫城之北。」（《唐詩析類集訓》卷一七）

（清）吴智臨：「首二句，從有聲引起，明點反舌，分承起二句，明點無聲；三、四韻實賦無聲。每句妙在所下虚字，令人咀味。蓋天曉雨晴，人静院深，正反舌作聲之候；今既無之，則是曉者空曉，晴者自晴，人疑寂而院益凄也。於此可悟化板爲活之法。第五韻襯寫『無聲』，更爲刻畫。末韻反以有聲作結，想見自命不凡，又開後人翻案之例。凡無去路題，正當如此。寫聲難，摹無聲更難。妙從有聲翻出無聲，又將時、地、人托寫，題意益顯。」（《唐詩增評》卷三）

省試行不由徑〔一〕

田裏有微徑，賢人不復行。〔二〕孰知求①捷步，又②恐異端生③。〔三〕從易衆④所⑤欲，安邪⑥患亦生⑦。〔四〕誰能達大道⑧，共此競⑨前程。〔五〕子羽有遺跡⑩，孔門傳舊聲。〔六〕今逢大君子，士節自⑪光⑫明。〔七〕

【校　記】

①求：英華（卷一八九）作「趨」。

②又：英華作「惟」。

③生：英華、宋本、全詩、庫本作「成」。

④衆：宋本、陸本、席本作「終」。

⑤所：席本作「多」。

⑥邪：宋本、陸本、席本作「難」。

⑦生：席本作「平」。

⑧達大道：英華作「違大路」，席本、全詩作「達天道」。

⑨競：原本、宋本作「竟」，據英華、全詩改。

⑩跡：席本作「訓」。

⑪自：英華作「再」。

⑫光：英華、宋本、席本作「應」。

【注　釋】

〔一〕省試：由尚書省禮部主持的考試。又稱禮部試。行不由徑：行路不走小路、捷徑。喻光明正大，不走歪門邪道。語出《論語·雍也》：「有澹臺滅明者，行不由徑，非公事，未嘗至於偃之室也。」徑，小路。清徐松《登科記考》（卷一四）載，貞元十五年高郢知貢舉，試「行不由徑」。

〔二〕賢人：指孔子弟子澹臺滅明。宋朱熹《論語集注》（卷三）：「澹臺姓，滅明名，字子羽。」

〔三〕孰知：清楚地知道。《荀子·禮論》：「孰知夫出死要節之所以養生也！」求捷步：走捷徑。異端：古代儒家稱其他學説、學派爲異端。《論語·爲政》：「子曰：『攻乎異端，斯害也已。』」朱熹集注引范氏曰：「異端，非聖人之道，而別爲一端，如楊墨是也。」此指邪惡的思想行爲。

〔四〕從：追求。《詩·秦風·蒹葭》：「遡洄從之，道阻且長。」安邪：安於邪道。

〔五〕大道：與邪徑相反的正大光明的道路。競：趨。二句謂士人趨奔前程當由大道。

〔六〕遺跡：指子羽行不由徑的舊範。舊聲：世傳的聲名美譽。

〔七〕大君子：道德、文章受人尊仰或地位高的人。《荀子·仲尼》：「其事行也若是其險汙淫汰也，彼固曷足稱乎大君子之門哉！」士節：士大夫應有的節操。漢司馬遷《報任少卿書》：「傳曰：『刑不上大夫。』此言士節不可不勉勵也。」光明：光大，顯揚。

【繫　年】

作於貞元十五年（七九九）春。按：詩據「行不由徑」加以發揮，謂士人趨奔前程應走正道。

【集　評】

（清）毛奇齡評首二句：「成底話，誰謂此君能詩？」評三四句：「俱不妥。」評五六句：「二語頗生撰，是以文句入詩法，然終非俊語。」評九十句：「補題。」（《唐人試帖》卷二）

新城甲仗樓〔一〕

謝守①起新②樓，〔二〕西臨城角③頭。圖功百仗④麗，藏器五兵修。〔三〕結構⑤榱甍固，虚明户檻幽⑥。〔四〕魚龍卷旗幟，霜雪⑦積戈矛。〔五〕暑雨熇⑧烝隔，涼風宴位留。〔六〕地⑨高形出没⑩，〔七〕山靜氣清優⑪。睥睨斜光徹，欄干⑫宿靄浮。〔八〕芊芊粳⑬稻色，脈脈苑谿流。〔九〕郡化王⑭丞相，詩成⑮沈隱侯。〔一〇〕居兹良得意⑯，殊勝峴山游。〔一一〕

【校　記】

① 守：宋本、品彙（卷八〇）、全詩、庫本作「氏」。

② 新：品彙作「高」。

③ 角：宋本、品彙、陸本、席本作「上」。

④ 仗：宋本作「丈」，品彙、劉本、席本、全詩作「尺」。

⑤ 構：全詩、庫本作「締」。
⑥ 幽：席本作「周」。
⑦ 霜雪：宋本作「雪霜」。
⑧ 熇：宋本、品彙、陸本作「敲」，席本作「歊」。
⑨ 地：劉本作「城」。
⑩ 出没：宋本、品彙、陸本、席本作「遠出」。
⑪ 優：劉本、席本作「幽」。
⑫ 欄干：品彙、全詩作「闌干」。
⑬ 粳：宋本、品彙、劉本、席本、全詩、庫本作「秔」。
⑭ 王：席本、全詩作「黄」。
⑮ 成：席本作「情」。
⑯ 意：宋本、品彙、全詩、庫本作「景」。

【注　釋】

〔一〕新城：城名。東晉謝安晚年所築，故址在今揚州市。《晉書・謝安傳》（卷七九）：「會稽王道子專權，而姦諂頗相扇構，安出鎮廣陵之步丘，築壘曰新城以避之。」甲仗樓：兵器庫。在新城西。《佩文韻府·尤韻·樓》(卷二六之七)「甲仗樓」條引《寰宇記》:「揚州新城有晉甲仗樓,謝安建。張籍詩云:『謝氏起新樓……藏著五兵修』即此。」清趙宏恩等《江南通志·輿地志·古跡·揚州府》(卷三二):「甲仗樓,在江都縣新城,晉謝安建。」

〔二〕謝守:晉謝安。守,太守。新樓:指甲仗樓。

〔三〕圖功:圖謀建立功業。百仗:各種兵器。仗,弓、矛、劍、戟等兵器的總稱。器:兵器。五兵:五種兵器。所指不一。《周禮·夏官·司兵》:「掌五兵五盾。」鄭玄注引鄭司農云:「五兵者,戈、殳、戟、酋矛、夷矛。」《穀梁傳·莊公二十五年》:「陳五兵、五鼓。」范寧注:「五兵,矛、戟、鉞、楯、弓矢。」《漢書·吾丘壽王傳》(卷六四上):「古者作五兵。」顏師古注:「五兵,謂矛、戟、弓、劍、戈。」修:置備。《國語·周語中》:「修其簠簋。」韋昭注:「修,備也。」

〔四〕結構:連結構架。榱:屋椽。漢史游《急就篇》(卷三)顏師古注:「榱即椽也,亦名爲桷。」甍:屋棟。《左傳·襄公二十八年》:「猶援廟桷,動於甍。」杜預注:「甍,屋棟。」孔穎達疏:「此是屋上之長材,椽所以馮依者也。今俗謂之屋脊。」虛明:空曠明亮。户檻:門窗與欄杆。

〔五〕魚龍:指旗幟上的圖案。

〔六〕熇:烘烤。烝:薰蒸。二句謂暑雨隔開炎熱,涼風中設置宴席。

〔七〕形出没:謂遠山近水盡收眼底。

〔八〕睥睨:即「女牆」。城牆上鋸齒形的短牆。南朝梁王筠《和衛尉新渝侯巡城口號》:「罘罳分曉色，睥睨生秋霧。」斜光：斜射的陽光。徹：照射。宿靄：久聚的雲氣。

〔九〕芊芊：植物茂盛貌。脈脈：水流貌。

〔一〇〕郡化：教化一州百姓。王丞相：王導。東晉重臣。《晉書·王導傳》（卷六五）：「導爲政務在清靜」，「晉國既建，以導爲丞相軍諮祭酒」，「俄拜右將軍、揚州刺史、監江南諸軍事」。按：異文「黄丞相」，西漢黄霸。長於治民，宣帝時曾擢爲揚州刺史，五鳳三年（前五五）爲丞相。《漢書·循吏傳·黄霸》（卷八九）：「霸力行教化而後誅罰，務在成就全安長吏」，「治爲天下第一」。沈隱侯：南朝梁沈約。字休文，善詩文，曾任揚州大中正，卒謚「隱侯」。

〔一一〕峴山：在今湖北襄陽市。《晉書·羊祜傳》（卷三四）：祜鎮守襄陽，「樂山水，每風景，必造峴山，置酒言詠，終日不倦」。尋繹末二句，時詩人當與友人同登甲仗樓，友人由襄陽遷官揚州不久。

【繫　年】

當作於貞元十二年（七九六）夏張籍由薊北歸蘇州途經揚州時。按：詩寫詩人與友人登甲仗樓的游宴之樂。

【集　評】

（清）顧璘：「過王遠甚。」（陶文鵬等點校《唐音評注·正音》卷三）

贈殷山人①〔一〕

鬱鬱山中客，知名四十年。恓惶②身獨隱，寂寞性應便。〔二〕世業公侯籍③，生涯黍稷田。〔三〕藤懸讀書帳，竹繫網魚船。已種千頭橘，〔四〕新開數脉泉。閑游攜酒遠，幽④語向僧偏。〔五〕入洞題松過，〔六〕看花選石眠。避喧長汩没，逢勝即留連。〔七〕自古多高跡，〔八〕如君少比⑤肩。耕耘既⑥辛苦，章句已流傳。昔日交游盛，當時省閣賢。〔九〕同袍還共弊，連轡每推先。〔一〇〕講序居重席，群儒願執鞭。〔一一〕滿堂虚左待，衆目望喬遷。〔一二〕才異時難用，情高⑦道自全。畏人顔⑧慘澹⑨，疏物勢迍⑩邅。〔一三〕達⑪者聞知命，吾生復禮玄⑫。〔一四〕深藏報恩劍，〔一五〕久緝⑬養生篇。憔悴衆夫笑，經過郡守憐。夕陽悲病⑭鶴，霜氣動饑鸇。〔一六〕處士誰能薦，窮途世所捐。伯鸞甘⑮寄食，元叔⑯苦無錢。〔一七〕策蹇秋塵裏，〔一八〕吟詩黄葉前。故裘⑰餘白領，〔一九〕廢瑟斷朱絃。志氣終猶在，逍遥任自然。家貧念婚嫁，身老戀雲烟。〔二〇〕放逸栖巖鹿，清虚飲露蟬。〔二一〕鄭逃秦谷口，嚴愛越溪邊。〔二二〕霄漢予猶阻，榮枯子不牽。〔二三〕山城一相遇，感激意難宣。

【校　記】

①品彙(卷八一)後有「三十韻」。

②怬惶：永樂(卷三〇〇四)、席本作「悽惶」。

③籍：席本作「族」。

④幽：宋本、永樂、品彙、劉本、陸本作「出」。

⑤比：品彙作「並」。

⑥既：宋本、永樂、品彙、席本、全詩作「此」。

⑦高：席本作「幽」。

⑧顔：宋本、永樂、品彙、陸本、席本作「頻」。

⑨澮：品彙作「噲」。

⑩迍：品彙作「連」。

⑪達：全詩、庫本作「賢」。

⑫復禮玄：席本作「貴又玄」。

⑬緝：宋本、永樂、品彙、劉本、陸本作「降」。

⑭病：永樂、陸本、庫本作「舊」。

⑮甘：宋本、永樂、品彙、陸本、庫本作「堪」。

⑯ 叔：原本與宋本、全詩、庫本等作「淑」，據席本改。
⑰ 衺：品彙、席本作「囊」。

【注釋】

〔一〕殷山人：疑爲殷涣然。孟郊有《贈别殷山人説易後歸幽墅》，與張籍所贈當爲一人。知殷山人通《易》。權德輿《酬李二十二兄主簿馬跡山見寄》詩序：「丹陽郭北四十里所，有馬跡山，山有奇峰怪石，且多昔賢真仙之所游踐，方外士殷涣然，通《易經》、老、嚴之旨，居於山下。」殷涣然爲「方外士」，又「通《易經》」，與「殷山人」合。又，權德輿序自謂作於貞元二年（七八六），知殷涣然此前已隱居馬跡山；張籍詩作於大和元年（八二七）深秋（詳「繫年」），距殷涣然始隱至少四十二年，此與詩所謂「鬱鬱山中客，知名四十年」亦相符。

〔二〕恓惶：悲恐不安貌。此指賢者的一種精神狀態。《三國志・魏書・文帝紀》（卷二）引魏詔：「昔仲尼資大聖之才，懷帝王之器，當衰周之末，無受命之運，在魯、衛之朝，教化乎洙、泗之上，悽悽焉，遑遑焉，欲屈己以存道，貶身以救世。」悽遑，同「恓惶」。便：習慣，適應。《後漢書・烏桓傳》（卷九〇）：「烏桓不便水土，懼久屯不休，數求謁去。」

〔三〕世業：先人的功業。公侯籍：謂載入公侯名册。生涯黍稷田：謂躬耕自養。

〔四〕「已種」句：用漢末李衡典。《三國志・吴書・孫休傳》（卷四八）裴松之注引《襄陽記》：「衡每欲治家，妻輒不聽，後密遣客十人於武陵龍陽汜洲上作宅，種甘橘千株。臨死，敕兒曰：『汝母惡我治家，故窮如是。然吾州里有千頭木奴，不責汝衣食，歲上一匹絹，亦可足用耳。』……吴末，衡甘橘成，歲得絹數千匹，家道殷足。」

〔五〕幽語：道理幽深的言論。偏：多。

〔六〕入洞：指拜訪道人或山友。

〔七〕汩没：淹没。謂遁隱。

〔八〕高跡：指超脱世俗的人。唐李頻《過四皓廟》：「東西南北人，高跡自相親。」

〔九〕省閣：朝廷中樞機構。此指朝廷大臣。二句謂昔日殷山人在京城交游甚廣，爲朝中大臣所敬重。

〔一〇〕同袍共弊：形容友情深厚。《詩·秦風·無衣》：「豈曰無衣，與子同袍。」《論語·公冶長》：「子路曰：『願車馬、衣輕裘，與朋友共，敝之而無憾。』」敝，同「弊」，破爛。連轡：騎馬同行。推先：被推爲尊者。《後漢書·逸民傳·矯慎》（卷八三）：「與馬融、蘇章鄉里並時，融以才博顯名，章以廉直稱，然皆推先於慎。」

〔一一〕講序：講堂。唐王勃《益州德陽縣善寂寺碑》：「由是岷英蜀秀，攀講序以雲趨。」序，古代學校名。《周禮·地官·州長》：「春秋以禮會民，而射于州序。」鄭玄注：「序，州黨之學也。」居重席：學問淵博而居於顯赫位置。《後漢書·儒林傳上·戴憑》（卷七九上）：憑解經不窮，「正旦朝賀，百僚畢會，帝令群臣能説經者更相難詰，義有不通，輒奪其席以益通者，憑遂重坐五十餘席」。執鞭：替人駕車。此謂屈身追隨殷山人。以上四句具體寫殷山人在京城的交游盛況及其所受到的敬重。

〔一二〕虚左：空出左邊的位子恭迎對方。古以左爲尊，以虚左表示敬重對方。《史記·魏公子列傳》（卷七七）：「坐定，公子從車騎，虚左，自迎夷門侯生。」喬遷：鳥往高處飛。《詩·小雅·伐木》：「伐木丁丁，鳥鳴嚶嚶。出自幽谷，遷于喬木。」此指入仕。二句寫衆人期盼殷山人爲朝廷重用。

〔一三〕慘澹：暗淡凄涼。疏物：生疏於世務。勢：情勢。指生活境況。迍邅：畏難而遲疑不行。《周易·屯》：「屯如邅如，乘馬班如。」孔穎達疏：「屯是屯難，邅是邅迴。」「畏初九逼之，不敢前進，故『屯如邅如』也。」此謂困頓。

〔一四〕知命：懂得一切皆由天命決定的道理。《周易·繫辭上》：「樂天知命，故不憂。」吾生：對同輩的敬稱。指殷山人。玄：《老子》稱「道」爲「玄之又玄」，因以指道家學説。

〔一五〕報恩：報效國家。劍：喻卓越的才華。南朝梁任昉《宣德皇后令》：「劍氣陵雲，而屈跡於萬夫之下。」

〔一六〕病鶴、饑鸇：喻不得志的殷山人。鸇，又名「晨風」。一種似鷂的猛禽，以鳩鴿燕雀爲食。動：同「慟」。《周禮·春官·大祝》：「四曰振動。」鄭玄注引杜子春曰：「振讀爲振鐸之振，動讀爲哀慟之慟。」

〔一七〕伯鸞：漢梁鴻之字。《後漢書・逸民列傳・梁鴻》(卷八三)：梁鴻家貧好學，不求仕進，與妻孟光共入霸陵山中，以耕織爲業，後「至吴，依大家皋伯通，居廡下，爲人賃舂」。元叔：漢趙壹之字。《後漢書・文苑列傳・趙壹》(卷八〇下)：「恃才倨傲，爲鄉黨所擯」，「屢抵罪，幾至死」，「作《刺世疾邪賦》，以舒其怨憤」，賦有「文籍雖滿腹，不如一囊錢」語，後「十辟公府，並不就，終於家」。二句以梁鴻、趙壹比殷山人，謂其不求仕進，生活貧困。

〔一八〕策蹇：即「策蹇驢」。晉葛洪《抱朴子・内篇・金丹》：「何異策蹇驢而追迅風，棹藍舟而濟大川乎？」蹇驢，跛足或駑弱的驢。

〔一九〕「故裘」句：謂衣服破舊，唯白領完好。古代平民服白衣，故云。

〔二〇〕念婚嫁：以兒女婚事爲念。用漢向長典。《後漢書・逸民列傳・向長》(卷八三)：向長，字子平，隱居不仕，通《老》、《易》，「貧無資食」，「建武中，男女娶嫁既畢」，「遂肆意，與同好北海禽慶俱游五嶽名山，竟不知所終」。雲烟：借指隱逸生活。

〔二一〕二句以栖巖之鹿、飲露之蟬喻殷山人，謂其自由自在，性情高潔。唐李白《夢游天姥吟留别》：「且放白鹿青崖間，須行即騎訪名山。」唐孟郊《北郭貧居》：「欲識貞静操，秋蟬飲清虚。」

〔二二〕鄭：西漢鄭樸。逃：逃世。谷口：地名。在今陝西禮泉縣東北涇河畔，古屬秦地。晉皇甫謐《高士傳》(卷中)：「鄭樸，字子真，谷口人也。修道静默，世服其清高，成帝時，元舅大將軍王鳳以禮聘之，遂不屈。揚雄盛稱其德曰：『谷口鄭子真，耕於巖石之下，名振京師。』馮翊人刻石祠之，至今不絶。」嚴：東漢嚴光。越溪：指新安江支流桐溪。因在古越地，故謂。溪經今浙江桐廬南，有嚴陵瀨，傳爲嚴光垂釣處。《水經注·漸江水》（卷四〇）：「（桐溪）自（桐廬）縣至於潛，凡十有六瀨。第二是嚴陵瀨，瀨帶山，山下有一石室，漢光武帝時，嚴子陵之所居也。故山及瀨，皆即人姓名之。」《後漢書·逸民列傳·嚴光》（卷八三）：嚴光，字子陵，會稽餘姚人，「少有高名，與光武同游學。及光武即位，乃變名姓，隱身不見」，後「除爲諫議大夫，不屈，乃耕於富春山，後人名其釣處爲嚴陵瀨焉。建武十七年，復特徵，不至。年八十，終於家」。二句以鄭樸、嚴光比況殷山人，謂其高蹈遁世。

〔三〕霄漢：雲天。此喻高位。榮枯：喻人生窮達。牽：牽掛。

【繫年】

詩云「霄漢予猶阻」，當作於張籍爲官之後。又云「霜氣動饑鶴」、「策蹇秋塵裏，吟詩黄葉前」、「山城一相遇」，知季節爲深秋，地點非京城。據張籍晚年行跡判斷，詩當作於大和元年（八二七）深秋其以主客郎中出使襄陽期間。參《使回留别襄陽李司空》（卷二）「繫年」。按：詩寫殷山人懷才不遇，遁世隱居，表達詩人對他的敬重與同情。

和李僕射西園①〔一〕

遇②午歸閑處，〔二〕西庭③敞四檐。高眠著瑟④枕，散帙⑤檢書簽⑥。〔三〕印在休通客，〔四〕山晴好卷簾。竹涼蠅到少⑦，藤暗蝶爭潛。曉⑧鵲頻驚喜，疏蟬不許拈。〔五〕石苔生紫點，欄藥吐紅尖。〔六〕虛坐詩情遠，幽探道侶⑨兼。〔七〕所營尚⑩勝地，雖儉復誰嫌？

【校　記】

① 原本卷七（下簡稱「卷七」）「拾遺」重收此詩，已删。卷七題注：「見《木鐸集》。」

② 遇：卷七、英華（卷三一七）作「過」。

③ 庭：卷七、英華作「亭」。

④ 瑟：卷七、英華、全詩作「琴」。

⑤ 帙：陸本、全詩作「帖」。

⑥ 簽：原本作「籥」，失韻，據英華、全詩改。

⑦ 到少：全詩作「少到」。

⑧ 曉：卷七作「晚」。

⑨ 侶：卷七作「事」。

⑩ 尚：卷七、英華、席本作「當」。

【注釋】

〔一〕李僕射：李絳。見《春日李舍人宅見兩省諸公唱和因書情即事》（卷二）注釋〔一〕。僕射，見《和裴僕射移官言志》（卷二）注釋〔一〕。絳寶曆元年四月至十二月爲左僕射。詳《和李僕射秋日病中作》（卷二）注釋〔一〕。西園：所在不可考。

〔二〕過午：到午時。《舊唐書·職官志二》（卷四三）：「凡内外百僚，日出而視事，既午而退，有事則直官省之。」

〔三〕瑟枕：即「瑟瑟枕」。以碧玉製成。《舊唐書·盧簡辭傳》（卷一六三）：「盧昂坐贓三十萬，簡辭按之，於其家得金床、瑟瑟枕大如斗。昭愍見之曰：『此宮中所無，而盧昂爲吏可知也。』」散帙：打開書帙。南朝宋謝靈運《酬從弟惠連》：「淩澗尋我室，散帙問所知。」劉良注：「散帙，謂開書帙也。」（《六臣注文選》卷二五）帙，書籍的套子。檢書簽：謂選書而讀。檢，挑選。書簽，懸於書軸一端或貼於封面署有書名的竹、牙片、紙或絹條。

〔四〕印在：正在燃香。印，印香。一種用「香印」即模具框範、壓印而製成的香。因香粉迴環縈繞如連筆的篆字形圖案，又稱「篆香」。唐王建《香印》：「閑坐燒印香，滿户松柏氣。」宋洪芻《香譜·香之事》(卷下)「香篆」條:「鏤木以爲之,以範香塵,爲篆文。然於飲席或佛像前,往往有至二三尺徑者。」休通客:不接待客人。

〔五〕疏:稀少。拈:捕捉。

〔六〕紫點:初生的紫色苔蘚。苔蘚有青、緑、紫等色。南朝梁沈約《冬節後至丞相第詣世子車中作》:「賓階緑錢滿,客位紫苔生。」李善注引崔豹《古今注》:「空室無人行則生苔蘚,或青或紫,一名緑錢。」(《六臣注文選》卷三〇)欄藥:欄中芍藥。藥,芍藥,詳《西池落泉聯句》(卷八)注釋〔七〕。紅尖:紅色花苞。花苞初孕時前部尖圓。

〔七〕虚坐:靜坐。幽探:即「探幽」。探訪幽景。道侣:修道的同伴。此指友人。

【繫　年】

據李絳任左僕射之時間與詩所寫之景可斷,詩作於寶曆元年(八二五)夏初,時張籍在主客郎中任。按:詩寫李絳西園的清靜優美與李絳退朝後的閑靜自適。

【集　評】

(清)蔡鈞:「(一、二句)扣題。(三、四句)寫趣。(五句)切僕射。(六句)隱藏園字。(七句至十句)寫園中物色。(十一、十二句)又寫景。(十三、十四句)寫情。」(《詩法指南》卷一)

張籍集繫年校注卷四

七言律詩

送裴相公赴鎮太原〔一〕

盛德雄名遠近知，功高先乞守藩維。〔二〕銜①恩暫②遣分龍節，署敕還同在鳳池。〔三〕天子親臨樓上送，朝官齊出道邊③辭。明年塞北清蕃落④，應建⑤生祠請立碑。〔四〕

【校記】

① 銜：律髓（卷五）作「御」。

② 暫：英華（卷二七七）作「乍」。

③ 邊：英華、律髓、全詩作「傍」。

④ 清蕃落：英華作「諸蕃守」，紀事（卷三四）、席本作「諸蕃落」。

⑤建：英華、宋本、律髓、陸本、席本作「起」。

【注釋】

〔一〕裴相公：裴度。見《沙提行呈裴相公》（卷一）注釋〔一〕。赴鎮太原：出任河東節度使。太原，太原府（治今山西太原市西南）。河東節度使治所。《舊唐書·憲宗本紀下》（卷一五）：元和十四年（八一九）四月「丙子，制金紫光禄大夫、門下侍郎、同中書門下平章事，兼弘文館大學士、上柱國、晉國公、食邑三千户裴度可檢校左僕射，兼門下侍郎、平章事、太原尹、北都留守，充河東節度觀察處置等使」。

〔二〕功高：指元和十二年（八一七）裴度平淮西。藩維：藩國。語出《詩·大雅·板》：「价人維藩，大師維垣。」毛傳：「藩，屏也。」鄭玄箋：「王當用公卿諸侯及宗室之貴者爲藩屏垣幹，爲輔弼，無疏遠之。」此指唐河東鎮。「功高」句婉言裴度因讒出守河東。《舊唐書·裴度傳》（卷一七〇）：「度執性不回，忠於事上，時政或有所闕，靡不極言之，故爲姦臣皇甫鎛所構，憲宗不悦。十四年，檢校左僕射……河東節度使。」

〔三〕分龍節：謂出任節度使。龍節，龍形符節。奉王命出使者所持。《周禮·地官·掌節》：「凡邦國之使節，山國用虎節，土國用人節，澤國用龍節。」鄭玄注：「澤多龍，以金爲節，鑄象焉。」此指節度使所持雙節。參《送僧游五臺兼謁李司空》（卷二）注釋〔二〕。署敕：在敕書上簽名。謂行使宰相職權。時裴度兼「同中書門下平章事」。鳳池：即「鳳凰池」。古稱禁苑池沼，魏晉南北朝時借以稱設於禁中的中書省。《通典·職官·中書令》（卷二一）：「以其地在樞近，多承寵任，是以人固其位，謂之『鳳凰池』焉。」唐宰相稱「同中書門下平章事」，高宗永淳三年（六八四）七月後其政事堂在中書省，故亦以「鳳凰池」稱宰相政事堂或相府。

〔四〕蕃落：外族部落。蕃，通「番」。古代對外族或異國的泛稱。《周禮·秋官·大行人》：「九州之外，謂之蕃國。」

【繫年】

作於元和十四年（八一九）四月，時張籍在廣文博士任。按：詩寫裴度出鎮太原及天子、朝臣送行的情景。

【集評】

（清）馮班：「『維』字湊。」（《瀛奎律髓彙評》卷五）

（清）紀昀：「俗不可耐。」（同上）

（清）曹錫彤：「前二韻叙相公出鎮之由，鎮還似相。後二韻寫送鎮太原之意，鎮復有功，總以德名作骨，蓋立功皆本乎德名耳。」（《唐詩析類集訓》卷二六）

【同　唱】

王建《送裴相公上太原》：「還攜堂印向并州，將相兼權是武侯。時難獨當天下事，功成卻進手中籌。再三陳乞罏烟裏，前後封章玉案頭。朱架早朝立劍戟，緑槐殘雨看張油。遥知塞雁從今好，直得漁陽已北愁。邊鋪警巡旗盡换，山城候館壁重修。千群白刃兵迎節，十對紅妝妓打毬。聖主分明交暫去，不須高起見京樓。」（全詩卷三〇〇）

寄元員外〔一〕

外郎直罷無餘事，掃洒①書堂試②藥爐。〔二〕門巷不教當要鬧③，詩篇轉覺足功④夫。〔三〕月明臺上唯⑤僧到，夜靜坊⑥中有酒沽。朝省入頻閑日少，〔四〕可能同伴⑦舊游無？

【校　記】

① 掃洒：英華（卷二五九）作「歸洒」，庫本作「洒掃」。
② 試：英華、宋本、陸本、席本作「對」。
③ 要鬧：英華作「鬧市」，校「集作要市」。
④ 功：全詩作「工」。

⑤ 唯：英華作「惟」。

⑥ 坊：劉本作「房」。

⑦ 伴：英華、宋本、陸本、席本、全詩作「作」。

【注 釋】

〔一〕元員外：元宗簡。見《和左司元郎中秋居十首》其一（卷二）注釋〔一〕。員外，員外郎的簡稱，尚書省各司之副。此指金部員外郎。《唐尚書省郎官石柱題名考》（卷一六）「尚書金部員外郎」有元宗簡名。《舊唐書·職官志二》（卷四三）：「（金部）員外郎一員，從六品上。……掌判天下庫藏錢帛出納之事，頒其節制，而司其簿領。」

〔二〕外郎：員外郎的簡稱。直：當值。《舊唐書·職官志二》（卷四三）：「凡尚書省官，每日一人宿直。……凡内外百僚，日出而視事，既午而退，有事則直官省之。」試藥爐：謂燒煉丹藥。

〔三〕當要鬧：謂位於繁華熱鬧地帶。元宗簡時居長安昇平坊（詳「繫年」），即朱雀街東第四街自北向南街東第七坊。轉，漸漸。

〔四〕朝省：朝廷。《漢書·劉向傳》（卷三六）：「遠絶宗室之任，不令得給事朝省，恐其與己分權。」此指尚書省。

【繫　年】

白居易元和十年春作《和元八侍御昇平新居四絶句》，時元宗簡在侍御任（方遷居昇平坊）；十一年早秋在江州作《夜宿江浦聞元八改官因寄此什》，時元改官不久；十二年春末作《酬元員外三月三十日慈恩寺相憶見寄》，元已在「員外」任。由此知元宗簡由侍御改官金部員外在元和十一年春夏間（消息由長安傳至江州當有一段時日）。又，元宗簡十二年秋已遷左司郎中（詳卷二《和左司元郎中秋居十首》「繫年」）。合上知詩當作於元和十一年（八一六）或次年春夏間，時張籍在國子助教或廣文博士任。按：詩寫元員外直罷回家的悠閑生活，邀其同游。

贈梅處士〔一〕

早聞聲價滿京城，頭白江湖放曠情。講《易》自傳新注義，〔二〕題詩不著舊官名。近移馬跡山前住，多向牛頭寺裏行。〔三〕天子如今議封禪，應將束帛請先生。〔四〕

【注　釋】

〔一〕梅處士：名不詳。籍另有《寄梅處士》（卷四）。

〔二〕新注義：對經書所作的新銓釋。自由注經解經是中唐儒學復興運動重要内容之一。

〔三〕馬跡山：在潤州（治今江蘇鎮江市）。唐權德輿《酬李二十二兄主簿馬跡山見寄》詩序：「丹陽郭北四十里所，有馬跡山，山有奇峰怪石，且多昔賢真仙之所游踐。」丹陽，即潤州。《輿地紀勝·鎮江府·景物下》（卷七）：「馬跡山，在城東南三十餘里，有青童君馬跡，故名。」宋鎮江府，治今江蘇鎮江市。按：太湖亦有馬跡山，《輿地紀勝·常州·景物下》（卷六）載，「馬跡山，在州東太湖中，巖壁間有馬跡隱然，世傳秦王游幸，馬所踐」。據詩所謂「多向牛頭寺裏行」，此當指潤州馬跡山。牛頭寺：在金陵（今江蘇南京）牛頭山上。《元和郡縣圖志·潤州·上元縣》（卷二五）：「本金陵地……牛頭山，在縣南四十里。山有二峰，東西相對，名爲『雙闕』。」唐貞觀中，禪宗四祖道信弟子法融於牛頭山幽棲寺北岩石室弘法，創牛頭禪派。

〔四〕封禪：古代帝王祭天地的大典。《史記·封禪書》（卷二八）張守節正義：「此泰山上築土爲壇以祭天，報天之功，故曰封。此泰山下小山上除地，報地之功，故曰禪。」只有文治武功卓著的帝王方可舉行。《史記·封禪書》：「每世之隆，則封禪答焉，及衰而息。」《毛詩正義》（卷一九之二）孔穎達疏：「雖未太平，王者觀民風俗而可以巡守；其封禪，必太平功成，乃告成於天，非太平不可也。」束帛：捆爲一束的五匹帛。《周禮·春官·大宗伯》：「孤執皮帛。」賈公彦疏：「束者十端，每端丈八尺，皆兩端合卷，揔爲五匹，故云束帛也。」古代用爲聘問、饋贈的禮物。晉桓温《薦譙元彦表》：「若秀蒙蒲帛之徵，足以鎮靜頽風，軌訓囂俗。」吕延濟注：「古之徵賢者，皆以束帛之禮，蒲裹車輪而徵之。」（《六臣注文選》卷三八）二句謂時逢盛世，朝廷必將徵召梅處士，盡其才用。

【繫　年】

當作於《寄梅處士》（卷四）之前不久，或實曆間或大和初（參《寄梅處士》「繫年」），時張籍在主客郎中任。按：詩寫梅處士放曠江湖的超世情懷。

【集　評】

（清）洪亮吉：「王建、張籍，以樂府名，然七律亦有人所不能及處。建之《贈閻少保》云：『問事愛知天寶日，識人皆在武皇前。』《華清宮感舊》云：『輦前月照羅衣淚，馬上風吹蠟炬灰。』籍之《贈梅處士》云：『講《易》自傳新注義，題詩不署舊官名。』《寒食內宴》云：『瑞烟深處開三殿，春雨微時引百官。』皆莊雅可誦。」（《北江詩話》卷六）

贈王秘書〔一〕

不曾浪出謁公侯，〔二〕唯向花間水畔游。每著新衣①看藥竈，〔三〕多收古器在書樓。有官祇作山人老，平地能開洞穴②幽。〔四〕自領閑司了無事③，〔五〕得來君處喜④相留。

【校　記】

①著新衣：英華（卷二五九）作「酌新泉」。

②穴：庫本作「府」。

③「自領」句：英華作「自顧閑思無別事」，席本作「自領閑司無別事」。

④喜：劉本作「善」。

【注　釋】

〔一〕王秘書：王建。見《登城寄王建》（卷二）注釋〔一〕。秘書，此指秘書郎，秘書省官員。《舊唐書·職官志二》（卷四三）：「秘書省……秘書郎四員，從六品上……掌甲乙丙丁四部之圖籍，謂之四庫。經庫類十，史庫類十三，子庫類十四，集庫類三。」王建於長慶元年（八二一）八月前後，由太府寺丞改官秘書省秘書郎。詳「繫年」。

〔二〕浪：輕易，隨便。

〔三〕看：守護。藥竈：道家煉丹爐。

〔四〕洞穴：猶「洞府」。道教所謂神仙居所。二句謂王建身在官場，寓居京城，卻能如隱士般超塵脱俗。

〔五〕閑司：指國子博士。因其事少清閑，故謂。張籍元和十五年冬緣韓愈推薦，由秘書郎遷國子博士。韓愈《舉薦張籍狀》舊題注：「公時爲國子祭酒，以狀薦籍，籍用是自校書郎除國子博士，元和十五年也。」（按：「校書郎」爲「秘書郎」之誤。）又，裴度元和十五年九月稍後作《酬張秘書因寄馬贈詩》，尚稱張籍「秘書」，詳《謝裴司空寄馬》（卷四）「繫年」。

【繫　年】

白居易有《授王建秘書郎制》。《舊唐書・穆宗本紀》（卷一六）載，白元和十五年（八二〇）十二月二十八日爲主客郎中、知制誥，長慶元年（八二一）十月爲中書舍人，次年七月出爲杭州刺史。知王建爲秘書郎在長慶元年正月至二年七月之間。又，白居易有《寄王秘書》：「霜菊花萎日，風梧葉碎時。」白集編於《中書寓直》詩前，知爲長慶元年九月作。又，王建有《寄上韓愈侍郎》：「見説雲泉求住處，若無知薦一生休。」意在請求韓愈援手改官。韓愈長慶元年七月由國子祭酒授兵部侍郎，知王建改秘書郎在此後。合上可知，王建爲秘書郎在長慶元年八月前後。詩云「自領閑司了無事」，「閑司」指國子博士；籍長慶二年盛春由國子博士改水部員外郎（詳卷四《新除水曹郎答白舍人見賀》「繫年」）。合上知詩作於長慶元年八月至二年盛春之間。按：詩寫王建閒靜超脱的爲官生活。據尾聯看，當爲拜訪王建時作。

【集　評】

（清）陸鎣：見《聽夜泉》（卷二）「集評」。

謝裴司空寄馬①〔一〕

騄②耳新駒駿得③名，〔二〕司空遠自④寄書生。乍⑤離華廄移蹄澀，初到貧家舉⑥眼驚。〔三〕每被閑人來借問⑦，〔四〕多⑧尋古寺獨騎行。長思歲旦⑨沙堤上，得從鳴珂傍⑩火城。〔五〕

【校　記】

① 詩題英華（卷三三〇）作「蒙裴相公賜馬謹以詩謝」，「相公」二字注「集作司空」。

② 騄：英華、宋本作「緑」。

③ 駿得：英華作「已有」。

④ 遠自：英華作「自還」，庫本作「還自」。

⑤ 乍：英華作「遠」。

⑥ 舉：英華作「覺」。

⑦ 「每被」句：英華作「每見閑人多被問」。

⑧ 多：英華作「唯」，全詩校「一作惟」。

⑨ 長思歲旦：英華作「思量幾夜」。

⑩ 傍：英華作「倚」。

【注　釋】

〔一〕裴司空：裴度。見《沙堤行呈裴相公》（卷一）注釋〔一〕。司空，見《節婦吟》（卷一）注釋〔一〕「按」語。

〔二〕騄耳：駿馬名。周穆王八駿之一。《史記·秦本紀》（卷五）：「造父以善御幸於周繆王，得驥、温驪、驊騮、騄耳之駟。」裴駰集解引郭璞曰：「《紀年》云『北唐之君來見，以一驪馬，是生騄耳』。八駿皆因其毛色以爲名號。」駿：馬奔跑迅速。得名：聞名。據劉禹錫和詩（詳「唱和」）所謂「丞相并州寄馬來」，知裴度自并州寄馬。并州，即太原府（治今山西太原市西南），河東節度使治所。《舊唐書·地理志二》（卷三九）：「北京太原府。隋爲太原郡。武德元年，改爲并州總管。」

〔三〕澀：遲鈍，不靈敏。二句寫馬初來乍到，對新環境不適應。

〔四〕借問：猶「詢問」。指問馬的來歷。

〔五〕歲旦：元旦。此日百官朝賀。舊題漢劉珍《東觀漢記·吴良傳》：「歲旦，與掾吏入賀。」沙堤：見《沙堤行呈裴相公》（卷一）注釋〔一〕。鳴珂：馬的玉飾。馬行而作響，故謂。此借指顯貴所乘的馬。珂，白色似玉的美石。一説爲螺屬，貝類。相擊有聲，常作馬勒的飾物。《初學記》（卷二二）引漢服虔《通俗文》：「凡勒飾曰珂。」晉葛洪《西京雜記》（卷二）：「（武帝時）長安始盛飾鞍馬，競加雕鏤。或一馬之飾直百金，皆以南海白蜃爲珂，紫金爲華，以飾其上。」火城：朝會時所用火炬儀仗。唐李肇《唐國史補》（卷下）：「每元日冬至立仗，大官皆備珂傘，列燭有至五六百炬者，謂之『火城』。宰相火城將至，則衆少皆撲滅以避之。」二句預想元旦乘馬進宫朝賀的情景。

【繫　年】

《舊唐書·穆宗本紀》（卷一六）載，元和十五年九月戊午裴度以河東節度使兼門下侍郎、同平章事加司空銜，知其寄馬事在此後。又，裴度有《酬張秘書因寄馬贈詩》，時張籍在秘書郎任。據韓愈《舉薦張籍狀》舊題注知張籍自秘書郎除國子博士在元和十五年。可見，此詩作於元和十五年（八二〇）冬。按：詩寫裴度自太原寄駿馬及此馬給詩人生活帶來的變化以表達謝意。

【集　評】

（宋）劉攽：「文昌有《謝裴司空馬》詩曰：『乍離華廄移蹄澀，初到貧家舉眼驚。』此馬卻是一遲

鈍多驚者。詩詞微而顯，亦少其比。」(《中山詩話》)

(宋)朱勝非：「唐張籍有《謝裴司空馬》詩，云：『乍離華廄移蹄澀，初到貧家舉眼驚。』譏其遲鈍而眼多驚畏耳，故辭微而顯。」(《紺珠集》卷九「詩辭微而顯」條)

(宋)朱弁：「唐張司業籍得裴晉公馬，謝詩云：『乍離華廄蹄猶澀，初到貧家眼尚驚。』王介甫曰：『觀詩意，乃是一匹不善行眼生駑馬耳。我若作晉公，見此詩當須大慚也。』或曰：『籍爲晉公所厚，以詩謝馬，必不敢爾。況詩人用意不以此爲工，自是介甫所以期籍者淺也。』」(《風月堂詩話》卷上)

(清)薛雪：「裴司空以眼錯駑馬贈張水部，水部以詩謝之。有『乍離華廄移蹄澀，初到貧家舉眼驚。』措辭微婉，旨趣良深。」(《一瓢詩話》第一二四條)

(清)陸鎣：見《聽夜泉》(卷二)「集評」。

【唱和】

裴度《酬張秘書因寄馬贈詩》：「滿城馳逐皆求馬，古寺閑行獨與君。代步本慚非逸足，緣情何幸枉高文。若逢佳麗從將換，莫共駑駘角出群。飛控著鞭能顧我，當時王粲亦從軍。」(全詩三三五)

韓愈《賀張十八秘書得裴司空馬》：「司空遠寄養初成，毛色桃花眼鏡明。落日已曾交轡語，春風還擬並鞍行。長令奴僕知飢渴，須着賢良待性情。旦夕公歸伸拜謝，免勞騎去逐雙旌。」(全詩卷

三四四）

白居易《和張十八秘書謝裴相公寄馬》：「齒齊臕足毛頭膩，秘閣張郎叱撥駒。洗了頷花翻假錦，走時蹄汗蹋真珠。青衫乍見曾驚否，紅粟難賒得飽無。丞相寄來應有意，遣君騎去上雲衢。」（全詩卷四四二）

元稹《酬張秘書因寄馬贈詩》：「丞相功高厭武名，牽將戰馬寄儒生。四蹄荀距藏雖盡，六尺鬟頭見尚驚。減粟偷兒憎未飽，騎驢詩客罵先行。勸君還卻司空著，莫遣衙參傍子城。」（全詩卷四二三）

劉禹錫《裴相公大學士見示答張秘書謝馬詩并群公屬和因命追作》：「草玄門户少塵埃，丞相并州寄馬來。初自塞垣銜苜蓿，忽行幽徑破莓苔。尋花緩轡威遲去，帶酒垂鞭躞蹀回。不與王侯與詞客，知輕富貴重清才。」（全詩卷三六一）

李絳《和裴相國答張秘書贈馬詩》：「高才名價欲淩雲，上駟光華遠贈君。念舊露垂丞相簡，感知星動客卿文。縱横逸氣寧稱力，馳騁長途定出群。伏櫪莫令空度歲，黄金結束取功勳。」（全詩卷三一九）

張賈《和裴司空答張秘書贈馬詩》：「閣下從容舊客卿，寄來駿馬賞高情。任追烟景騎仍醉，知有文章倚便成。步步自憐春日影，蕭蕭猶起朔風聲。須知上宰吹嘘意，送入天門上路行。」（全詩卷三六六）

酬秘書王丞見寄①〔一〕

相看頭白來城闕，卻憶漳谿舊往還。〔二〕今體詩中偏②出格，常參③官裏每同班。〔三〕街西借宅多④臨⑤水，馬上逢人亦説山。〔四〕芸閣⑥水曹⑦雖最冷，〔五〕與君長喜得身閑。

【校　記】

①此題英華（卷二四五）作「酬王秘書閑居見寄」。
②偏：英華作「長」。
③參：英華作「朝」。
④多：席本作「常」。
⑤臨：庫本作「鄰」。
⑥芸閣：英華作「書閣」。
⑦水曹：英華作「客曹」。按：當作「水曹」，賈島《酬張籍王建》亦云：「水曹芸閣枉來篇」。

【注　釋】

〔一〕秘書王丞：王建。見《登城寄王建》（卷二）注釋〔一〕。秘書丞，秘書省官員。《舊唐書·職官志二》（卷四三）：「秘書省……丞一員。從五品上。……掌判省事。」王建約於長慶四年至寶曆二年任秘書丞。參本詩「繫年」與《使至藍谿驛寄太常王丞》（卷二）「繫年」。

〔二〕來城闕：謂入京爲官。城闕，見《使至藍谿驛寄太常王丞》（卷二）注釋〔四〕。王建元和十三年（八一八）春由昭應丞入京爲太府寺丞，時與張籍皆五十三歲。漳谿：漳水。有清漳、濁漳二源，皆源於今山西省東部，東南流至鄴合流；流經今河北省南部。此指漳水流域的磁州（治今河北磁縣）、洺州（治今河北永年縣東南）、邢州（治今河北邢臺市）以及磁州邯鄲（今河北邯鄲市）、相州鄴城（今河北臨漳縣西南）等地。張、王早年曾於諸地同窗十載。張籍《逢王建有贈》（卷四）：「年狀皆齊初有髭，鵲山漳水每追隨。」《登城寄王建》（卷二）：「十年爲道侶，幾處共柴扉。」

〔三〕今體詩：又稱「近體詩」、「格律詩」。肇於「永明體」，定型並繁榮於唐。凡五七言律、排律、律絶，皆屬今體。偏：很，非常。出格：超出平常，異乎尋常。常參官：日常朝參的官員。《唐六典・尚書吏部》（卷二）：「凡京師有常參官，謂五品以上職事官、八品已上供奉官、員外郎、監察御史、太常博士。」《新唐書・百官志三》（卷四八）：「文官五品以上及兩省供奉官、監察御史、員外郎、太常博士，日參，號常參官。」王建時任秘書丞，從五品上職事官；張籍時任水部員外郎。同班：在同一班列。班，常參官朝參的行列。

〔四〕街西：見《酬韓庶子》（卷二）注釋〔二〕。王建自入京爲太府寺丞至大和二年（八二八）秋出爲陝州司馬，皆賃宅「街西」。王建《題所賃宅牡丹花》及張籍《贈王司馬赴陝州》（卷四）所謂「今日春明門外别，更無因得到街西」等可證。説山：談論隱居生活。

〔五〕芸閣：即「芸香閣」。秘書省的别稱。芸，香草名，古人夾於書中用以防蛀蟲，且開卷而香氣襲人。唐楊巨源《酬令狐員外直夜書懷見寄》：「芸香能護字，鉛槧善呈書。」宋沈括《夢溪筆談·辨證一》（卷三）：「古人藏書辟蠹用芸。芸，香草也，今人謂之『七里香』者是也。葉類豌豆，作小叢生，其葉極芬香，秋間葉間微白如粉污，辟蠹殊驗。」故司典圖籍的秘書省亦稱「芸閣」、「芸臺」、「芸省」、「芸署」等。水曹：水部别稱。宋洪邁《容齋四筆》（卷一五）「官稱别名」條：「唐人好以它名標榜官稱……水部爲水曹。」張籍時任水部員外郎。冷：清閑冷落。

【繫　年】

詩云「芸閣水曹」，知作於張籍任水部員外郎即長慶二年（八二二）盛春至四年五月（詳卷四《新除水曹郎答白舍人見賀》「繫年」、卷七《祭退之》注釋〔三三〕與〔三四〕）期間，約在長慶四年春。按：據此詩亦可知王建任秘書丞不遲於長慶四年五月。又按：詩寫詩人與王建的深厚交誼及二人清閑超脱的爲官生活。

【集評】

（清）黄周星：「此亦王貞子朝隱之流也。逢人説山不奇，奇在『馬上』二字，其人豈復知有世俗寒温惡套？」「文昌又有句云：『詩高笑古人。』此君今體詩既出格，想即可以笑古人矣。何以知之？曰：以其馬上説山知之。若今世安得有馬上説山之人耶？」（《唐詩快》卷一一）

（清）馮班：「與王仲初『脱下御衣偏得著』一類。」（《瀛奎律髓彙評》卷六）

（清）紀昀：「竟是樂天，再考本集，恐誤署名耳。」（同上）

（清）無名氏：「張文昌詩，韓文公評爲『古淡』，律中亦復見此意。」（同上）

送李餘及第後歸蜀〔一〕

十年人好誦①詩章，今日成名出舉場。歸去唯將新誥牒，後來爭取舊衣裳。〔二〕山橋曉上蕉花②暗，水店晴看芋草③黄④。〔三〕鄉里親情相見日，一時攜酒賀⑤高堂。〔四〕

【校記】

① 好誦：宋本、紀事（卷四六）、席本、全詩作「詠好」。

② 蕉花：全詩作「芭蕉」。

③ 草：紀事、席本作「葉」。

④ 黄：紀事作「光」。

⑤ 賀：紀事作「上」。

【注　釋】

〔一〕李餘：生卒年不詳。成都（今四川成都市）人，長慶三年（八二三）進士及第，曾受辟爲湖南觀察使從事。一生仕宦不達，工於樂府。

〔二〕新誥牒：春關牒。唐科舉考試春天進行，由禮部主持。進士及第後，其檔案移交吏部，吏部還要進行考試，稱「春關」。合格後，方可成爲「選人」，發給證明文書，將來「守選」期滿，持以參加吏部銓選而授官。這種文書稱「春關牒」，又名「冬集書」。唐姚合《送李餘及第歸蜀》：「手持冬集書，還家獻庭闈。」後來：指未及第的舉子。舊衣裳：舉子應試時所穿麻衣。「春關」通過後不再穿，故稱。五代牛希濟《薦士論》：「郡國所送，群衆千萬，孟冬之月，集於京師，麻衣如雪，紛然滿於九衢。」明胡震亨《唐音癸籤・詁箋三》（卷一八）「進士科故實」條：「舉子麻衣通刺，稱鄉貢。」未及第或準備應舉的士子爲求吉祥，往往爭取及第進士麻衣。宋程大昌《演繁露》（卷一二）「取進士衣裳爲吉利」條：「《送李餘及第》云：『歸去惟將新誥牒，後來爭取舊衣裳。』又知新進士衣物，人取之以爲吉兆，唐俗亦既有之。」

〔三〕蕉花、芋草：蜀中植物。宋宋祁《益部方物略記》：「紅蕉花，於芭蕉蓋自一種。葉小，其花鮮明可喜。蜀人語『染深紅者謂之蕉紅』，蓋倣其殷麗云。」「蜀芋多種，鸇芋爲最美，俗號赤鸇頭芋，形長而圓，但子不繁衍。又有蠻芋，亦美，其形則圓，子繁衍，人多蒔之。最下爲樽果芋，樽，接也，言可接果山中，人多食之。惟野芋人不食。《本草》有六種，曰青芋、紫芋、白芋、真芋、蓮禪芋、野芋。」唐盧綸《送鹽鐵裴判官入蜀》：「榷商蠻客富，稅地芋田肥。」二句寫李餘旅途所見景色。

〔四〕親情：親戚。《水經注・漸江水》（卷四〇）：「（王）質去家已數十年，親情凋落，無復向時比矣。」高堂：廳堂。

【繫年】

作於長慶三年（八二三）春，時張籍在水部員外郎任。《唐詩紀事》（卷四六）：「餘登長慶三年進士第，蜀人也。張籍送餘歸蜀詩云：『十年人詠好詩章……』」《登科記考》（卷一九）載同。按：詩寫李餘離京、旅行與到鄉的情景，表達詩人對其登第的祝賀及送別之情。

【同唱】

賈島《送李餘及第歸蜀》：「知音伸久屈，覲省去光輝。津渡逢清夜，途程盡翠微。雲當綿竹疊，

鳥離錦江飛。肯寄書來否，原居出亦稀。」（全詩卷五七二）

姚合《送李餘及第歸蜀》：「蜀山高岧嶢，蜀客無平才。日飲錦江水，文章盈其懷。十年作貢賓，九年多邅迴。春來登高科，升天得梯階。手持冬集書，還家獻庭闈。人生此爲榮，得如君者稀。李白《蜀道難》，羞爲無成歸。子今稱意行，所歷安覺危。與子久相從，今朝忽乖離。風飄海中船，會合難自期。長安米價高，伊我常渴飢。臨岐歌送子，無聲但陳詞。義交外不親，利交内相違。勉子慎其道，急若食與衣。苦熱道路赤，行人念前馳。一杯不可輕，遠别方自兹。」（全詩卷四九六）

朱慶餘《送李餘及第歸蜀》：「從得高科名轉盛，亦言歸去滿城知。發時誰不開筵送，到處人爭與馬騎。劍路紅蕉明棧閣，巴村緑樹蔭神祠。鄉中後輩游門館，半是來求近日詩。」（全詩卷五一四）

早朝寄白舍人嚴郎中〔一〕

鼓聲初動未聞雞，羸馬街中踏凍泥。〔二〕燭暗有時衝石柱，雪深無處認沙堤。〔三〕常參班裏人猶少，待漏房前月欲西。〔四〕鳳閣①星郎離②去遠，閣③門開處④人還齊。〔五〕

【校　記】

①閣：英華（卷一九〇）、石倉（卷五九）、全詩、庫本作「闕」。

②離：英華、事聚（前集卷二九）、宋本、席本、庫本作「雖」。

③閤：英華、席本、全詩、庫本作「閣」，石倉作「金」。

④處：英華、事聚、宋本、席本、全詩、庫本作「日」。

【注　釋】

〔一〕白舍人：白居易。詳《酬白二十二舍人早春曲江見招》（卷二）注釋〔一〕。嚴郎中：嚴休復。見《和李僕射雨中寄盧嚴二給事》（卷三）注釋〔一〕。郎中，尚書省所屬各司首長。唐元稹《永福寺石壁法華經記》：「石壁《法華經》在寺之某所。始以元和十二年嚴休復爲刺史時惠皎萌厥心，卒以長慶四年白居易爲刺史時成厥事。……其輸錢之貴者，若杭州刺史、吏部郎中嚴休復……長慶四年四月十一日……元稹記。」知嚴元和十二年（八一七）爲杭州刺史，後遷吏部郎中，長慶四年（八二四）四月尚在任。又，郁賢皓《唐刺史考全編》載，元和十五年元藇替嚴休復刺杭。知嚴任吏部郎中在元和十五年（八二〇）或長慶元年（八二一）。《舊唐書·職官志二》（卷四三）：「（吏部）郎中二員。並從五品上。……郎中一人掌考天下文吏之班秩階品。……郎中一人掌小銓，亦分爲九品，通謂之行署。以其在九流之外，故謂之流外銓，亦謂之小選。」

〔二〕鼓聲：指京城啟門的鼓聲。《新唐書·百官志四上》（卷四九上）：「五更二點，鼓自内發，諸街鼓承振，坊市門皆啟，鼓三千撾，辨色而止。」《唐六典·門下省》（卷八）注：「承天門擊曉鼓，聽擊鐘後一刻，鼓聲絶，皇城門開；第一鼕鼕聲絶，宮城門及左、右延明、乾化門開；第二鼕鼕聲絶，宮殿門開。」唐制，宮門啟而百官早朝。二句寫詩人晨起早朝。

〔三〕衝：碰撞。沙堤：見《沙堤行呈裴相公》（卷一）注釋〔一〕。

〔四〕常參班：常參官朝參的班列。參《酬秘書王丞見寄》（卷四）注釋〔三〕。待漏房：待漏院。在建福門外，百官晨集準備朝拜之所。唐李肇《唐國史補》（卷中）：「舊百官早朝，必立馬于望仙、建福門外，宰相于光宅車坊，以避風雨。元和初，始制待漏院。」《長安志・宮室四》（卷六）：「丹鳳西曰建福門，門外有百官待漏院。」

〔五〕鳳閣：中書省的别稱。唐武則天光宅元年（六八四）改中書省爲鳳閣。此指中書舍人白居易。星郎：郎官之稱。典出《後漢書・明帝紀》（卷二）：「館陶公主爲子求郎，不許，而賜錢千萬。謂群臣曰：『郎官上應列宿，出宰百里，有非其人，則民受殃，是以難之。』」此指嚴休復。離去遠：謂白、嚴居所距皇宮較遠，時尚未到來。閤門：即「閤門」。大明宮宣政殿東、西側門。《長安志・宮室四》（卷六）：「宣政門内有宣政殿，殿東有東上閤門，殿西有西上閤門。」唐皇帝不於正衙宣政殿而於其後便殿紫宸殿臨朝，喚仗由閤門入。《宋史・禮志二十》（卷一一七）：「入閤儀。唐制：天子日御正衙以見群臣，必立仗。朔望薦食陵寢，不能臨前殿，則御便殿，乃自正衙喚仗由宣政兩門而入，是謂東、西上閤門，群臣俟於正衙者因隨以入，故謂之入閤。」《唐兩京城坊考・大明宮》（卷一）：「（宣政）殿東西皆有上閤門。御紫宸時，喚仗由此閤門入，故曰入閤。常朝開東閤門，忌辰則開西閤門。」

【繫　年】

《舊唐書·穆宗本紀》（卷一六）載白居易長慶元年十月至次年七月爲中書舍人，詩有「羸馬街中踏凍泥」、「雪深無處認沙堤」語，知作於長慶元年（八二一）冬，時張籍在國子博士任。按：詩寫詩人冬晨早朝及先於白居易、嚴休復到達的情形。

【集　評】

（明）何良俊：「中唐已後之詩，唯王建最爲淺俗，《文苑英華》『寄贈』内建詩，自《上武元衡相公》後十四首中間，如『脱下腳衣先得着，進來龍馬每教騎』等句，此似今相禮者白席之語，鏖糟鄙俚……（張籍）七言律，亦只是王建之流耳，如《早朝寄白舍人嚴郎中》云：『燭暗有時衝石柱，雪深無處認沙堤。』此是何等語？」（《四友齋叢説》卷二五）

書懷寄元郎中〔一〕

轉覺人間無氣味，常因①身外省因緣。〔二〕經過獨愛游山客，計校唯求買藥錢。〔三〕重作學

官閑盡日，一離江塢病多年。〔四〕吟君釣客②詞中語③，便欲南歸榜小船。〔五〕

【校　記】

① 因：宋本、席本作「思」。

② 客：宋本、劉本、陸本作「去」。

③ 詞中語：宋本、全詩作「詞中説」，庫本作「詩中語」。

【注　釋】

〔一〕元郎中：指左司郎中元宗簡。詳《和左司元郎中秋居十首》其一（卷二）注釋〔一〕。

〔二〕轉：漸漸。氣味：喻生活意趣。唐白居易《郡中即事》：「久養病形骸，深諳閑氣味。」身外：謂超脱世外。省：悟得。因緣：佛教語。佛教謂使事物生起、變化和壞滅的主要條件爲因，輔助條件爲緣。《翻譯名義集·釋十二支》：「前緣相生，因也；現相助成，緣也。」

〔三〕經過：交游。唐李白《少年行二首》其一：「經過燕太子，結托并州兒。」計校：猶「計較」。

〔四〕重作學官：再次任職於國子監。張籍元和十一年春至十五年秋爲國子助教、廣文博士，後遷秘書郎，十五年冬又任國子博士，故云。離江塢：指貞元末詩人離和州（治今安徽和縣）。江塢，見《寄漢陽故人》（卷二）注釋〔二〕。

〔五〕釣客詞：當爲元宗簡詩題。南歸：謂歸和州。榜：船槳。亦謂摇槳、撑船。《楚辭·九懷·尊嘉》：「濱流兮則逝，榜舫兮下流。」洪興祖補注：「榜，音謗，進船也。」唐范攄《雲谿友議》（卷中）「錢塘論」條：「時張祜榜舟而至，甚若疎誕。」

【繫　年】

詩云「元郎中」，又云「重作學官」，知時在長慶元年（八二一）盛春元宗簡遷京兆少尹（參卷二《和左司元郎中秋居十首》其一「繫年」）前，元和十五年（八二〇）冬張籍遷國子博士後，即元和十五年冬或長慶元年早春。按：詩寫詩人晚年貧病閑寂的生活及其吟元宗簡詩而起南歸泛舟之思。

贈廣宣師①〔一〕

自到王②城得幾年，巴童③蜀馬共隨緣。〔二〕兩朝侍從當時貴④，五字聲名遠處傳。〔三〕舊⑤住紅樓通内院，新承墨詔賜齋錢。〔四〕閑房⑥暫喜居相近，還得陪師坐竹邊。〔五〕

【校　記】

① 詩題原本、劉本作「贈僧道」，據全詩校「一作贈廣宣師」改。韓愈、白居易、劉禹錫等皆曾與「廣

宣上人」酬唱，此詩所寫與廣宣上人合。又，英華（卷二二九）、席本、全詩、庫本作「贈道士宣師」，原本校同；宋本作「贈道士」。

②王：英華作「皇」。

③童：英華作「僮」。

④貴：宋本作「見」。

⑤舊：原本與陸本作「因」，據英華、席本、全詩改。

⑥房：英華、宋本、席本作「坊」。

【注釋】

〔一〕廣宣：詩僧。生卒年不詳。俗姓廖，交州（治今越南河内）人。貞元中居蜀，與節度使韋皋、女詩人薛濤等唱和。憲宗、穆宗兩朝以詩供奉内廷，初住大興善寺，後賜居安國寺紅樓院。敬宗寶曆中，被逐出紅樓院；文宗時，重入安國寺。

〔二〕巴童：巴、渝小童。善歌舞。南朝宋鮑照《舞鶴賦》：「燕姬色沮，巴童心恥。」劉良注：「巴童、燕姬，並善歌舞者。」（《六臣注文選》卷一四）蜀馬：一種體型較小的馬。唐李匡乂《資暇集》（卷中）：「成都府出小駟，以其便於難路，號爲蜀馬。」

〔三〕「兩朝」句：寫廣宣於憲宗、穆宗朝以詩供奉内廷。白居易《廣宣上人以應制詩見示因以贈之詔許上人居安國寺紅樓院以詩供奉》：「道林談論惠休詩，一到人天便作師。……紅樓許住請銀鑰，翠輦陪行蹋玉墀。」五字：五言詩。

〔四〕紅樓：在長安皇家寺院安國寺内。《長安志·唐京城二》（卷八）：安國寺位於「朱雀街東第四街即皇城之東第二街街東從北第一長樂坊」；「睿宗在藩舊宅，景雲元年立爲寺，以本封安國爲名」；「《酉陽雜俎》曰，紅樓，睿宗在藩時造。元和中，廣宣上人住此院，有詩名時，號爲《紅樓集》」。通内院：與禁城相通。内院，皇宫。《長安志·唐京城二》：「（安國寺西南之興唐觀）北拒禁城，因是開複道爲行幸之所。」「複道」即夾城。王建《宫詞》：「禁寺紅樓内裏通，笙歌引駕夾城東。」墨詔：皇帝親筆書寫的詔旨。《宋書·謝莊傳》（卷八五）：「于時世祖出行，夜還，敕開門，莊居守，以棨信或虚，執不奉旨，須墨詔乃開。」

〔五〕閑房：安靜的房舍。多指僧舍。唐王昌齡《題僧房》：「棕櫚花滿院，苔蘚入閑房。」此當指廣宣「暫」時的住所。竹：竹林。

【繫　年】

據「兩朝侍從當時貴」、「新承墨詔賜齋錢」可知，時當在大和初廣宣重入紅樓院前不久，張籍在主客郎中或國子司業任。按：詩寫廣宣師過去供奉内廷、當下「新承墨詔」的榮耀及詩人與其交往的喜悦。

書懷寄王秘書〔一〕

白髪如今欲滿頭，從來①百事②盡應休。秖③於觸目④須防病，〔二〕不擬將心更養愁。下藥遠求新熟酒，看山多上最高樓。賴君同在京城住⑤，每到花前⑥免獨游。

【校　記】

① 來：英華（卷二五九）校「一作前」。
② 事：英華作「計」。
③ 秖：英華作「唯」。
④ 目：英華作「事」。
⑤ 城住：英華作「華内」。
⑥ 前：英華、庫本作「時」。

【注　釋】

〔一〕王秘書：王建。見《登城寄王建》（卷二）注釋〔一〕。秘書，此指秘書郎。見《贈王秘書》（「不曾浪出謁公侯」，卷四）注釋〔一〕。

〔三〕病：指眼疾。張籍元和六年至十一年間曾患眼疾。參《患眼》（卷六）「繫年」與《答開州韋使君寄車前子》（卷六）注釋〔三〕。

【繫　年】

王建授秘書郎在長慶元年（八二一）八月前後，轉秘書丞不遲於長慶四年（八二四）五月，詩作於此間。參卷四《贈王秘書》（「不曾浪出謁公侯」）與《酬秘書王丞見寄》二詩「繫年」。尋繹末句，季節爲春。時張籍在國子博士或水部員外郎任。按：詩寫詩人晚年孤寂的生活與超脱的情懷。

【集　評】

（清）紀昀：「流易有餘，蒼堅未足。」（《瀛奎律髓彙評》卷二三）

題韋郎中新亭〔一〕

起得幽亭景最①新，碧莎地②上更無塵。〔二〕琴書著③盡猶嫌少，〔三〕松竹栽多亦④稱貧。藥⑤酒欲開期好客，朝衣暫脱見閑身。〔四〕成名同日官連署，此處經過有幾人。〔五〕

【校　記】

①最：英華（卷三一六）、宋本、律髓（卷三五）、全詩作「復」。

②地：律髓、石倉（卷五九）、席本作「池」。

③著：律髓、石倉、庫本作「看」。

④亦：英華、席本作「不」。

⑤藥：石倉作「名」。

【注　釋】

〔一〕韋郎中：名不詳。郎中，尚書省各司首長，並從五品上。

〔二〕莎：見《江南曲》（卷一）注釋〔五〕。

〔三〕著：置，放置。

〔四〕藥酒：用藥材浸製的酒。後魏賈思勰《齊民要術·笨麴餅酒》（卷七）：「浸藥酒法：以此酒浸五加木皮，及一切藥，皆有益，神效。」道家養生注重飲藥酒。朝衣脱：謂離官卸任。唐姚合《暮春書事》：「宿願眠雲嶠，浮名繫鎖闈。未因丞相庇，難得脱朝衣。」據「暫」字推測，此當指秩滿候官。

〔五〕成名同日：指同年進士及第。南唐張洎《張司業集序》：「貞元十五年丞相渤海公下及第。」官連署：據張籍歷官推斷，當指與韋郎中同在尚書省工部爲官。張籍長慶二年盛春至四年五月爲水部員外郎，水部屬工部。經過：訪問，拜訪。

【繫　年】

尋繹詩題與尾聯，詩當作於張籍任水部員外郎即長慶二年（八二二）盛春至四年五月期間。

按：詩寫韋郎中新亭的幽靜與韋郎中閑雅的生活。

【集　評】

（宋）尤袤：「禹錫嘗對賓友每吟張博士籍詩云：『藥酒欲開期好客，朝衣暫脱見閑身。』」（《全唐詩話》卷三「劉禹錫」條）

（明）陸時雍：「四語破俗。」（《唐詩鏡》卷四一）

（清）何焯：「中二聯不着一句點染景物，卻字字是新成景趣，新成興味。」（《瀛奎律髓彙評》卷三五）

（清）紀昀：「語皆平鈍，尤嫌俗韻不除。」（同上）

送揚州判官①〔一〕

應②得烟霞出俗心，茆③山道士共追尋。〔二〕閑憐鶴貌④偏能畫，暗辨桐聲自作琴。〔三〕長嘯每來松下坐，新詩堪向雪中吟。征南幕裏⑤多賓客，君獨相知最校⑥深。〔四〕

【校　記】

①詩題宋本、律髓（卷二三）、席本作「送楊判官」；全詩作「送楊州判官」，校「一作贈茅山楊判官」。

②應：席本作「舊」。

③茆：宋本、律髓、劉本、席本、全詩作「茅」。

④貌：宋本、陸本作「皃」，劉本作「雛」。

⑤裏：律髓作「府」。

⑥最校：律髓作「最覺」，石倉作「較最」，庫本作「得較」。

【注　釋】

〔一〕揚州：治今江蘇揚州市。淮南節度使治所。《舊唐書·地理志一》（卷三八）：「淮南節度使。

治揚州，管揚、楚、滁、和、舒、壽、廬等州。」判官：官名。唐節度使、觀察使、防禦使僚屬，輔理政事。

〔二〕茆山：即「茅山」。在今江蘇省句容縣東南。原名句曲山，相傳漢茅盈與弟衷、固采藥修道於此，世號三茅君，因改名茅山。爲道教聖地。《南史·隱逸下·陶弘景》（卷七六）：「於是止于句容之句曲山。恒曰：『此山下是第八洞宫，名金壇華陽之天，周回一百五十里。昔漢有咸陽三茅君得道來掌此山，故謂之茅山。』」《元和郡縣圖志·潤州·延陵縣》（卷二五）：「茅山，在縣西南三十五里。三茅得道之所。」

〔三〕偏：非常。暗辨桐聲：謂精於製琴。典出《後漢書·蔡邕傳》（卷六〇下）：「吴人有燒桐以爨者，邕聞火烈之聲，知其良木，因請而裁爲琴，果有美音，而其尾猶焦，故時人名曰『焦尾琴』焉。」

〔四〕征南幕：指揚州節度使幕府。《晉書》（卷三四）羊祜、杜預傳載，因征吴有功，羊祜曾「除征南大將軍」，杜預卒後「追贈征南大將軍」。賓客：指幕僚。末句謂友人爲幕主知交。

【繫年】

當作於元和元年（八〇六）後張籍居京爲官時期。按：詩寫友人超塵脱俗的生活，及其深得幕主的知遇。

【集　評】

（清）紀昀：「三、四瑣屑，餘皆淺俗。」（《瀛奎律髓彙評》卷二三）

（清）陸鎣：見《聽夜泉》（卷二）「集評」。

喜王起侍郎放牒①〔一〕

東風節氣②近清明，車馬爭來滿禁城。〔二〕二十八人初上牒③，〔三〕百千萬里盡傳名。誰家不借④花園看？在處多將酒器行。〔四〕共賀春司能鑑識，今年定⑤合有公卿。〔五〕

【校　記】

①牒：席本作「榜」。

②節氣：紀事（卷五五）、席本作「時節」。

③牒：紀事作「牓」。

④借：宋本作「障」，紀事作「惜」。

⑤定：紀事作「應」。

【注釋】

〔一〕王起（七六〇—八四七）：字舉之，其先太原（今山西太原市）人，家於揚州（今江蘇揚州市）。貞元十四年（七九八）進士及第，十九年登博學宏詞科，授集賢院校書郎。元和間歷殿中侍御史、比部郎中知制誥。長慶間爲禮部侍郎，連掌貢舉，後歷吏部侍郎、尚書左丞、户部尚書、兵部尚書及方鎮節度使，會昌間加同中書門下平章事，出鎮山南西道，卒謚文懿。侍郎：尚書省六部長官之副。此指禮部侍郎。唐時常知貢舉。《舊唐書·職官志二》（卷四三）：「禮部……侍郎一員。正四品下。……掌天下禮儀、祭享、貢舉之政令。」王起長慶二、三年均以禮部侍郎知貢舉。《舊唐書·穆宗本紀》（卷一六）：「（長慶元年）冬十月……辛未，以中書舍人、知貢舉王起爲禮部侍郎。」「三年正月……禮部侍郎王起奏：當司所試貢舉人，試訖申送中書，候覆訖下當司，然後大字放榜。從之。」放牒：科舉放榜唱名。牒，公佈及第者姓名的榜文。

〔二〕禁城：指皇城。在宮城之南，其間列百僚廨署，有六省、九寺、一臺，四監、十八衛、及東宮官屬一府、三坊、三寺、十率府。元李好文《長安志圖》（卷上）：「皇城（亦曰子城），東西五里一百一十五步，南北三里一百四十一步，南北七街，東西五街，其間並列臺省寺衛……自兩漢以後，都城並有人家在宮闕之間，隋文帝以爲不便於事，于是皇城之内惟列府寺，不使雜居。」唐進士放榜在皇城禮部南院。五代王定保《唐摭言·雜記》（卷一五）：「進士舊例於都省考試。南院放榜（南院乃禮部主事受領文書於此，凡板樣及諸色條流，多於此列之）張榜牆乃南院東牆也。」

〔三〕二十八人：清徐松《登科記考》（卷一九）載，長慶三年「進士二十八人」。

〔四〕在處：所到之處。二句寫放榜唱名後新進士所舉行的兩種活動。「誰家」句寫「探花宴」。宋趙彦衛《雲麓漫鈔》（卷七）引《秦中歲時記》：「次即杏園初宴，謂之探花宴，便差定先輩二人少俊者，爲兩街探花使，若他人折得花卉，先開牡丹、芍藥來者，即各有罰。」此日京城名園皆開放，任其採摘。「在處」句寫「曲江大會」。《唐摭言·散序》（卷三）：「逼曲江大會，則先牒教坊請奏，上御紫雲樓，垂簾觀焉。時或擬作樂，則爲之移日。故曹松詩云：『追游若遇三清樂，行從應妨一日春。』敕下後，人置被袋，例以圖障、酒器、錢絹實其中，逢花即飲。故張籍詩云：『無人不借花園宿，到處皆攜酒器行。』其被袋，狀元、録事同檢點，闕一則罰金。曲江之宴，行市羅列，長安幾於半空。公卿家率以其日揀選東床，車馬闐塞，莫可殫述。」

〔五〕春司：指禮部侍郎王起。武則天光宅元年九月曾改禮部爲春官，旋復舊，故禮部有「春官」之稱。末句謂新進士中定有國家棟梁之材。

【繫　年】

作於長慶三年（八二三）春。時張籍在水部員外郎任。按：詩寫省試放榜與新第進士有關慶祝活動的盛况，贊頌王起鑑人識才。

贈王司馬〔一〕

白笏朱衫年少時，久登①班列會朝儀②。〔二〕貯財不省關身用，〔三〕行義唯愁被衆知。藏得寶刀求主帶，調成駿馬乞人騎。未曾相識多聞説，遥望長如玉樹③枝。〔四〕

【校　記】

① 登：庫本作「陪」。

② 儀：劉本、庫本作「衣」。

③ 玉樹：全詩作「白玉」。

【注　釋】

〔一〕王司馬：名不詳。司馬，官名。《舊唐書·職官志》載，唐都督府、都護府、節度使、親王府及州府皆設司馬，品位自從四品下至從六品下不等。據詩「白笏朱衫」、「久登班列」語知王所任當爲親王府司馬，從四品下。參注釋〔二〕。

〔二〕笏：大臣上朝時所執手板，用玉、象牙或竹木製成。《禮記·玉藻》：「凡有指畫於君前，用笏」；造受命於君前，則書於笏。」朱衫：緋服。唐四、五品官員的朝服。詳《傷歌行》（卷一）注釋〔五〕。班列：常參官朝參的行列。參《酬秘書王丞見寄》（卷四）注釋〔三〕。會：通曉。朝儀：朝廷的禮儀。《周禮·夏官·司士》：「正朝儀之位，辨其貴賤之等。」

〔三〕省：知，知道。關身用：爲自己所用。

〔四〕玉樹枝：形容人姿態秀美。唐杜甫《飲中八仙歌》：「舉觴白眼望青天，皎如玉樹臨風前。」仇兆鰲注：「玉樹臨風，醉後摇曳之態。」「《世説》：毛曾與夏侯玄共坐，時人謂蒹葭倚玉樹。」

【繫　年】

當作於張籍元和元年（八〇六）以後居京爲官時期。按：詩贊美王司馬輕財好義，才德佳美。

書懷①

自小習成②疏嬾性，人間事③事總無功。別從仙客求方法，時④到僧家問苦空。〔一〕老大登朝如夢裏，貧窮作活似⑤村中。〔二〕未能即便休官去，慚愧南山採藥翁。〔三〕

【校　記】

①　詩題庫本作「書懷寄顧八處士」。

②習成：宋本、席本、全詩作「信成」，律髓（卷六）作「難收」，庫本作「儘成」。
③事：宋本、陸本、席本、庫本作「是」，律髓作「萬」。
④時：律髓作「曾」。
⑤似：律髓作「是」。

【注釋】

〔一〕仙客：對隱者或道士的敬稱。方法：道家方術。苦空：佛教語。指有漏果報四相（苦、空、無常、無我）之前二者。有漏之果報，具有三苦八苦之性，故云苦；一切皆因緣所生滅，而無固定不變之實相，故云空。此指可使人擺脱人間煩惱的佛理。

〔二〕登朝：指入朝班。張籍元和十五年（八二〇）冬遷國子監博士（正五品上）始入朝班，時五十五歲。作活：過日子。《魏書·北海王詳傳》（卷二一上）：「自今而後，不願富貴，但令母子相保，共汝掃市作活也。」

〔三〕休官：謂辭官歸隱。南山：終南山。採藥翁：指隱士。或指庫本異題所謂「顧八」。顧八，生平不詳。

【繫年】

當作於張籍晚年。按：詩寫詩人不得志的生活境況與歸隱情懷。

【集　評】

（元）方回：「五、六好一箇窮朝士！」（《瀛奎律髓彙評》卷六）

（清）紀昀：「淡語亦健。」「凡作真語，以不俚爲妙，如五、六語極平易，而卻極警切。」（同上）

（清）趙熙：「親切有味。」（同上）

贈令狐①博士〔一〕

頭白新年六十餘，近聞生計轉空虚。〔二〕久爲博士誰人②識？自到長安賃舍居。騎馬出隨游③寺客，呼兒散寫乞錢書。〔三〕古來賢哲皆如此，應是才高與衆④疏。

【校　記】

①令狐：席本作「令狐巨源」。按：「令狐」當作「楊」，參「注釋」〔一〕。

②人：宋本、全詩作「能」。

③游：宋本、全詩、庫本作「尋」。

④衆：席本作「世」。

【注釋】

〔一〕令狐博士：時博士無令狐姓者，據席本異題可知，當指楊巨源，「令狐」爲「楊」之訛。《郡齋讀書志》（卷一七）：「楊巨源……爲張弘靖從事，自秘書郎擢太常博士。」白居易元和十三年（八一八）作《答元八郎中楊十二博士》，「楊十二博士」即楊巨源，知此年楊在太常博士任。又，韓愈《送楊少尹序》：「一旦以年滿七十，亦白丞相去歸其鄉。……丞相有愛而惜之者，白以爲其都少尹。」方崧卿《韓文年表》繫此序於長慶四年（八二四），「楊少尹」亦即楊巨源，知是年其滿七十歲。由此推知元和十三年楊六十五歲，與此詩「頭白新年六十餘」合。楊巨源（七五五—？）：字景山，行第十二，河中（治今山西永濟西）人。貞元五年（七八九）進士及第。元和六年（八一一）爲河中節度使張弘靖從事，九年隨弘靖入朝爲秘書郎，後歷太常博士、虞部員外郎、鳳翔少尹。長慶元年（八二一）遷國子司業，四年辭官歸田，執政請爲河中少尹，食其禄終身。張籍後期密友之一。詩名當世。唐元稹《授楊巨源郭同玄河中興元少尹制》：「楊巨源，詩律鏗金，詞鋒切玉，相如有淩雲之勢，陶潛多把菊之情。」唐趙璘《因話録・商部上》（卷二）：「巨源在元和中，詩韻不爲新語，體律務實，功夫頗深。自旦至暮，吟咏不輟。」博士，指太常博士，太常寺屬官。《舊唐書・職官志三》（卷四四）：「太常寺……博士四人，從七品上。……掌五禮之儀式，本先王之法制，適變隨時而損益焉。凡大祭祀及有大禮，則與卿導贊其儀。凡公已下擬謚，皆跡其功行，爲之褒貶。」

〔二〕生計：資財，生活用度。轉：更加。

〔三〕散：投遞。乞錢書：借錢的書信。

【繫　年】

《唐才子傳校箋·楊巨源》（卷五）考楊巨源元和十一年（八一六）前後由秘書郎遷太常博士，十三年轉虞部員外郎，甚確。詩云「久爲博士誰人識」，所謂「久」當逾兩年；又云「頭白新年六十餘」，據此知詩作於元和十三年（八一八）新春，時張籍在廣文博士任。按：楊巨源不久即轉虞部員外郎。白居易元和十三年在江州作《聞楊十二新拜省郎遥以詩賀》，「楊十二」即楊巨源，「省郎」即虞部員外郎；詩有「春風侍女護朝衣」、「雪飄歌句高難和」語，知楊遷官在元和十三年初春。又按：詩寫楊巨源貧窮而不得志的生活境況。

送從弟删①東歸〔一〕

雲水東南兩月程，貪歸慶節馬蹄輕。〔二〕春橋欲醉攀花别，野路閑吟觸雨行。〔三〕詩價已高猶失意，禮司曾賞會成名。〔四〕舊山風月知應好，莫過②秋時不到京。〔五〕

【校　記】

①删：宋本、陸本、席本作「彤」。

②過：席本、全詩作「向」。

【注　釋】

〔一〕從弟：見《送從弟戴玄往蘇州》（卷二）注釋〔一〕。删：生平不詳。一作「彤」。張彤存《奉和白太守揀橘》詩一首，乃和白居易《揀貢橘書情》之作。朱金城《白居易年譜》繫白詩於寶曆元年，時白爲蘇州刺史。知寶曆年間張彤在蘇州。

〔二〕雲水：雲和水。唐司空曙《送郎使君赴郢州》：「使君持節去，雲水滿前程。」此借指旅行。慶節：歡慶節日。據「兩月程」、「攀花別」斷，當指歡度端午節。

〔三〕觸雨：冒雨。

〔四〕失意：指應舉落榜。禮司：禮部有關官員。唐科舉考試由禮部舉行，常由侍郎擔任主考官。成名：謂進士及第。

〔五〕舊山：指故鄉。秋時到京：謂回京參加明年的科舉考試。唐禮部試在春天舉行，應試舉子須於上年冬十月到京辦理有關手續。五代牛希濟《薦士論》：「郡國所送，群衆千萬，孟冬之月，集於京師。」

【繫　年】

作於元和元年（八〇六）以後居京爲官期間。按：詩寫張刪（彤）科場失意歸鄉，勉勵其明春再試。

贈王秘書〔一〕

早在山東聲價遠，曾將奇①策佐嫖姚。〔二〕賦②來詩句無閑語，老去官班未在朝。〔三〕身屈祇聞詞客説③，〔四〕家④貧多見野僧招。獨從書⑤閣歸時⑥晚，〔五〕春水渠⑦邊看柳條。

【校　記】

① 奇：宋本、紀事（卷四四）、席本、全詩作「順」，庫本作「上」。
② 賦：宋本、紀事作「識」。
③ 説：石倉（卷五九）作「歎」。
④ 家：宋本、紀事、席本作「居」。
⑤ 書：紀事作「詩」。
⑥ 時：紀事作「來」。

⑦ 渠：紀事、席本作「橋」。

【注　釋】

〔一〕王秘書：王建。見《登城寄王建》（卷二）注釋〔一〕。秘書，此指秘書郎。王建長慶元年（八二一）八月前後由太府寺丞改官秘書郎。詳《贈王秘書》（「不曾浪出謁公侯」，卷四）注釋〔一〕與「繫年」。

〔二〕山東：太行山以東地區，即今河北省中南部與河南省北部。唐杜甫《洗兵行》：「中興諸將收山東，捷書夜報清晝同。」仇兆鰲注引趙次公曰：「山東，河北也。安禄山反，先陷河北諸郡。」清王鳴盛《十七史商榷・新舊五代史三》（卷九五）「山東」條：「《義兒李存孝傳》：『晉已得澤潞，歲出山東，與孟方立爭邢、洺、磁。』《死事・張源德傳》：『晉已先下全燕，而鎮定皆附於晉，自河以北、山以東皆歸晉。』此『山東』謂太行山之東，即以河北爲山東也。」王建建中四年（七八三）至貞元八年（七九二）與張籍同窗於河北邯鄲、鄴城（今臨漳縣西南）、磁州（治今河北磁縣）、邢州（治今邢臺）、洺州（治今永年縣東南）、魏州（治今大名縣）等地，學成後至貞元十七年（八〇一）居邢州鵲山之鶴嶺。嫖姚：西漢名將霍去病。《史記・霍去病傳》（卷一一一）載，霍年輕時曾爲剽姚校尉，後擊匈奴有功，封冠軍侯，拜驃騎將軍。後泛指功勛卓著的大將。南朝梁范雲《傚古》：「昔事前軍幕，今逐嫖姚兵。」此指幽州、魏博兩鎮節度使。約於貞元十七年（八〇二）至元和八年（八一三），王建先後佐幽州、魏博幕；幽州節度使爲劉濟、劉總，魏博節度使爲田季安、田懷諫、田弘正。

〔三〕無閑語：謂「緣事而發」，内容充實。王建樂府詩多作於早期。未在朝：不在常參官之列。建長慶元年授秘書郎時五十六歲；秘書郎，從六品上，非常參官。

〔四〕詞客：文士。說：評議，評論。此謂同情而抱不平。

〔五〕書閣：藏書之所。此指秘書省。

【繫　年】

王建授秘書郎在長慶元年（八二一）八月前後，遷秘書丞不遲於四年五月（參卷四《酬秘書王丞見寄》「繫年」），詩作於此間。據末句知季節爲春。時張籍在國子博士或水部員外郎任。按：詩寫王建懷才不遇、身屈下僚的境遇與其孤寂的生活。

哭丘長史〔一〕

曾見①先皇殿上臣，丹砂久服②不成真。〔二〕常騎馬在嘶空櫪，自作書留别故人。詩句偏傳天下口，朝衣偏③送地中身。〔三〕最悲昨日同游處，看卻④春⑤風樹樹⑥新⑦。

【校　記】

①見：全詩人「是」，英華（卷三〇四）、宋本、陸本作「作」，席本作「到」。

②服：英華校「一作別」。

③偏：英華、宋本、席本作「長」。

④卻：席本作「即」。

⑤春：原本、英華、劉本、席本、全詩校又作「東」。

⑥樹樹：原本、劉本、全詩校又作「處處」。

⑦新：原本、英華、劉本、席本校又作「春」。

【注　釋】

〔一〕丘長史：吴汝煜等《全唐詩人名考》謂爲丘儒，當是。丘儒，生平不詳。張籍另有《哭丘長史》（卷六）：「丘公已殁故人稀，欲過街西更訪誰。每到子城東路上，憶君相逐入朝時。」知丘儒卒前爲長史，居街西，與張籍同爲常參官。籍元和十五年（八二〇）冬遷國子監博士（正五品上）始爲常參官，大和四年（八三〇）春卒，知丘儒卒於此間。又，唐親王府、都督府、都護府、府州皆設長史，唯親王府長史爲常參官，知丘儒卒前爲親王府長史。《舊唐書·職官志三》（卷四四）：「親王府：……長史一人，從四品上……統領府僚，紀綱職務。」又，皇甫湜、賈島分別有

《送丘儒赴舉序》、《寄丘儒》。據湜《序》推斷，儒入仕當在元和三年湜登賢良方正科入仕後。島詩云：「長安秋風高，子在東甸縣。」知儒曾官長安東郊縣。

〔二〕丹砂：道家煉製的所謂長生不老藥。詳不食姑山房（卷二）注釋〔五〕。不成真：謂未能成仙不死。

〔三〕偏：卻。送：送別。

【繫　年】

作於長慶元年（八二一）至大和四年（八三〇）某春。詳注釋〔一〕。按：詩寫友亡物（「馬」、「書」、「詩」、「衣」、「樹」）在的悲涼，抒發悼念之情。

【集　評】

（清）陸鎣：見《聽夜泉》（卷二）「集評」。

【同　唱】

張籍《哭丘長史》（卷六）。

送枝江劉明府〔一〕

老著青衫爲楚宰，平生志①業有誰知。〔二〕家僮從去愁行遠，縣吏迎來怪到遲。定訪玉泉幽院宿，應過碧澗早茶時。〔三〕向南漸漸雲山好，一路唯②聞唱《竹枝》。〔四〕

【校　記】

①志：庫本作「治」。

②唯：英華（卷二七七）作「遥」。

【注　釋】

〔一〕枝江：荆州屬縣，治今湖北枝江縣西南。詳《江陵孝女》（卷二）注釋〔一〕「江陵」。劉明府：名不詳。明府，縣令的别稱。詳《贈姚合少府》（卷二）注釋〔一〕「少府」。枝江次畿，屬上縣，令從六品上。《新唐書·地理志四》（卷四〇）：「枝江，次畿。」《舊唐書·職官志三》（卷四四）：「諸州上縣：令一人，從六品上。」

〔二〕青衫：見《傷歌行》（卷一）注釋〔五〕。劉明府著服依散官品階。楚宰：指枝江縣令。枝江古屬楚地。

〔三〕玉泉：寺名。在荆州當陽縣（今屬湖北）玉泉山，天台僧智顗建，禪宗六祖神秀曾於此弘法。《方輿勝覽·荆門軍》（卷二九）：「玉泉寺。在當陽縣西南二十里玉泉山。陳光大中，浮屠知（智）顗自天台飛錫來居此山。」《舊唐書·普寂傳》（卷一九一）：「時神秀在荆州玉泉寺，普寂乃往師事，凡六年，神秀奇之，盡以其道授焉。」碧澗：寺名。在荆州松滋縣（今屬湖北）碧澗溪。《輿地紀勝·江陵府·景物下》（卷六四）：「碧澗溪，在松滋縣西六十里，有碧澗寺。」早茶：農曆二、三月間采摘的茶。碧澗溪産名茶「碧澗」。《太平寰宇記·荆州》（卷一四六）：「松滋縣出碧澗茶。沈子曰茶餅、茶芽，今貢。」二句寫劉明府路經荆州。

〔四〕《竹枝》：詳《江南曲》（卷一）注釋〔七〕。

【繫　年】

作於元和元年（八〇六）以後張籍居京爲官期間。按：詩寫劉明府「老著青衫」的失意與遠赴枝江的行程以贈别。

送從弟徹東歸〔一〕

緱山領印知公奏，才稱同時盡不如。〔二〕奉使賀成登册禮，陪班看出降①恩書。〔三〕回程去在②秋塵裏，受詔辭歸曉漏初。〔四〕早晚得爲朝署拜，〔五〕閑坊買宅作鄰居。

【校　記】

① 降：劉本作「奉」。

② 回程去在：全詩、庫本作「去迴在路」。

【注　釋】

〔一〕從弟：見《送從弟戴玄往蘇州》（卷二）注釋〔一〕。此稱同姓同輩而年少者。張徹（七七七—八二一）：清河歷亭縣（治今山東武城東北）人。貞元十二年從韓愈游，娶韓愈侄女爲妻。元和四年（八〇九）進士及第，九年佐潞州郗士美幕，後歷范陽府監察御史、殿中侍御史、幽州節度判官。長慶元年，幽州朱克融亂，被殺。事跡見韓愈《故幽州節度判官贈給事中清河張君墓志銘》。東歸：指自長安歸清河。

〔三〕緱山領印：謂任緱氏縣（治今河南省偃師縣南緱氏鎮）令。緱山，緱氏山。此指緱氏縣。《元和郡縣圖志·河南府》（卷五）：「緱氏縣……因山爲名。……緱氏山在縣東南二十九里。王子晉得仙處。」公奏：指行政公務。奏，奏章。唐李賀《酒罷張大徹索贈詩》：「太行青草上白衫，匣中章奏密如蠶。」稱：著稱，聞名。

〔三〕登册禮：屬國新主受册登基的禮儀。唐時屬國新主登位，皇帝要遣使册立。陪班：指陪張徹同去的使者。降恩書：指唐皇帝給對方的册立文書。

〔四〕回程：指張徹歸鄉的征程。受詔辭歸：受皇帝恩準東歸。漏：見《沙堤行呈裴相公》（卷一）注釋〔二〕「玉漏」。

〔五〕朝署：朝廷官署。

【繫年】

據張徹生平推知，詩當作於元和中後期，季節爲秋。按：詩寫張徹才高、深得朝廷器重，表達對其回朝的期望。

哭胡十八遇①〔一〕

早得聲名年尚少②，尋常③志氣出風塵。〔二〕文場繼續成三代，家族④輝華在一身。〔三〕幼子見生⑤才滿月，選書知寫未呈⑥人。〔四〕送君帳下衣裳白，〔五〕數尺墳頭柏樹新。

【校　記】

①詩題英華（卷三〇四）、宋本無「遇」字。

②年尚少：席本作「少有倫」。

③常：英華作「思」。

④族：英華作「世」。

⑤生：英華作「存」。

⑥呈：英華作「成」。

【注　釋】

〔一〕胡遇（？—八二一）：貝州宗城縣（治今河北威縣東）人，行第十八。胡珦第四子，張籍妻弟。元和十年（八一五）與韓復、張正謨、龐嚴、沈亞之等同年及第。長慶元年（八二一）十一月卒。賈島、姚合、朱慶餘等皆與交游。

〔二〕得聲名：謂進士及第。尋常：平日。出風塵：超脱世俗。謂卓爾不群。

〔三〕文場：科場。繼續：謂接續祖、父登進士第。在一身：謂兄弟中唯胡遇及第。

〔四〕選書：唐代應舉者於考試前投獻顯貴以求賞識的詩文。未呈人：謂胡遇未曾向顯貴投獻選書。

〔五〕帳：指靈帳、靈帷。靈堂内張設的帷帳。《舊唐書·虞世南傳》（卷七二）：虞世南卒，「太宗爲詩一篇」，「令起居郎褚遂良詣其靈帳讀訖焚之」。衣裳白：謂著白色喪服。

【繫　年】

詩作於長慶元年（八二一）十一月，時張籍在國子博士任。唐沈亞之《祭胡同年文》：「維長慶元年十一月二十六日，同年韓復、張正謨、龐嚴、沈亞之，饌庶羞清酌之奠，祭於故安定胡君之靈。」按：詩寫胡遇才志出衆，科第光宗，卻英年早逝。

【同　唱】

朱慶餘《哭胡遇》：「尋僧昨日尚相隨，忽見緋幡意可知。題處舊詩休更讀，買來新馬憶曾騎。不應隨分空營奠，終擬求人與立碑。每向宣陽里中過，遥聞哭臨淚先垂。」（全詩卷五一四）

賈島《哭胡遇》：「夭壽知齊理，何曾免歎嗟。祭迴收朔雪，吊後折寒花。野水秋吟斷，空山暮影斜。弟兄相識遍，猶得到君家。」（全詩卷五七二）

贈賈島〔一〕

籬落荒涼僮①僕飢，樂游原上住多時。〔二〕蹇驢放飽騎將出②，秋卷裝成寄與誰？〔三〕拄③

杖傍田尋野菜，封書乞米趁時④炊。〔四〕姓名未上登科記，身屈惟⑤應内史知。〔五〕

【校　記】

①僮：席本作「童」。

②出：英華（二二五九）作「去」。

③拄：宋本作「柱」。

④時：英華、宋本、陸本、席本作「朝」。

⑤惟：英華、宋本、席本作「唯」。

【注　釋】

〔一〕賈島：見《過賈島野居》（卷二）注釋〔一〕。

〔三〕樂游原：古苑名。故址在今西安城南大雁塔東北。宋張禮《游城南記》：「樂游原，亦曰園，在曲江之北，即秦宜春苑也。漢宣帝起樂游廟，因以爲名。在唐京城内。每歲晦日、上巳、重九，士女咸此登賞祓禊。」《太平寰宇記·雍州·萬年縣》（卷二五）：「樂游廟，即漢宣帝立廟于曲江之北，號曰樂游原，在昇平坊。」賈島居所當在新昌坊北或東北之樂游原上。見《過賈島野居》（卷二）注釋〔二〕。

〔三〕秋卷：唐代舉子落第後寄居京師過夏課讀，其間所作詩文稱爲秋卷。秋卷多投獻顯貴。宋王讜《唐語林·文學》（卷二）：「籍而入選，謂之春闈……退而肄習，謂之過夏；執業以出，謂之秋卷。」唐姚合《送崔約下第歸揚州》：「春風下第時稱屈，秋卷呈親自束歸。」

〔四〕趁時炊：謂按時生火做飯。

〔五〕登科記：科舉及第士人的名録。詳載鄉、會試及第者數量、姓名、籍貫、年歲以及考官姓名，並三場試題目。初爲私人著作，唐宣宗大中十年後，成爲官書。内史：中書令。《舊唐書·職官志二》（卷四二）：「光宅元年九月，改尚書省爲文昌臺……中書令爲内史。」末句諷當權者識賈島之才而不能舉。

【繫　年】

詩云「樂游原上住多時」，當作於《過賈島野居》（卷二）之後，或大和初。時張籍在主客郎中或國子司業任。按：詩寫賈島科舉失意、貧困饑餓的窘境。

【集　評】

（清）余成教：見《薊北旅思》（卷二）「集評」。

逢王建有贈〔一〕

年狀皆齊初有髭，鵲山漳水每追隨。〔二〕使君座下朝聽《易》，處士庭①中夜會詩。〔三〕新作句成相借問，閑求②義盡共尋思。〔四〕經今三十餘年事，〔五〕卻説還同③昨日時。

【校 記】

① 庭：席本作「亭」。

② 求：宋本作「來」，庫本作「參」。

③ 同：席本作「如」。

【注 釋】

〔一〕王建：見《登城寄王建》（卷二）注釋〔一〕。

〔二〕年狀：年齡與狀貌。鵲山漳水：張籍與王建早年同窗之地。鵲山，亦名「蓬鵲山」、「龍騰山」。在邢州龍岡、内丘兩縣境。《元和郡縣圖志·邢州·内丘縣》（卷一五）：「鵲山，在縣西三十六里。昔扁鵲同號太子游此山采藥，因名。」《太平寰宇記·邢州·内丘縣》（卷五九）：「蓬鵲山，亦名龍騰山，在縣西六十三里。……《郡縣志》：『昔扁鵲同號太子游此採藥，因以名之。』」參《登城寄王建》（卷二）注釋〔二〕。漳水，見《酬秘書王丞見寄》（卷四）注釋〔二〕「漳谿」。

〔三〕使君：漢時刺史的别稱。後爲州郡長官的尊稱。此指張、王求學期間所拜謁的邢州（治今河北邢臺）、磁州（治今河北磁縣）、洺州（治今河北永年東南）、魏州（治今河北大名）等地軍政長官。

〔四〕借問：謂請教。閑求：謂慢慢琢磨。義盡：謂達到詩藝的高境界。

〔五〕三十餘年：指張、王建中四年（七八三）開始同窗距離元和八年（八一三）二人再次相逢（詳「繫年」）的時間。

【繫　年】

作於王建由魏博至長安求官時，即元和八年（八一三）秋。時張籍因眼疾罷太常太祝閑居京城。王建離魏博作有《留别田尚書》、《路中上田尚書》二詩，田尚書即田弘正。《舊唐書》憲宗本紀（卷一五）與田弘正傳（卷一四一）載：田弘正以魏博歸唐廷，元和七年十月加「銀青光禄大夫、檢校工部尚書，兼魏州大都督府長史，充魏博節度使」；十一月「令司封郎中、知制誥裴度往彼宣慰」。《路中上田尚書》有「可憐池閣秋風夜」語，知王建離魏博最早在元和八年秋。又，王建《上裴度舍人》：「仙侣何因記名姓，縣丞頭白走塵埃。」知作於其任昭應丞後。裴度爲中書舍人，《舊唐書》

裴度傳（卷一七〇）及憲宗本紀（卷一五）載爲元和七年十一月至九年十一月（遷御史中丞）。王建《初到昭應呈同僚》：「秋雨懸牆緑，暮山宫樹黄。」由二詩知王建任昭應丞至遲在元和九年秋。而王建在長安至少半年才得昭應丞，其《歸山莊》所謂「長安寄食半年餘，重向人邊乞薦書」可證。合上推知，王建任昭應丞在元和九年秋，離魏博往長安在八年秋。按：詩寫詩人與王建重逢而追憶二人早年的同窗生活。

【同　唱】

張籍《喜王六同宿》（卷六）。

移居靖①安坊答元八郎中②〔一〕

長安寺裏③多時住，雖④守卑官不厭⑤貧。〔二〕作活每常嫌費力，〔三〕移居祇是貴容身。初⑥開井淺偏宜樹，漸覺街閑省踏塵。〔四〕更喜往還相去近，門前減卻送書人。〔五〕

【校　記】

① 靖：原本與宋本、全詩、庫本作「靜」，據席本改。唐長安有靖安坊而無靜安坊。

②郎中：席本後有「見寄」二字。
③裹：宋本、陸本、席本作「後」。
④雖：席本作「唯」。
⑤厭：宋本作「差」，劉本、陸本、全詩作「苦」。
⑥初：庫本作「旋」。

【注釋】

〔一〕靖安坊：長安朱雀街東第二街皇城之南街東第五坊。元八郎中：左司郎中元宗簡。詳《和左司元郎中秋居十首》其一（卷二）注釋〔一〕。

〔二〕長安寺：指延康坊西明寺。延康坊在朱雀大街西，屬長安縣，故稱。張籍自元和元年至遷居靖安坊前皆居延康坊西明寺後。詳《酬韓庶子》（卷二）注釋〔二〕。卑官：指張籍遷居靖安坊前所任太常寺太祝（正九品上），國子助教（從六品上）、廣文博士（正六品上）、秘書郎（從六品上）。

〔三〕作活：見《書懷》（卷四）注釋〔二〕。

〔四〕偏宜樹：謂時宜植樹。偏，最。閑：安靜。省踏塵：謂行人少。

〔五〕相去近：元宗簡宅在靖安坊正東昇平坊，其間僅隔永崇坊，故謂。白居易有《和元八侍御昇平新居四絶句》。

【繫　年】

作於長慶元年（八二一）早春。據長慶元年盛春元宗簡由左司郎中遷京兆少尹（詳卷二《和左司元郎中秋居十首》其二「繫年」）可知，張籍移居靖安坊在此前。賈島有《題張博士新居》，知張籍還居在元和十五年（八二〇）冬任國子博士前後。又，詩云「初開井淺偏宜樹」，時爲早春。按：詩寫詩人的人生感慨與遷居的喜悦。

送楊少尹赴鳳翔①〔一〕

詩名往②日動長安，首首人家卷裏看。西學已行秦博士，南宮新拜漢郎官。〔二〕得錢祇了③還書鋪，借宅常④思⑤事藥欄。〔三〕今去岐州生計薄，移居偏近隴頭寒。〔四〕

【校　記】

① 鳳翔：庫本無「翔」字。

② 往：席本作「早」。

③ 了：唐音（卷五）作「擬」。

④ 常：陸本作「當」。

⑤ 思：原本、宋本、全詩等作「時」，據庫本改。作「時」與前句失對。

【注 釋】

〔一〕楊少尹：楊巨源。詳《贈令狐博士》（卷四）注釋〔一〕。陶敏《全唐詩人名考證》：「楊少尹，楊巨源。王建有《賀楊巨源博士拜虞部員外》詩，與此詩『西學已行秦博士，南宫新拜漢郎官』合。詩云『詩名往日動長安』、『借宅常時事藥欄』亦與楊巨源『自到長安賃舍居』合。」少尹，官名。唐初諸郡皆置司馬，開元元年改爲少尹，爲州府副職。《新唐書·百官志四下》（卷四九下）：「西都、東都、北都、鳳翔、成都、河中、江陵、興元、興德府……少尹二人，從四品下。掌貳府州之事，歲終則更次入計。」鳳翔：府名。治所在天興縣（治今陝西鳳翔縣），肅宗曾建爲西京，爲長安西面邊防重鎮。《新唐書·地理志一》（卷三七）：「鳳翔府扶風郡，赤上輔。本岐州，至德元載更郡曰鳳翔，二載復郡故名，號西京，爲府。上元二年罷京，元年曰西都，未幾復罷都。」楊巨源元和十五年五月至次年七月間出任鳳翔府少尹，詳「繫年」。

〔二〕西學：周代小學。《禮記·祭義》：「祀先賢於西學。」鄭玄注：「西學，周小學也。」孔穎達疏：「周之小學在西郊。」《大戴禮記·保傅》：「帝入西學，上賢而貴德。」此指掌祭祀禮樂的太常寺。行：授官。秦博士：太常博士。《漢書·百官公卿表上》（卷一九上）：「奉常，秦官，掌宗廟禮儀，有丞。景帝中六年更名太常。……博士，秦官，掌通古今，秩比六百石，員多至數十人。」楊巨源元和十一年（八一六）至十三年初春任太常博士。參《贈令狐博士》（卷四）「繫年」。南宫：尚書省的别稱。《資治通鑑·後周紀·世宗顯德四年》（卷二九三）：「乞令即日宰相於南宫三品、兩省給、舍以上，各舉所知。」胡三省注：「南宫，謂尚書省也。」此指尚書省工部。漢：漢朝。唐人常借以稱唐。郎官：尚書省各司所設郎中、員外郎的統稱。此指虞部員外郎。王建有《賀楊巨源博士拜虞部員外》詩。《舊唐書·職官志二》（卷四三）：「（工部虞部）員外郎一員，從六品上。……掌京城街巷種植，山澤苑囿，草木薪炭，供頓田獵之事。」

〔三〕事藥欄：謂養花種草。藥，芍藥，詳《西池落泉聯句》（卷八）注釋〔七〕。

〔四〕岐州：鳳翔府。詳注釋〔一〕。「今去」句謂因家境貧寒而去岐州任職。隴頭：見《關山月》（卷一）注釋〔四〕。《樂府詩集·横吹曲辭五·隴頭歌辭》（卷二五）：「朝發欣城，暮宿隴頭。寒不能語，舌卷入喉。」

【繫　年】

作于元和十五年五月至長慶元年七月間。時張籍在廣文博士或秘書郎或國子博士任。元稹有《内狀詩寄楊白二員外（時知制誥）》、《授楊巨源郭同玄河中興元少尹制》，皆作於元和十五年（八二〇)五月至長慶元年(八二一)十月其知制誥,爲中書舍人期間。「楊員外」即楊巨源;《唐才子傳校箋・楊巨源》(卷五)斷「河中」爲「鳳翔」之誤,甚確。據此知楊巨源由「員外」遷鳳翔「少尹」在元和十五年五月後,長慶元年十月前。又,《唐才子傳校箋》「疑巨源始爲國子司業,在長慶元年」,當是。而長慶元年五月太和公主出降回紇可汗,七月「發赴回紇」,楊巨源作《送太和公主和蕃》,時在長安,當已離鳳翔而在國子司業任。合上知楊巨源出爲翔府少尹在元和十五年五月至長慶元年七月間。時張籍在廣文博士或秘書郎或國子博士任。按:詩寫楊巨源的詩名、歷官、性情與生活境況以贈别。

【集評】

(明)顧璘評頸聯:「俗」。(陶文鵬等點校《唐音評注・正音》卷四)

送韓侍御歸山〔一〕

聞君久卧在①雲間,爲佐嫖姚未得還。〔二〕新結茆廬招隱逸②,獨騎驄馬入深山。〔三〕九靈洞口行應到,五粒松枝醉亦攀。〔四〕明日珂③聲出城去,家僮不復掃柴關。〔五〕

【校記】

①臥在：席本作「欲臥」。

②逸：石倉（卷五九）作「士」，席本作「客」。

③珂：原本、石倉作「河」，據宋本、席本、全詩、庫本等改。

【注釋】

〔一〕韓侍御：名不詳。侍御，見《寒食夜寄姚侍御》（卷二）注釋〔一〕。唐軍幕職多檢校臺省官，品階相同。據詩所謂「佐嫖姚」知韓所任爲軍幕職。

〔二〕雲間：高山。嫖姚：見《贈王秘書》（「早在山東聲價遠」，卷四）注釋〔二〕。

〔三〕結茆廬：謂歸隱。「茆」，同「茅」。《後漢書·李恂列傳》（卷五一）：「步歸鄉里，潛居山澤，結草爲廬，獨與諸生織席自給。」招：邀請。驄馬：侍御所乘之馬。典出《後漢書·桓典列傳》（卷三七）：「辟司徒袁隗府，舉高第，拜侍御史。是時宦官秉權，典執政無所回避。常乘驄馬，京師畏憚，爲之語曰：『行行且止，避驄馬御史。』」

〔四〕九靈洞：仙人的住所。北周王褒《靈壇銘》：「九靈之府，神液所以降祥；五英之闕，蓂華以之昭應。」《釋三十九章經·第三十九章》：「崑崙山有九靈之館，又有金丹流雲之宮，上接璇璣之輪，下在太空之中，乃王母之所治也。」（《雲笈七籤》卷八）此當指某道教聖地。五粒松：松的一種。或曰一叢五葉如釵形，因而得名；或曰「五粒」之「粒」當爲「鬣」之音訛，每五鬣爲一葉；或曰一叢有五粒子，形如桃仁，可食，因以「粒」名之。詳《能改齋漫録·事實》（卷七）「五粒松當作五鬣」條。唐李賀有《五粒小松歌》。《新五代史·鄭遨傳》（卷三四）：「華山有五粒松，脂淪入地，千歲化爲藥，能去三尸。」

〔五〕珂聲：馬行走時勒上珂飾發出的聲響。珂，見《謝裴司空寄馬》（卷四）注釋〔五〕。柴關：柴門。謂房舍簡陋。唐劉長卿《送鄭十二還廬山別業》：「潯陽數畝宅，歸卧掩柴關。」末句謂韓侍御將閉門深居，不再與世俗交往。

【繫　年】

或作於貞元十八、十九年張籍佐軍幕期間。按：詩寫韓侍御棄官歸隱及其隱居生活以贈別。

【集　評】

（明）許學夷：「張王五言（律）清新峭拔」，「張籍七言律，如『瑞烟深處開三殿，香雨微時引百官。』『閶門柳色烟中遠，茂苑鶯聲雨後新。』『曉來江氣連城白，雨後山光帶郭青。』『山鄉祇有輸蕉户，水鎮應多養鴨欄。』『九靈洞口行應到，五粒松枝醉亦攀』等句，風味亦與五言相類。」（《詩源辯體》卷二七）

新除水曹郎答白舍人見賀①〔一〕

年過五十到南宫，章句無名荷②至公。〔二〕黄紙開呈相府③後，朱衣引入謝班中。〔三〕諸曹縱許爲仙侣，〔四〕群吏多嫌是老翁。最幸④紫薇郎見愛，獨稱官與古人同。〔五〕

【校　記】

①見賀：宋本、律髓（卷二）、劉本、陸本、庫本無此二字。

②荷：席本作「賀」。

③相府：律髓作「丞相」，庫本作「趨府」。

④最幸：宋本、律髓、陸本、席本作「幸有」。

【注　釋】

〔一〕水曹郎：指水部員外郎。尚書省工部屬官。《舊唐書・職官志二》（卷四三）：「水部……員外郎一員，從六品上。……掌天下川瀆陂池之政令，以導達溝洫，堰決河渠。凡舟楫溉灌之利，咸總而舉之。」曹，見《詠懷》（卷二）注釋〔四〕。張籍長慶二年盛春由國子博士遷水部員外郎。

詳「繫年」。白舍人：白居易。見《酬白二十二舍人早春曲江見招》（卷二）注釋〔一〕。

〔二〕南宫：見《送楊少尹赴鳳翔》（卷四）注釋〔二〕。荷：承蒙。荷至公：謂蒙受宰相的恩德。至公，辦事極爲公正。用爲對長官如宰輔、主試官、銓選官等的敬稱。唐羅隱《隱嘗在江陵忝故中令白公叨蒙知遇今復重過渚宫感事悲身遂成長句》：「鳳凰池涸台星拆，迴首岐山憶至公。」唐李頻《長安書懷投知己（一作投邢員外）》：「所學近雕蟲，知難謁至公。」此指宰相。

唐制，五品以上官及員外郎、御史等職的任命由宰相提名呈報皇帝御批。參注釋〔三〕「開呈相府」。

〔三〕黄紙：唐代制、敕公文專用的紙張。《舊唐書·高宗本紀下》（卷五）：「（上元三年閏三月）戊午，敕制比用白紙，多爲蟲蠹，今後尚書省下諸司、州、縣，宜並用黄紙。其承制敕之司，量爲卷軸，以備披檢。」唐白居易《劉十九同宿》：「紅旗破賊非吾事，黄紙除書無我名。」開呈相府：謂呈交宰相（侍中）審定。唐制，六品以下官員除授由尚書省吏部「量資任定」（《舊唐書·職官志二》卷四三），「唯員外郎、御史及供奉之官則否（供奉官，若起居、補闕、拾遺之類，雖是六品以下官，而皆敕授，不屬選司。開元四年，始有此制）」（《通典·選舉·歷代制下（大唐）》卷一五），須「以名送中書、門下，聽敕授」（《舊唐書·職官志二》卷四三）。朱衣：指穿紅色衣服的儀仗官員。《新唐書·儀衛志上》（卷二三上）：「朝日……御史大夫領屬官至殿西廡，從官朱衣傳呼，促百官就班，文武列於兩觀。」謝班：感謝聖恩的班行。《新唐書·選舉志下》（卷四五）：「凡官已受成，皆廷謝。」

〔四〕諸曹：指尚書省各司郎官。仙侣：同僚。唐人習稱尚書省各司郎官爲「仙郎」。唐李白《江夏使君叔席上贈史郎中》：「仙郎久爲别，客舍問何如。」

〔五〕紫薇郎：唐中書舍人的别稱。「薇」亦作「微」。紫微，星官名。《晉書·天文志上·中宫》（卷一一）：「紫微，大帝之座也，天子之常居也，主命主度也。」唐開元元年改中書省爲紫微省，中書舍人爲紫微舍人，五年復舊。明謝肇淛《五雜俎·地部一》（卷三）：「紫微原爲帝星，以其政事之所從出，故中書省亦謂之紫微，而舍人爲紫微郎。」此指白居易。官與古人同：指白居易贈詩所謂「老何殁後吟聲絶，雖有郎官不愛詩」。「老何」即何遜，南朝梁人，工詩文，武帝天監中官尚書水部郎。詳《梁書》卷四九、《南史》卷三三本傳。

【繫　年】

作於長慶二年（八二二）盛春。韓愈有《早春與張十八博士籍游楊尚書林亭寄第三閣老兼呈白馮二閣老》，錢仲聯《韓昌黎詩繫年集釋》繫於長慶二年，當是。知是年早春籍尚在國子博士任。又，白居易有《張籍可水部員外郎制》，作於其任中書舍人期間。知籍遷水部員外郎在長慶二年七月白離舍人前。又，韓愈有《同水部張員外籍曲江春游寄白二十二舍人》，白居易答《酬韓侍郎張博士雨後游曲江見寄》。韓詩有「曲江水滿花千樹」語，知時爲盛春。白居易長慶元年十月轉中書舍人，二年七月除杭州刺史；韓愈長慶元年七月授兵部侍郎，二年九月除吏部侍郎。二詩稱「白二十二舍人」、「韓侍郎」，知唱和事在長慶二年盛春。二詩分别稱籍「張員外」、「張博士」，知時當張籍由國子博士改官水部員外郎之際，蓋韓以新官稱，白以舊官稱。又，白居易《制》文云：「前年已來，凡歷文雅之選三矣。」張籍元和十五年除秘書郎、國子監博士，至長慶二年盛春爲水部員外郎，恰歷「三選」。

按：詩自謙老而無才卻遷官南宫，感謝白居易相賀。

【集　評】

（清）馮舒：「妥帖。」（《瀛奎律髓彙評》卷二一）

（清）陸貽典：「妥適。」（同上）

（清）紀昀：「和白便純是白格，古人往往如此，後來東坡和山谷亦全似山谷。」（同上）

（清）無名氏（甲）：「意境頗平，不及樂天遠矣。」（同上）

（清）無名氏（乙）：「着此第六句轉落，分外生色。」（同上）

【唱　和】

白居易《喜張十八博士除水部員外郎》：「老何殁後吟聲絶，雖有郎官不愛詩。無復篇章傳道路，空留風月在曹司。長嗟博士官猶屈，亦恐騷人道漸衰。今日聞君除水部，喜於身得省郎時。」（全

詩卷四四二)

送楊少尹赴蒲①城〔一〕

官爲本府當身榮，因得還鄉任②野情。〔二〕自廢田園今作主，每逢耆老不呼名。〔三〕舊游寺裏僧③應識，新别橋邊樹已④成。公事況⑤閑詩更好，將誰⑥相逐⑦上山⑧行。〔四〕

【校　記】

①蒲：宋本、全詩、庫本作「滿」。按：「滿」當爲「蒲」之形訛。參注釋〔一〕與〔二〕。

②任：陸本作「在」。

③僧：劉本作「鶴」。

④已：英華(卷二七七)、事聚(續集卷四)作「亦」。

⑤況：英華、事聚作「多」。

⑥將誰：原本與庫本作「將隨」，據英華、宋本、陸本、席本改；石倉(卷五九)作「筆床」。

⑦相逐：英華、事聚作「相送」，宋本作「根逐」，石倉作「攜去」。

⑧山：庫本作「田」。

【注　釋】

〔一〕楊少尹：楊巨源。見《贈令狐博士》（卷四）注釋〔一〕。少尹，見《送楊少尹赴鳳翔》（卷四）注釋〔一〕。《新唐書·藝文志四》（卷六〇）：「楊巨源……大和河中少尹。」《唐才子傳》載同。楊巨源任河中府少尹在長慶四年，詳「繫年」。蒲城：即蒲州城（今山西永濟縣西蒲州鎮），河中府治所。《新唐書·地理志三》（卷三九）：「河中府河東郡，赤。本蒲州。」

〔二〕官爲本府：楊巨源蒲州人，故云。《唐才子傳》：「楊巨源，字景山，蒲中人。」

〔三〕「自廢」句：謂重新操持廢棄的産業。耆老：指老朋友。耆，六十曰耆。不呼名：謂非常親近。

〔四〕況：正，恰。將：猶「與」。唐盧綸《與暢當夜泛秋潭》：「離人將落葉，俱在一船中。」

【繫　年】

作於長慶四年（八二四），時張籍在水部員外郎或主客郎中任。韓愈有《送楊少尹序》，方崧卿《韓文年表》繫於長慶四年（八二四）。賈島有《寄河中楊少尹》，李嘉言《賈島年譜》繫年同。《唐才子傳校箋·楊巨源》（卷五）亦考楊巨源任河中少尹在長慶四年。按：詩寫楊巨源「官爲本府」的愜意生活以贈別。

哭元九少尹①〔一〕

平生志業獨相知，早結雲山老去期。〔二〕初作學官常共②宿，晚登朝列暫同時。〔三〕閑來各數經過地，醉後齊吟唱③和詩。今日春風花滿宅④，入門行哭見靈帷。〔四〕

【校　記】

①尹：原本與全詩、庫本作「府」，據英華（卷三〇四）、宋本、席本改。參注釋〔一〕。

②共：英華、宋本、陸本、席本作「對」。

③唱：英華作「倡」。

④宅：英華校「一作院」。

【注　釋】

〔一〕元九：當爲「元八」之誤。「元九」乃元稹，不曾任少尹或原本所謂少府職，且卒於張籍後。「元八」爲元宗簡，長慶元年（八二一）春權知京兆少尹，白居易《故京兆元少尹文集序》有載。元宗簡，見《和左司元郎中秋居十首》其一（卷二）注釋〔一〕。少尹，見《送楊少尹赴鳳翔》（卷四）注釋〔一〕。

〔二〕結：約定。雲山期：歸隱山水之約。南朝梁江淹《蕭被侍中敦勸表》：「臣不能遵烟洲而謝支伯，迎雲山而揖許由。」

〔三〕初作學官：指張籍元和十一年（八一六）春至十二年任國子助教。後籍又任廣文博士、國子博士，故謂之「初」。學官，國子監官員。籍任助教時，元宗簡在金部員外郎任。朝列：常參官朝參的班列。參《酬秘書王丞見寄》（卷四）注釋〔三〕。張籍元和十五年（八二〇）冬爲國子監博士（正五品上），始入朝班，時五十五歲。暫同時：謂同朝時間短。元宗簡長慶二年春卒，二人同朝兩年。

〔四〕行哭：放聲痛哭。《南史·張融傳》（卷三二）：「吾生平之風調，何至使婦人行哭失聲。」靈帷：靈帳。參《哭胡十八遇》注釋〔五〕「帳」。

【繫　年】

作於長慶二年（八二二）盛春。白居易《故京兆元少尹文集序》：「（元宗簡）訖京兆亞尹……長慶二年冬遘疾，彌留……無幾何，會予自中書舍人出牧杭州，歲餘改右庶子，移疾東洛，明年，復刺蘇州。四年間，三換官……」據白居易長慶二年七月「出牧杭州」，四年五月「改右庶子」推知，「長慶三年」乃「長慶元年」之誤。又，籍詩云「今日春風花滿宅」，知元宗簡卒於長慶二年盛春。時張籍在國子博士任或已轉水部員外郎。按：詩寫詩人與元宗簡的深厚情誼，抒發悼念之情。

送侯判官赴廣州從軍①〔一〕

年少才高②求自展，將身萬里赴③軍門。辟書遠到④開呈客，公服新成著謝恩。〔二〕驛舫過江分白堠⑤，戍亭⑥當嶺見紅幡。〔三〕海花蠻草連冬有，〔四〕行處無家不滿園。

【校　記】

①軍：英華（卷二七七）、席本作「事」。

②高：英華、宋本、陸本、席本作「多」。

③赴：席本作「向」。

④到：英華作「至」。

⑤堠：原本及英華、宋本、劉本、陸本作「候」，據全詩、庫本改。參注釋〔四〕。

⑥亭：英華作「樓」。

【注　釋】

〔一〕侯判官：名不詳。判官，見《送揚州判官》（卷四）注釋〔一〕。廣州：治今廣東省廣州市。《舊唐書·地理志一》(卷三八)："「嶺南東道節度使。治廣州。」

〔二〕辟書：徵召入幕的文書。公服：官吏的制服。服色按散官品階的高低分紫、緋、緑、青等。詳《傷歌行》(卷一)注釋〔五〕。謝恩：感謝皇恩。唐方鎮僚屬如是流内者，其任命需報請皇帝批准。《資治通鑑·唐紀·憲宗元和十三年》(卷二四〇)："「(二月)李愬奏請判官、大將以下官凡百五十員，上不悦。」

〔三〕驛舫：驛船。唐代驛路分陸驛和水驛。水驛置驛船。分白堠：以白堠分界。王建《送嚴大夫赴桂州》："「嶺頭分界堠，一半屬湘潭。」堠，記里程或標示分界的土壇。《北史·韋孝寬傳》(卷六四)："「先是，路側一里置一土堠，經雨頽毁，每須修之。自孝寬臨州，乃勒部内，當堠處植槐樹代之。既免修復，行旅又得庇蔭。」堠塗白色以醒目，故曰「白堠」。戍亭：駐軍的驛亭。嶺：五嶺。詳《送南客》(卷二)注釋〔三〕。五嶺以南即嶺南(東道)節度使轄地。

〔四〕海花蠻草：泛指嶺南地區的花草。

【繫年】

作於元和元年(八〇六)以後張籍居京爲官期間。按：詩寫侯判官受辟從軍及赴任旅程以送别。

答白杭州郡樓登望畫圖見寄〔一〕

畫得江城登望處，寄來今日到長安。乍驚物色①從詩出，更想工人下手②難。〔二〕將展書堂偏覺好，每來朝客③盡求看。〔三〕見君向此閑吟意，肯恨④當時⑤作外官？〔四〕

【校記】

① 色：英華（卷二四五）作「象」。

② 手：席本作「筆」。

③ 客：英華、庫本作「士」。

④ 恨：英華校「一作限」。

⑤ 時：英華、席本作「初」。

【注釋】

〔一〕白杭州：白居易。見《酬白二十二舍人早春曲江見招》（卷二）注釋〔一〕。白長慶二年（八二二）七月至四年五月爲杭州（今治浙江杭州市）刺史。

〔二〕物色：自然景色。工人：指畫工。

〔三〕朝客：朝中官員。

〔四〕見：知。《穀梁傳·僖公元年》：「何用見其是齊侯也？」肯：猶「豈」。

【繫　年】

白居易長慶二年七月出爲杭州刺史，十月至杭，四年五月離杭；白所寄題畫詩有「江色澄鮮海氣涼」、「雁點青天字一行」語，知作於長慶三年深秋。據此推知，籍詩作於長慶三年（八二三）冬，時籍在水部員外郎任。按：詩寫白居易所寄畫圖的美妙及白居易爲官杭州的閑適情懷。

【原　唱】

白居易《江樓晚眺景物鮮奇吟翫成篇寄水部張員外》：「澹烟疎雨間斜陽，江色鮮明海氣涼。蜃散雲收破樓閣，虹殘水照斷橋梁。風翻白浪花千片，雁點青天字一行。好著丹青圖畫取，題詩寄與水曹郎。」（全詩卷四四三）

贈趙將軍①〔一〕

當年膽略已縱横，每見妖星氣不②平。〔二〕身貴早登龍尾道，功高自破鹿頭城。〔三〕尋常得對論邊事，委曲承恩掌内兵。〔四〕會取安西將報國，淩烟閣上大③書名。〔五〕

【重　出】

事聚外集卷六署名孟郊，誤。宋本、席本等張籍集收此詩，英華卷二五九亦作張籍詩；而宋宋敏求所編《孟東野詩集》未收。英華編張籍詩於孟郊詩後，事聚或因英華體例而誤視「前人」爲孟郊。

【校　記】

① 軍：原本作「事」，據英華（卷二五九）、宋本、席本、全詩、庫本等改。
② 不：宋本作「未」。
③ 大：英華作「早」。

【注　釋】

〔一〕趙將軍：名不詳。

〔二〕妖星：預兆災禍的星，如彗星等。此指藩鎮叛亂。

〔三〕早登龍尾道：謂年輕即被皇帝召見。龍尾道，唐長安大明宫含元殿前的甬道。自上望下，宛如龍尾下垂，故名。《雍録·龍尾道》（卷三）：「龍尾道者，含元殿正南升殿之道也。賈黄中《談録》曰：『含元殿前龍尾道，自平地凡詰曲七轉，由丹鳳北望，宛如龍尾下垂於地……』」鹿頭城：鹿頭關。唐置，在漢州德陽縣（今四川省德陽市）鹿頭山上，爲西川防守要地。《舊唐書·憲宗本紀上》（卷一四）：元和元年（八〇六）六月「丁酉，高崇文破賊萬人於鹿頭關」。同書《高崇文傳》（卷一五一）：「成都北一百五十里有鹿頭山，扼兩川之要，（劉）闢築城以守，又連八柵，張掎角之勢以拒王師。是日，破賊二萬于鹿頭城下。」趙將軍當爲此戰之驍將。

〔四〕尋常：平常。對：面對皇帝奏對議事。委曲：唐時謂機密文書。《資治通鑑·唐紀·僖宗光啟三年》（卷二五七）：「用之比來頻啟令公，欲因此相圖，已有委曲在張尚書所，宜備之。」胡三省注：「當時機密文書謂之委曲。」此指受密令。謂非常時期。内兵：警衛皇宫的禁軍。

〔五〕安西：見《送安西將》（卷二）注釋〔一〕。淩烟閣：封建王朝爲表彰功臣而圖畫功臣之像的高閣。北周庾信《周柱國大將軍紇干弘神道碑》：「天子畫淩烟之閣，言念舊臣；出平樂之宫，實思賢傳。」唐淩烟閣在長安太極宫東北隅，位於三清殿之側。唐劉肅《大唐新語·褒錫》載，貞觀十七年曾畫長孫無忌、杜如晦、魏徵等二十四功臣像於其上，「太宗親爲之贊，褚遂良題閣，閻立本畫」。

【繫　年】

作於元和元年（八〇六）以後張籍居京爲官期間。按：詩寫趙將軍的「膽略」、「功高」、「身貴」與志向，表達崇敬之情。

【集　評】

（清）曹錫彤：「首韻總叙，將軍以『膽略』二字立案。中二韻承『膽略』寫將軍高貴。身貴，故掌内；功高，故論邊。末韻指出第一邊事，亦以見非將軍膽略不能托大事而昭内恩也。」（《唐詩析類集訓》卷二六）

送和蕃公主〔一〕

塞上如今無戰塵，漢家公主出和親。邑司猶屬宗卿寺，册號還同虜帳人。〔二〕九姓旗幡先引路，〔三〕一生衣服盡隨身。氈城南望無迴日，空見沙蓬水柳春。〔四〕

【注　釋】

〔一〕蕃：見《送裴相公赴鎮太原》（卷四）注釋〔四〕。此指迴紇（又作「回鶻」）。《舊唐書·穆宗本紀》（卷一六）：長慶元年（八二一）五月，「皇妹太和公主出降迴紇登羅骨没施合毗伽可汗」（按：唐册爲崇德可汗），七月辛酉「發赴迴紇，上以半仗御通化門臨送，群臣班於章敬寺前」。公主：指太和公主。憲宗之女，穆宗第四妹。《新唐書·回鶻傳》（卷二一七下）：「詔以太和公主下降。主，憲宗女也。」白居易《封太和長公主制》：「敕：公主之封號也，或以善地，或以嘉名；立愛展親，兹惟舊典。第四妹端明成性，和順稟教。……可封某公主。」《文苑英華》（卷四四六）收此制文，後署「長慶元年三月」。按：白《制》所謂「第四妹」，白集與《全唐文》（卷六五九）皆作「第四女」，非，此據《文苑英華》改。

〔三〕邑司：唐代管理公主事務的機構。《舊唐書·職官志一》（卷四二）：「王公以下置府佐國官。公主置邑司已下。」此指隨公主出境的官屬。《舊唐書·迴紇傳》（卷一九五）：「（長慶元年五月）敕：『太和公主出降迴紇，宜特置府，其官屬宜視親王例。』」宗卿寺：即宗正寺。掌管王室親族事務的機構。首長爲宗正寺卿。《舊唐書·職官志三》（卷四四）：「宗正寺。《星經》有宗正星，在帝座之東南。秦置宗正，掌宗屬。……卿一員，從三品上。……掌九族六親之屬籍，以别昭穆之序，並領崇玄署。」册號：皇帝所賜封號。《新唐書·回鶻傳》（卷二一七下）：「（穆宗）爲主建府，以左金吾衛大將軍胡証、光禄卿李憲持節護送，太府卿李説爲昏禮使，册拜主爲『仁孝端麗明智上壽可敦』，告于廟。」可敦，即可賀敦，鮮卑、柔然、突厥、迴紇、蒙古等民族對可汗妻的稱呼。《舊唐書·突厥傳上》（卷一九四上）：「可汗者，猶古之單于；妻號可賀敦，猶古之閼氏也。」虜帳人：指迴紇。因其聯氈帳以居，故云。「册號」句謂穆宗按迴紇禮俗册封公主。

〔三〕九姓：唐時迴紇分爲九個部落，即藥羅葛、胡咄葛、咄羅勿、貊歌息訖、阿勿嘀、葛薩、斛嗢素、藥勿葛、奚耶勿，故稱之「九姓」。《舊唐書·迴紇傳》（卷一九五）：「上元元年九月己丑，迴紇九姓可汗使大臣俱陸莫達干等入朝奉表起居。」

〔四〕氈城：又作「氊城」。游牧民族所居氈帳的集中地。多指其王庭所在。沙蓬：一年生草本植物。多生於沙丘和沙地。幼嫩植株可作羊和駱駝飼料。水柳：柳之一種。《册府元龜·外臣部·土風第三》（卷九六一）：「（吐蕃）有藏河，去邏些三百里。東南流，衆水湊焉，南入崑崙國……有水柳及攝木生焉。」陳延傑《張籍詩注》：「沙蓬、水柳，並指塞上之景。」

【繫　年】

作於長慶元年（八二一）七月辛酉。時詩人在國子博士任。按：詩寫太和公主出降迴紇及其身赴異域的孤寂和對中原的思念。

【集　評】

（清）查慎行：「第六句雖太直，卻真。」（《瀛奎律髓彙評》卷三九）

（清）紀昀：「通體凡猥，六句尤鄙。」（同上）

【同唱】

王建《太和公主和蕃》：「塞黑雲黄欲渡河，風沙眯眼雪相和。琵琶淚濕行聲小，斷得人腸不在多。」（全詩卷三〇一）

楊巨源《送太和公主和蕃》：「北路古來難，年光獨認寒。朔雲侵鬢起，邊月向眉殘。蘆井尋沙到，花門度磧看。薰風一萬里，來處是長安。」（全詩卷三三三）

寒食①内宴　二首〔一〕

其一

朝光瑞氣滿宫樓，綵纛魚龍四面稠。〔二〕廊下御廚分冷②食，殿前香③騎逐飛④毬。〔三〕千官盡醉猶教⑤坐，百戲皆呈未放⑥休。〔四〕共喜⑦拜恩侵夜出，金吾不敢問行⑧由。〔五〕

【校記】

① 寒食：雜詠（卷一二）後有「日」字。

②冷：事聚（前集卷八）作「熟」。

③香：席本作「飛」。

④飛：席本作「香」。

⑤教：英華（卷二六）作「高」。

⑥未放：英華、雜詠作「亦未」。

⑦喜：席本作「起」。

⑧行：席本作「來」。

【注釋】

〔一〕内宴：皇帝在宫中所設的宴席。清秦蕙田《五禮通考·嘉禮·饗燕禮》（卷一六〇）考，寒食賜百官宴始於唐德宗貞元十二年：「帝御麟德殿之東亭，觀武臣及勳戚子弟會毬，兼賜宰臣讌饌。」

〔二〕瑞氣：祥瑞之氣。《晉書·天文志中·雲氣》（卷一二）：「瑞氣：一曰慶雲。若烟非烟，若雲非雲，郁郁紛紛，蕭索輪囷，是謂慶雲，亦曰景雲。此喜氣也，太平之應。二曰歸邪……」魚龍：古代百戲雜耍中能變化爲魚和龍的魔術雜技表演。《漢書·西域傳贊》（卷九六下）：「設酒池肉林以饗四夷之客，作《巴俞》都盧、海中《碭極》、漫衍魚龍、角抵之戲以觀視之。」顔師古

注：「魚龍者，爲舍利之獸，先戲於庭極，畢乃入殿前激水，化成比目魚，跳躍漱水，作霧障日，畢，化成黄龍八丈，出水敖戲於庭，炫燿日光。」

〔三〕「廊下」句：謂寒食禁火，廊餐分發冷食。唐制，百官朝退後，皇帝賜食於殿前廊下，謂之廊下食，也叫廊餐、廊食、廊下餐。《唐會要·廊下食》（卷二四）：「貞觀四年十二月詔，所司於外廊置食一頓。貞元二年九月，舉故事，置武班朝参，其廊下食等，亦宜加給。」香騎：騎馬打毬的宫女。毬：皮革製作的以毛實内的用以游戲的球。唐代習俗，寒食節，宫女於殿前表演馬毬和步打毬。馬毬又稱「擊鞠」，一種分兩隊在馬上擊毬競賽的運動。唐張祜《觀泗州李常侍打毬》對男子馬毬有形象描繪。步打毬又稱「白打」，一種徒步以杖擊毬類似今曲棍球的運動。唐魚玄機《詠毬作》、王建《宫詞》（「殿前鋪設兩邊樓」）所寫即此。

〔四〕百戲：樂舞雜技的總稱。唐劉晏《詠王大娘戴竿》：「樓前百戲競爭新，唯有長竿妙入神。」放休：遣散休息。

〔五〕侵夜：入夜，深夜。金吾：左、右金吾衛。唐負責皇帝大臣警衛、儀仗以及徼循京師、掌管治安的武裝機構。《舊唐書·職官志三》（卷四四）：「左右金吾衛之職，掌宫中及京城晝夜巡警之法，以執禦非違。」此指金吾衛官吏。

【繫　年】

清秦蕙田《五禮通考·嘉禮·饗燕禮》（卷一六〇）載，唐皇帝賜宴者爲常參官。張籍元和十五年（八二〇）冬遷國子博士（正五品上）而始爲常參官。又，其二云：「宫筵戲樂年年别，已得三迴對御看。」「三迴」當謂三年。知二詩作於長慶三年（八二三）寒食，時張籍在水部員外郎任。按：二詩寫寒食内宴的具體活動與詩人的所見所感。

【集　評】

（明）周秉倫：見《寄和州劉使君》（卷四）「集評」。

其二

城闕沈沈向曉①寒，恩當令②節賜餘歡。〔一〕瑞烟深③處開三殿，香④雨微時引百官。〔二〕寶樹樓前分繡⑤幕，綵花廊下映華⑥欄。〔三〕宫筵⑦戲樂年年别，〔四〕已得三迴對御看。

【校　記】

① 曉：雜詠（卷一二）作「晚」。

② 令：英華（卷二六）、雜詠、宋本、品彙（卷八七）、陸本、席本、庫本作「冷」。

③深：宋本、品彙、陸本作「入」。

④香：英華、全詩作「春」。

⑤繡：英華作「翠」。

⑥華：英華、雜詠、品彙、席本作「朱」。

⑦宮筵：英華作「宮庭」，雜詠作「空庭」。

【注　釋】

〔一〕城闕：宮闕。指皇宮。闕，見《楚宮行》（卷一）注釋〔四〕。沈沈：又作「沉沉」，宮室深邃貌。《史記·陳涉世家》（卷四八）：「入宮，見殿屋帷帳，客曰：『夥頤！涉之爲王沈沈者！』」裴駰集解引應劭曰：「沈沈，宮室深邃之貌也。」餘歡：盡情的歡樂。多指歡宴。漢司馬遷《報任少卿書》：「未嘗銜杯酒，接殷勤之餘歡。」

〔二〕三殿：唐大明宮别殿麟德殿。在右銀臺門西北。《雍録·唐翰苑位置》（卷四）：「三殿者，麟德殿也，一殿而有三面，故名三殿也。」皇帝賜宴多在此。《長安志·宮室四》（卷六）：「東内大明宮……麟德殿……凡内晏多在於此殿。」香雨：春雨的美稱。

〔三〕寶樹：對宮樹的美稱。綵花：綵絹製作的花。二句寫麟德殿前妝扮佈置一新。

〔四〕戲：指百戲。

【集　評】

（明）許學夷：見《送韓侍御歸山》（卷四）「集評」。

（清）洪亮吉評頷聯：見《贈梅處士》（卷四）「集評」。

（清）管世銘：「凡律詩最重起結，七言尤然。起句之工于發端，如……張籍『聖朝特重大司空，人詠元和第一功』……落句以語盡意不盡爲貴，如……張籍『賓筵戲樂年年別，已得三迴對御看』……皆足爲一代楷式。」（《讀雪山房唐詩序例·七律凡例》）

朝日敕賜①櫻桃〔一〕

仙果人間都未有，今朝忽②見下天門。〔二〕捧盤小吏初宣敕，當殿群臣共拜恩。日色遥分廊③下座④，露香才出禁中園。〔三〕每年重⑤此長先熟⑥，〔四〕願得千春奉至尊。

【校　記】

① 朝日敕賜：英華（卷三二六）、全詩後有「百官」二字，席本無「敕」字，《五百家注昌黎文集》（卷一〇）作「宣政衙賜百官」。

② 忽：劉本作「果」。

③ 廊：全詩作「門」。

④ 座：宋本、全詩作「坐」。

⑤ 重：席本作「從」。

⑥ 長先熟：宋本作「偏先熟」，全詩作「先偏待」。

【注　釋】

〔一〕 朝日：帝王坐朝聽政之日。《漢書・于定國傳》（卷七一）：「上於是數以朝日引見丞相、御史，入受詔。」顏師古注：「五日一聽朝，故云朝日也。」敕：帝王的命令。宋趙明誠《金石録》（卷二二）「後周河瀆碑」條：「當時帝王命令尚未稱『敕』，至唐顯慶中，始云不經鳳閣鸞臺，不得稱『敕』。『敕』之名始定於此。」櫻桃：唐宫廷内園多植櫻桃，四月一日薦於寢廟嘗新後，皇帝常賞賜百官。《苕溪漁隱叢話・後集・王右丞》（卷九）：「唐自四月一日，寢廟薦櫻桃後，頒賜百官，各有差。」唐顧況《櫻桃曲》：「遥知寢廟嘗新後，敕賜櫻桃向幾家。」按：《五百家注昌黎文集》異題所謂「宣政衙」，即宣政殿，在大明宫内，爲唐皇帝聽政正衙。《舊唐書・地理志一》（卷三八）：「東内曰大明宫，在西内之東北，高宗龍朔二年置。正門曰丹鳳，正殿曰含元，含元之後曰宣政。」

〔二〕 天門：天宫之門。此指内宫之門。

〔三〕「日色」句：謂天色漸明，廊下百官分明可見。參《寒食内宴二首》其一（卷四）注釋〔三〕。露香：帶露而清香的櫻桃。禁中園：禁苑中的櫻桃園。《長安志・宫室四》（卷六）：「禁苑南有文宗會昌殿、含光殿、昭德宫、櫻桃園、東西葡萄園。」

〔四〕重：重復。此：指御賜櫻桃。

【繫　年】

作於長慶二年（八二二）四月初。韓愈有《和水部張員外宣政衙賜百官櫻桃詩》，知時在張籍爲水部員外郎即長慶二年盛春至四年五月（詳卷四《新除水曹郎答白舍人見賀》「繫年」、卷七《祭退之》注釋〔三三〕與〔三四〕）期間。錢仲聯《韓昌黎詩繫年集釋》繫韓詩於長慶二年，當是。按：詩寫朝日皇帝御賜櫻桃，表達感激之情。

【唱　和】

韓愈《和水部張員外宣政衙賜百官櫻桃詩》：「漢家舊種明光殿，炎帝還書本草經。豈似滿朝承雨露，共看傳賜出青冥。香隨翠籠擎初到，色映銀盤寫未停。食罷自知無所報，空然慚汗仰皇扃。」（全詩卷三四四）

太白①老人〔一〕

日觀東峰②幽客住，竹巾藤帶亦逢迎。〔二〕暗修黄③籙無人見，深種胡麻共犬行。〔三〕洞裏仙家常獨往，壺中靈藥自爲名。〔四〕春泉四面繞茅屋，日④日唯聞杵臼聲。〔五〕

【校　記】

① 太白：英華（卷二三二）作「太山」。

② 峰：英華作「邊」，席本作「南」。

③ 黄：劉本作「寶」。

④ 日：宋本作「百」。

【注　釋】

〔一〕太白：山名。秦嶺山脈主峰之一，在鳳翔府郿縣（今屬陝西省）境内。《元和郡縣圖志·鳳翔府·郿縣》（卷二）：「太白山，在縣東南五十里。」《陝西通志·山川·太白山》（卷八）引《潛確類書》：「太白山常積雪，望之皎然。上有洞，道書第十一洞天。」老人：道士之稱。《舊唐書·

王鉷傳》(卷一〇五):「(天寶八載)太白山人李渾言于金星洞見老人,云有玉版石記符,聖上長生久視。玄宗令鉷入山洞求而得之。」

〔二〕日觀:太白山峰名。竹巾:竹笠的别稱。元俞琰《席上腐談》(卷上):「氈之異名曰毛席,毯之異名曰毛褥,猶竹笠呼爲竹巾。」逢迎:謂接待客人。

〔三〕暗修:秘密修煉。黄籙:道教修煉法之一。籙,道教秘文。凡入道者必受籙。《隋書·經籍志四》(卷三五):「其受道之法,初受《五千文籙》,次受《三洞籙》,次受《洞玄籙》,次受《上清籙》。籙皆素書,紀諸天曹官屬佐吏之名有多少,又有諸符,錯在其間,文章詭怪,世所不識。……其潔齋之法,有黄籙、玉籙、金籙、塗炭等齋。」深:大山深處。胡麻:亦稱「巨勝」,即芝麻。相傳漢張騫得其種於西域,故名「胡麻」。晉葛洪《抱朴子·内篇·仙藥》:「巨勝一名胡麻,餌服之不老,耐風濕,補衰老也。」

〔四〕壺中靈藥:指太白老人所煉製的丹藥。典出《後漢書·方術傳下·費長房》(卷八二下):「費長房……曾爲市掾。市中有老翁賣藥,懸一壺於肆頭,及市罷,輒跳入壺中。市人莫之見,唯長房於樓上覩之,異焉,因往再拜奉酒脯。翁知長房之意其神也,謂之曰:『子明日可更來。』長房旦日復詣翁,翁乃與俱入壺中。」又,《太平廣記·神仙·益州老父》(卷二三)引張籍時人李隱《瀟湘録》:「唐則天末年,益州有一老父,攜一藥壺於城中賣藥,得錢即轉濟貧乏,自常不食,時即飲浄水。如此經歲餘,百姓賴之,有疾得藥者,無不愈。……忽一日獨詣錦川,解衣浄浴，探壺中，惟選一丸藥，自吞之，謂衆人曰：『老夫罪已滿矣，今卻歸島上。』俄化一白鶴飛去，衣與藥壺並没於水，永尋不見。」

〔五〕杵臼聲：指搗藥聲。杵臼，舂搗藥物的工具。

和裴司空酬蒲①城楊少尹〔一〕

聖朝偏重大司空，人詠元和第一功。〔二〕擁節高臨漢②水上，題詩遠入舜③城中。〔三〕共驚向老多年别，更憶登科舊日同。〔四〕誰不望歸丞相府，江邊楊柳又秋風。〔五〕

【校　記】

①蒲：原本及宋本、全詩、庫本作「滿」，據席本改。參《送楊少尹赴蒲城》（卷四）注釋〔一〕與〔二〕。

②漢：原本及席本、庫本作「襄」，據宋本、全詩改。襄水流經山南東道節度使治所襄陽。《元和郡縣圖志·襄州·襄陽縣》（卷二一）：「在襄水之陽，故以爲名。」《舊唐書·文宗本紀下》（卷一七下）載，裴度大和四年九月充山南東道節度使，時張籍已卒。漢水流經山南西道節度使治所梁州，裴度長慶三年八月任山南西道節度使。詳注釋〔三〕。

③舜：原本及席本、庫本作「漢」，據宋本、全詩改。參注釋〔三〕。

【注　釋】

〔一〕裴司空：裴度。見《沙堤行呈裴相公》（卷一）注釋〔一〕。司空，見《節婦吟》（卷一）注釋〔一〕「按」語。《舊唐書·穆宗本紀》（卷一六）載，裴度元和十五年九月加司空銜。蒲城：見《送楊少尹赴蒲城》（卷四）注釋〔一〕。楊少尹：楊巨源。見《贈令狐博士》（卷四）注釋〔一〕。少尹，見《送楊少尹赴鳳翔》（卷四）注釋〔一〕。巨源長慶四年（八二四）任河中少尹。詳《送楊少尹赴蒲城》（卷四）「繫年」。

〔二〕第一功：首功。裴度元和十二年（八一七）帥師平淮西吴元濟之亂，次年輔憲宗誅淄青節度使李師道，爲「元和中興」功臣。

〔三〕節：符節。唐節度使持雙節。見《送僧游五臺兼謁李司空》（卷二）注釋〔二〕。漢水：長江中游支流漢江。《資治通鑑·唐紀·穆宗長慶三年》（卷二四三）：「（八月）以左僕射裴度爲司空、山南西道節度使，不兼平章事。」《舊唐書·敬宗本紀》（卷一七上）：「（寶曆二年二月丁未）裴度守司空、同平章事，復知政事。」知裴度長慶三年（八二三）八月至寶曆二年（八二六）二月任山南西道節度使。治所在漢水北岸梁州（今陝西漢中市東，唐德宗興元元年六月曾改名興元府）。舜城：蒲州城。《元和郡縣圖志·河中府》（卷一二）：「本帝舜所都蒲阪也。」同書同卷《河中府·河東縣》：「州城，即蒲阪城也，城中有舜廟，城外有舜宅及二妃壇。」二句寫裴度自興元酬詩寄河中少尹楊巨源。

〔四〕向老：將老。登科舊日同：裴度、楊巨源同於貞元五年（七八九）進士及第。

〔五〕望歸丞相府：盼望裴度復相。因遭李逢吉黨陷害，裴度於長慶二年六月罷相爲左僕射（詳卷一《沙堤行呈裴相公》注釋〔五〕），三年八月出爲山南西道節度使。江：指漢水。

【繫年】

楊巨源長慶四年（八二四）離朝歸爲河中少尹，裴度長慶三年八月出任山南西道節度使，寶曆二年（八二六）二月回京「復知政事」；詩云「多年別」、「又秋風」，當作於寶曆元年（八二五）早秋。時張籍在主客郎中任。按：詩寫裴度的功業及其對楊巨源的思念，表達詩人對裴度復相的期盼。

【集評】

（清）管世銘：見《寒食内宴二首》其二「集評」。

寄和州劉使君〔一〕

別離已久猶爲郡，閑向春風倒酒缾。〔二〕送客將①過沙口堰②，看花多上水心亭。〔三〕曉來江氣連城白，雨③後山光滿郭④青。〔四〕到此詩情應更遠，醉中高詠有誰聽？〔五〕

【校　記】

①將：宋本、全詩、庫本作「特」，席本作「時」。

②堰：席本作「店」。

③雨：席本作「晴」。

④郭：席本作「眼」。

【注　釋】

〔一〕和州：治所在歷陽縣（治今安徽和縣）。《舊唐書·地理志三》（卷四〇）：「和州。隋歷陽郡。武德三年，杜伏威歸國，改爲和州。天寶元年，改爲歷陽郡。乾元元年，復爲和州。」劉使君：劉禹錫（七七二—八四二）。字夢得，行第二十八，洛陽人。貞元九年（七九三）進士及第。「永貞革新」失敗，被貶朗州司馬。元和十年（八一五）召回，又出爲連州、夔州、和州刺史。文宗初，爲主客、禮部郎中，兼集賢殿學士。尋出刺蘇、汝、同三州。開成元年（八三六），以太子賓客分司東都。會昌元年（八四一），加檢校禮部尚書銜。中唐著名詩人，世稱劉賓客、劉尚書。使君，見《逢王建有贈》（卷四）注釋〔三〕。劉禹錫長慶四年秋至寶曆二年秋爲和州刺史。其《歷陽書事七十韻（并引）》：「長慶四年八月，余自夔州轉歷陽。」又，《罷和州游建康》：「秋水清無力，寒山暮多思。」《鶴歎二首（并序）》：「友人白樂天去年罷吴郡……與余相遇於揚子津。」據白居易寶曆二年十月罷蘇州刺史可知，劉禹錫離和州在寶曆二年秋。

〔二〕久：二人離别當在元和十年，至劉禹錫刺和州已十載，故云。爲郡：任州刺史。唐玄宗曾改州爲郡，詳《贈商州王使君》（卷四）注釋〔三〕。倒酒缾：謂飲酒。

〔三〕沙口堰：水利工程名。清陳廷桂《歷陽典録·山川·沙口堰》（卷五）：「出東郭五里曰龍口。又東五里曰沙河，劉夢得詩『沙浦王渾鎮』，張文昌詩『送客特過沙口堰』是也，亦名浮沙河。又東五里，曰鍼潒嘴，出大江。岸善崩，日益内削，堰遂没入江，今城距江不十里矣。」堰，擋水的低壩。水心亭：歷陽城中亭名。《歷陽典録·古跡·水心亭》（卷七）：「在州城東三老堂，張文昌詩『看花多上水心亭』即此。」

〔四〕連城白：謂水氣浮於江上，溶溶不散，與距江不遠的州城相連，一片乳白。歷陽城距長江較近。參上引《歷陽典録·山川·沙口堰》。郭：在城的外圍加築的一道城牆。此指歷陽城。「雨後」句謂雨霽峰秀，城中倍添青色。

〔五〕此：指歷陽。末句寫劉禹錫的孤寂。

【繫　年】

詩有「春風」、「看花」語，又云「到此詩情應更遠」，當作於劉刺和州之首春即寶曆元年（八二五）盛春，時張籍在主客郎中任。按：詩寫劉禹錫在和州的閑適、放情而又孤寂的生活。詩境清絶，是張籍七律代表作之一。

【集　評】

（明）周珽：「首慨宦運之留滯，次言因官閒得寄興于酒，中聯即爲郡之情事風景，末接言詩思，由以高遠見寄贈之意。」（明周珽輯《删補唐詩選脉箋釋會通評林》卷四五）

（明）周秉倫：「文昌七律，詞意雅馴，賦景抒情覺多自在，如《寄劉使君》、《寄白二十二》諸作，俱堪心賞。又《寒食内宴》一詩，典型尚存，寧獨樂府絶唱也。」（同上）

（明）顧璘評頸聯：「説景甚活。」（陶文鵬等點校《唐音評注・正音》卷四）

（明）許學夷：見《送韓侍御歸山》（卷四）「集評」。

（清）金聖歎：「『别離已久』，無限眼淚。下二、三、四句，便含淚直寫『猶爲郡』人一肚皮牢愁也。言每日只是『倒酒瓶』也，『送客』也，『看花』也，『沙口堰』也，『水心亭』也，總以一言蔽之曰『閑向春風』也。『閑』字中，有『猶爲郡』之意。『春風』字中，有『别離已久』意。此等詩，俱是唐人細意新裁，最要多吟。」「五、六，純寫手板拄頤、西山看爽意思。七以『到此』二字總之，言使君氣色如此，即詩情豈在郡中？『遠』字妙，『更』字又妙，言不但遠，而且更遠。此不關彼中人不能聽，本意亦初不與彼中人聽也。寫盡『猶爲郡』人滿肚牢愁。」（《貫華堂選批唐才子詩》卷五）

（清）黄生：「全篇直叙。」「劉作郡，當是劣轉，故起語頗似訝其蹭蹬。賦詩飲酒，送客看花，皆極寫使君之閑。夫使君作郡，不宜閑者也；不宜閑而閑，則作郡非其所樂，意在言外矣。以『閑』字見一篇之意，與陸龜蒙『王謝遺蹤』篇同法。」「結句言外以知己自許。『醉中』字，應二句。」（《增訂唐詩摘鈔》卷三）

（清）朱之荆：「三倒酒人也，四倒酒事也，五、六倒酒時也。飲酒必賦詩，故七插入『詩情』一句，以起八『醉中』字。『到此』二字，收上四句。」（同上）

（清）王堯衢：「前解閑中勝事，後解觸景吟詩，而兼離索之感。」「（『別離』句）言與使君久別，而使君猶未遷官，見無以盡其才也。（『閑向』句）因郡中閑靜，或值客到，或遇花開，倒酒瓶以相樂也。（『送客』句）沿江沙口築堤以障水者爲『堰』；送客過堰，興之所至，不覺足之前也。（『看花』句）時當春日花開，閑中遂有看花之興；臨水有花，上亭而觀之。（『曉來江氣』）曉時，江邊水上之氣上騰，與霧露之氣交凝，溶溶不散。（『連城白』）江氣固白，城去江未遠，白成一片也。（『雨後山光』）山光固妙，其在雨後，則又明淨而娟秀。（『滿郭青』）郊外望之，無峰不秀，因雨而倍添青色也。（『到此』）到此，曉時，或是雨後。（『詩情應更遠』）此種好景在前，詩情倍覺幽遠；『應』者，遥度其應如是也；『更』者，比前更加也。（『醉中高詠』）應前『倒酒瓶』，一醉而爲閑中之高卧。（『有誰聽』）好友離居，縱有詩情，誰人共聽？此所以寄懷也。」（《唐詩合解箋注》卷一一）

（清）毛奇齡評頸聯：「頓覺卑氣都盡。」（《唐七律選》卷三）

（清）賀裳：見《没蕃故人》（卷二）「集評」。

（清）趙臣瑗：「先生和州人，故中四句寫和州風景歷歷在目。然倒酒也，送客也，看花也，自是使君所有事，而江氣連城，山光滿郭，又別自抽筆寫和州有此妙境。用『到此』二字總承，作一氣注下，不許平看。『應更遠』三字中含有平日詩情固已遠矣一層意思。見此一使君，并非俗吏之所可得而方駕也。末句一宕，抑何薄待故鄉乃爾？」（《山滿樓箋注唐詩七言律》卷四）

（清）黄叔燦：「此言爲郡風流，並得善地，看花送客，酒興詩情，自多佳趣，因別離而結想，聊寄遠以言情。詩境清絶。」（《唐詩箋注》）

（清）楊逢春：「首以『別離久』起，末以『有誰聽』結，則中間寫劉在郡情事，都攝入『寄』字情中。中四實處皆虚，板處皆活。二（句）『閑』字是詩骨。在郡日久，政簡刑清，自然蕭閑無事，寄情詩酒。中四即神注『詩情』二字著筆，絶非呆叙，言此皆所以觸發詩情者也。故七（句）便作點眼束上之筆，八（句）兜轉首句，醒寄詩意結。」（《唐詩繹》卷二二）

（清）余成教：見《薊北旅思》（卷二）集評。

（清）王壽昌：「然亦有雖似無害而實不可援以爲例者，如……韋左司『孤村幾歲臨伊岸，一雁初晴下朔風』之對仗不倫；張秘書『閒向春風倒酒瓶』之詠態可哂……如此之類，不可枚舉，要皆不可爲訓者爾。」（《小清華園詩談》卷下）

（清）曹錫彤：「首韻叙劉別在州飲酒，以『別』、『久』立案，『春』、『酒』提綱。中二韻就和州寫酒中春情。末韻以醉酒賦詩作結，仍應首句以明別久難忘之意，是以寄之也。」（《唐詩析類集訓》卷

二六）

【唱　和】

劉禹錫《張郎中籍遠寄長句開緘之日已及新秋因舉目前仰酬高韻》：「南宮詞客寄新篇，清似湘靈促柱弦。京邑舊游勞夢想，歷陽秋色正澄鮮。雲銜日脚成山雨，風駕潮頭入渚田。對此獨吟還獨酌，知音不見思愴然。」（全詩卷三六一）

贈商州王使君〔一〕

銜命南來會郡堂，卻思朝裏接班行。〔二〕才雄猶是山城守，道薄初爲水部郎。〔三〕選勝相留開客館，尋幽更引到僧房。〔四〕明朝從此辭君去，獨出商關路漸長。〔五〕

【注　釋】

〔一〕商州：州名。治所在今陝西省商州市。《舊唐書·地理志二》（卷三九）：「商州。隋上洛郡。武德元年，改爲商州。……天寶元年，改爲上洛郡。乾元元年，復爲商州。」王使君：王公亮（？—八二九？）。籍貫不詳。貞元六年（七九〇）進士及第。元和末官至尚書司門郎中，累遷至左金吾大將軍。大和元年（八二七）出爲湖南觀察使，三年任滿，其後事蹟不詳。使君，見《逢王建有贈》（卷四）注釋〔三〕。白居易有《王公亮可商州刺史制》，作於元和十五年（八二〇）十二月二十八日其授主客郎中、知制誥後。《新唐書·藝文志三》（卷五九）：「王公亮《兵書》十八卷。長慶元年上。商州刺史。」合上知王公亮長慶元年（八二一）爲商州刺史。

〔二〕接班行：上朝時班列相接。所指當爲長慶元年事，時張籍爲國子博士，初入朝班。班行，見《和陸（裴）司業習靜寄所知》（卷二）注釋〔五〕。

〔三〕守：太守。此指刺史。唐玄宗曾改州爲郡，刺史爲太守。《舊唐書·官職志一》（卷四二）：「天寶元年二月……改州爲郡，刺史爲太守。……至德二載十二月……罷郡爲州，復以太守爲刺史。」水部郎：水部員外郎。張籍長慶二年盛春授此職。詳《新除水曹郎答白舍人見賀》（卷四）「繫年」。

〔四〕選勝、尋幽：謂王公亮延引張籍游覽商州勝地。

〔五〕商關：武關。在今陝西商洛縣東南。自古爲秦、楚兩地交通關隘，因在商州，故稱。《史記·秦始皇本紀》（卷六）：「上自南郡由武關歸。」裴駰集解引應劭曰：「武關，秦南關，通南陽。」張守節正義引《括地志》：「故武關在商州商洛縣東九十里，春秋時少習也。杜預云少習，商縣武關也。」

【繫　年】

作於長慶二年（八二二）六月。詩云「銜命南來」、「初爲水部郎」，知作於張籍南使途中，時在長慶二年盛春張籍任水部員外郎後不久。又，白居易長慶二年七月十四日出爲杭州刺史，八月初經商州逢張籍使回，作《逢張十八員外籍》（白集次於《商山路有感》之後，《内鄉村路作》之前，《商山路有感》序云「長慶二年七月三十日，題於内鄉縣南亭」），知張籍南使在此前不久。而同年六月裴度罷相，張籍作《沙堤行呈裴相公》（卷一）、《和裴僕射移官言志》（卷二），尚在長安。據白居易由長安至商州費時半月推算，張籍出使當在長慶二年六月。又，詩云「獨出商關路漸長」，知其目的地在商州以南。張籍有《送梧州王使君》（卷六）：「楚江亭上秋風起，看發蒼梧太守船。千里同行從此别，相逢又隔幾多年。」據其與梧州王使君一同南行，至「楚江」而别，時爲初秋判斷，詩所寫即此次南使事。（籍大和元年曾使襄陽，但時爲深秋。詳卷二《使回留别襄陽李司空》「繫年」。）又，張籍有《游襄陽山寺》（卷二）、《題李山人幽居》（卷二），皆作於襄陽，所寫季節亦爲初秋。又，《舊唐書・地理志二》（卷三九）：「襄州緊上。隋襄陽郡。……山南東道節度使治所。……在京師東南一千一百八十二里。」知長安至襄陽正如《送梧州王使君》所謂「千里」。合上推知，張籍此次南使目的地爲鄰近「楚江」（漢江）的襄陽，六月出發，至襄陽已爲初秋七月。按：詩寫詩人使襄陽途經商州而受到王公亮的款待以及詩人旅途的孤寂。

【集　評】

（清）紀昀：「亦庸沓無致。」（《瀛奎律髓彙評》卷四二）

寄令狐賓客〔一〕

勳名盡得國家①傳，退狎②琴僧與酒仙。〔二〕還帶郡符經幾處，暫辭③台座已三年。〔三〕留司未到龍樓下，拜表長懷玉案前。〔四〕秋日出城伊水好，〔五〕領誰相逐上閑船。

【校　記】

① 家：席本作「東」。

② 狎：原本作「押」，據宋本、席本、全詩、庫本等改。

③ 辭：席本作「離」。

【注　釋】

〔一〕令狐賓客：令狐楚。見《和户部令狐尚書喜裴司空見招看雪》（卷二）注釋〔一〕。賓客，太子賓客。東宫屬官。參《西池送白二十二東歸兼寄令狐相公聯句》（卷九）注釋〔九〕「商皓」。

《舊唐書·官職志三》（卷四四）：「東宫……太子賓客四員，正三品。古無此官，皇家顯慶元年春始置四員也。掌侍從規諫，贊相禮儀。」同書《令狐楚傳》（卷一七二）：「長慶元年四月，量移郢州刺史，遷太子賓客，分司東都。……（四年三月）用楚爲河南尹、兼御史大夫。」

〔二〕「勳名」句：謂令狐楚功名遠揚。《舊唐書·令狐楚傳》：貞元十七年（八〇一），楚在太原鄭儋幕，鄭儋「暴卒，不及處分後事，軍中喧譁，將有急變。中夜十數騎持刃迫楚至軍門，諸將環之，令草遺表。楚在白刃之中，搦管即成，讀示三軍，無不感泣，軍情乃安。自是聲名益重」。退：謂任東都留司太子賓客。此爲閑職，故云。狎：親近。

〔三〕「還帶」句：謂令狐楚此前曾多次任州刺史。《舊唐書》憲宗本紀、穆宗本紀與令狐楚傳載，楚元和十三年四月罷中書舍人出爲華州刺史，同年十一月改懷州刺史充河陽三城懷孟節度使，十四年七月拜相，次年七月罷相出爲宣州刺史充宣歙池觀察使，八月貶衡州刺史，長慶元年四月改郢州刺史。辭台座：謂罷相。台座，指宰相之位。參《和裴司空即事通簡舊僚》（卷二）注釋〔二〕「上台」。

〔四〕留司：對東都分司官員的習稱。此指令狐楚。龍樓：漢太子宫門名。《漢書·成帝紀》（卷一〇）：「上嘗急召，太子出龍樓門，不敢絶馳道。」顏師古注引張晏曰：「門樓上有銅龍，若白鶴、飛廉之爲名也。」後泛指東宫之門。唐吴兢《貞觀政要·忠義》：「臣等昔受命太上，委質東宫，出入龍樓，垂將一紀。」「留司」句謂令狐楚分司東都，雖爲太子屬官，卻未曾至東宫。拜

表：上表向皇帝問安。《唐六典·尚書禮部》（卷四）：「東都留司文武官每月於尚書省拜表，及留守官共遣使起居，皆以月朔日，使奉表以見，中書舍人一人受表以進。」

〔五〕伊水：見《和令狐尚書平泉東莊近居李僕射有寄》（卷三）注釋〔二〕。

【繫　年】

據令狐楚元和十五年（八二〇）七月罷相出爲宣歙觀察使與詩所謂「暫辭台座已三年」、「秋日出城伊水好」語推知，詩作於長慶二年（八二二）秋，時張籍在水部員外郎任。按：長慶二年六月張籍使襄陽，約於八月中旬返京，詩當作於此後。參《贈商州王使君》（卷四）「繫年」。又按：詩寫令狐楚屈居「留司」的不得志及其閒靜的生活。

寄梅處士〔一〕

擾擾人間是與非①，官閑自覺省心機。六行②班裏身常下，九列符中事亦③稀。〔二〕市客慣曾賒賤藥，家童④驚見著新衣。君今獨得居山樂，應笑⑤多時未辦⑥歸。〔三〕

【校　記】

① 是與非：英華（卷二三〇）作「足是非」。

②行：英華作「街」。

③亦：英華、席本作「且」。

④家童：全詩作「家僮」，席本作「兒童」。

⑤笑：全詩作「喜」。

⑥辨：宋本作「辦」，律髓（卷四二）作「便」。

【注　釋】

〔一〕梅處士：名不詳。張籍另有《贈梅處士》（卷四）。

〔二〕六行：尚書省吏、户、禮、兵、刑、工六部。此指朝官。班：常參官朝參的行列。參《酬秘書王丞見寄》（卷四）注釋〔三〕。張籍曾任正五品上之國子博士、從六品上之水部員外郎、從五品上之主客郎中、從四品下之國子司業，品位在常參官中皆較低下，故云「身常下」。九列：指九卿職位。《漢書·韋玄成傳》（卷七三）：「明明天子……恤我九列。」顔師古注：「九列，卿之位，謂少府。」《晉書·儒林傳·韋謏》（卷九一）：「前後四登九列，六在尚書，二爲侍中，再爲太子太傅，封京兆公。」此指朝官。符：一種蓋有官印的下行公文。《新唐書·百官志一》（卷四六）：「凡上之逮下，其制有六：一曰制……六曰符，省下於州，州下於縣，縣下於鄉。」此借指公務。張籍所任國子博士、國子司業皆爲閑職，水部員外郎、主客郎中事務亦不繁忙，故曰「事亦稀」。

〔三〕居山：隱居。辨歸：辭官歸隱。

【繫　年】

據「官閑」、「身常下」、「未辨歸」語推測，當作於大和二年（八二八）或三年張籍爲國子司業期間。按：詩寫詩人晚年閑居的生活境況與人生感慨。

【集　評】

（清）紀昀：「鄙陋至此，而虛谷圜點之。」（按：方回在「市客慣曾賒賤藥」句旁加密點，在「家童驚見著新衣」句旁加密圈。）（《瀛奎律髓彙評》卷四二）

送施肩吾東歸〔一〕

知君本是烟霞客，被薦因來城闕間。〔二〕世業偏臨七里瀨，仙①游多在四明山。〔三〕早聞詩句②傳人徧，新得科名到處閑。惆悵灞亭相送去，雲中琪樹不同攀。〔四〕

【校　記】

① 仙：宋本作「山」。

② 句：宋本、劉本、陸本作「價」。

【注　釋】

〔一〕施肩吾（七八六—?）：字希聖，睦州分水（今浙江桐廬）人，寓居吴興（今浙江湖州市）、常州武進縣（今屬江蘇）。元和十五年（八二〇）登進士第。好道教神仙之術，久隱洪州（治今江西南昌市）西山，一生不曾出仕。中唐著名詩人。詩風奇麗，有《西山集》十卷。

〔二〕烟霞客：山林隱士。被薦：指元和十四年施肩吾舉睦州鄉貢入京參加禮部試。明董斯張《吴興備志》（卷三二）引明《嚴州志》：「其裔施憲家藏及第告身，題『鄉貢進士施肩吾，年三十五歲』，注『睦州分水縣桐峴鄉賓城里，身爲寄客，習《禮記》、雜文、時務策』。」城闕：見《使至藍谿驛寄太常王丞》（卷二）注釋〔四〕。

〔三〕世業：先世遺留的産業。七里瀨：水名。在今浙江桐廬縣南。水流湍急，連亘七里，故名。與嚴陵瀨相接。《後漢書·逸民傳·嚴光》（卷八三）：「後人名其釣處爲嚴陵瀨。」李賢注引顧野王《輿地志》：「七里瀨在東陽江下，與嚴陵瀨相接，有嚴山。」另參《贈殷山人》（卷三）注釋〔一二〕「越溪」。仙游：遠游以求仙訪道。四明山：在今浙江東部，綿延嵊、上虞、餘姚、奉化、鄠等縣市。主峰在嵊縣東北，上有方石，四面如窗，通日月星辰之光，故名。

〔四〕灞亭：長安灞橋長亭。古人多於此送别。參《薊北旅思》（卷二）注釋〔四〕「折柳枝」。雲中：指傳説中的仙境。《楚辭·九歌·雲中君》：「靈皇皇兮既降，猋遠舉兮雲中。」王逸注：「雲中，雲神所居也。」琪樹：傳説仙境中的玉樹。晉孫綽《游天台山賦》：「建木滅景於千尋，琪樹璀璨而垂珠。」吕延濟注：「琪樹，玉樹。」（《六臣注文選》卷一一）不同攀：謂自己不能與施肩吾一同仙游。

【繫年】

作於元和十五年（八二〇）春，時張籍在廣文博士任。五代王定保《唐摭言·及第後隱居》（卷八）：「施肩吾，元和十（五）年及第。」宋王讜《唐語林》（卷六）：「元和十五年，太常少卿李建知舉，放進士二十九人。時崔嘏舍人與施肩吾同牓。」清徐松《登科記考》（卷一八）載同。又，施肩吾《及第後過揚子江》：「今日步春草，復來經此道。」按：詩寫施肩吾及第東歸及其烟霞之志以贈别。

崑崙兒〔一〕

崑崙家住①海中州②，蠻客將來漢地游。〔二〕言語解③教秦吉了，波濤初過④鬱林州⑤。〔三〕

金環欲落曾穿耳，螺髻長拳⑥不裹頭。〔四〕自愛肌膚黑如漆，行時半脱木緜裘。〔五〕

【校　記】

①住：席本作「在」。

②州：律髓（卷三八）、席本、庫本作「洲」。

③解：席本作「閑」。

④過：席本作「辨」。

⑤州：原本、宋本、律髓、全詩、庫本作「洲」，據席本改。參注釋〔三〕。

⑥拳：全詩作「卷」。

【注　釋】

〔一〕崑崙兒：新樂府題。《樂府詩集》卷八〇《近代曲辭》收有《崑崙子》：「揚子譚經去，淮王載酒過。醉來啼鳥唤，坐久落花多。」「崑崙兒」或即「崑崙子」的變題。崑崙，古代對來自南洋或非洲的黑人的稱呼。《舊唐書·南蠻傳》（卷一九七）：「自林邑以南，皆卷髮黑身，通號爲『崑崙』。」《唐會要·殊柰國》（卷九八）：「殊柰，崑崙人也，在林邑南，去交趾海行三月餘日。習俗文字與婆羅門同，絶遠未常朝中國，貞觀二年十月，使至朝貢。」同書《甘棠國》（卷九九）：

「甘棠，在大海之南，崑崙人也。」《文獻通考·四裔考十六·大食》（卷三三九）：「太平興國二年，遣使貢方物。其從者目深體黑，謂之『崑崙奴』。」

〔二〕海中州：海島。蠻客：南方客商。唐盧綸《送鹽鐵裴判官入蜀》：「榷商蠻客富，税地芋田肥。」蠻，見《賈客樂》（卷一）注釋〔四〕。將：帶領。

〔三〕解：能夠。南朝梁簡文帝《櫂歌行》：「風生解刺浪，水深能捉船。」教：通「效」，仿效。《韓非子·難勢》：「堯教於隸屬而民不聽。」陳奇猷集釋：「教，借爲效……堯教於隸屬而民不聽，謂堯與隸屬相仿則民不聽其令也。」秦吉了：鳥名。産於嶺南，能如人言。《太平廣記·禽鳥·秦吉了》（卷四六三）引《嶺表録異》：「秦吉了，容、管、廉、白州産此鳥，大約似鸚鵡，嘴脚皆紅，兩眼後夾腦，有黄肉冠，善效人言，語音雄大，分明於鸚鵡。以熟雞子和飯如棗飼之。或云，容州有純赤、純白色者，俱未之見也。」又稱「結遼鳥」。《舊唐書·南蠻傳》（卷一九七）：「（林邑國）有結遼鳥，能解人語。」「言語」句謂崑崙兒説話如同秦吉了學人言。鬱林州：治所在石南縣（今廣西玉林縣石南鎮東北）。《舊唐書·地理志四》（卷四一）：「鬱林州下。隋鬱林郡之石南縣。貞觀中置鬱林州，領石南、興德。天寶元年，改爲鬱林郡。乾元元年，復爲鬱林州也。」「波濤」句謂崑崙兒越大海，過鬱林，初至中原不久。

〔四〕金環穿耳：南方少數民族的飾俗。《舊唐書·南蠻傳》（卷一九七）：「婆利國，在林邑東南海中洲上。……其人皆黑色，穿耳附璫。」《新唐書·南蠻傳下》（卷二二二下）：「衣朝霞，耳金鐶。」螺髻：螺殼狀的髮髻。晉崔豹《古今注·魚蟲》（卷中）：「童子結髮，亦爲螺髻，亦謂其形似螺殼。」拳：卷曲。《舊唐書·南蠻傳》：「林邑國，漢日南象林之地，在交州南千餘里。……其人拳髮色黑，俗皆徒跣，得麝香以塗身。」「婆利國……男子皆拳髮，被古貝布，横幅以繞腰。」

〔五〕木緜裘：以木緜製成的衣服。「緜」亦作「綿」。木綿，植物名，因果實的纖維如綿，故曰木綿。有似草似木兩種。前者稱「古終」，後者稱「古貝」。此指後者，産於南方。《本草綱目·木·木綿》（卷三六）「集解」李時珍云：「交、廣木綿樹大如抱，其枝似桐，其葉大如胡桃葉。入秋開花，紅如山茶花，黄蘂，花片極厚，爲房甚繁，短側相比，結實大如拳，實中有白綿，綿中有子。今人謂之斑枝花，訛爲攀枝花。李延壽《南史》所謂林邑諸國出古貝，花中如鵝毳，抽其緒，紡爲布；張勃《吴録》所謂交州永昌木綿，樹高過屋，有十餘年不換者，實大如杯，花中綿軟白可爲緼絮及毛布者，皆指似木之木綿也。」以上六句寫「崑崙兒」的形貌與生活習俗。

【集　評】

（元）方回：「此所謂崑崙兒，即今之黑厮也。」（《瀛奎律髓彙評》卷三八）

（清）紀昀：「小様。」（同上）

贈李杭州〔一〕

仙郎白首未歸朝，應爲蒼生領六條。〔二〕惠化州人盡①清淨，高情野鶴共②逍遥。〔三〕竹間虚館無朝訟，山畔青田長夏苗。〔四〕終日政聲③長④獨坐，開門唯⑤望浙江潮。〔五〕

【校　記】

① 盡：石倉（卷五九）作「久」。
② 共：宋本、席本、全詩作「與」。
③ 聲：石倉作「閒」。
④ 長：石倉作「惟」。
⑤ 唯：石倉、全詩作「長」。

【注　釋】

〔一〕李杭州：《唐刺史考全編·杭州》（卷一四一）以爲李幼公，寶曆間爲杭州刺史，當是。《宋高僧傳·唐錢塘永福寺慧琳傳》（卷一六）：「郡守左司郎中陸則、刑部侍郎楊憑、給事中盧元輔、中書舍人白居易、太府卿李幼公、刑部郎中崔鄯、刑部郎中路異相繼九邦伯，皆以公退至院，致禮稽問佛法宗意，染指性相。」知李幼公繼白居易後爲杭州刺史，此前任太府卿。

〔二〕仙郎：見《新除水曹郎答白舍人見賀》（卷四）注釋〔四〕「仙侣」。李幼公當曾任尚書省郎官。歸朝：回朝廷任職。六條：漢刺史據以考察官吏的「六條」詔書。《漢書·百官公卿表上》（卷一九上）：「武帝元封五年初置部刺史，掌奉詔條察州。」顔師古注：「《漢官典職儀》云刺史班宣，周行郡國，省察治狀，黜陟能否，斷治冤獄，以六條問事，非條所問，即不省。一條，强宗豪右田宅踰制，以强淩弱，以衆暴寡。……五條，二千石子弟恃怙榮勢，請託所監。六條，二千（石）違公下比，阿附豪强，通行貨賂，割損正令也。」後借指據以考察官吏政績的職權。李幼公時爲杭州刺史，故云「領六條」。

〔三〕清淨：謂安定，無訟爭。

〔四〕虚館：指李幼公空閑的政事堂。虚，空閑。朝訟：猶「訟爭」。二句謂李幼公教化一方，百姓安居樂業，貧瘠山田也是禾苗蔥蔥。

〔五〕政聲：政治聲譽。此指百姓贊譽。浙江潮：錢塘潮。浙江下游，稱錢塘江。江口呈喇叭狀，海潮倒灌，形成著名的「錢塘潮」。

【繫　年】

作於寶曆(八二五—八二六)間,時張籍在主客郎中任。按:詩寫李杭州爲政有方,清靜悠閑。

送鄭尚書赴廣州①〔一〕

聖朝選將持符節,内制②宣時百辟聽。〔二〕海北③蠻夷來舞蹈,嶺南封管④送圖經。〔三〕白鵰飛達⑤迎官舫,紅槿開當讌客亭。〔四〕此處莫言多瘴癘,天邊看取老人星。〔五〕

【校　記】

① 詩題英華(卷二七七)作「送南海鄭尚書」。
② 制:全詩作「使」。
③ 北:席本作「外」。
④ 管:英華作「館」。
⑤ 達:英華、宋本、陸本、席本、全詩、庫本作「遶」。

【注　釋】

〔一〕鄭尚書:鄭權。廣州:州名。治今廣東廣州市,嶺南節度使治所。鄭權長慶三年四月出爲嶺南節度使。詳《送鄭尚書出鎮南海》（卷三）注釋〔一〕。

〔二〕符：兵符。見《送鄭尚書出鎮南海》（卷三）注釋〔四〕。節：雙節。見《送僧游五臺兼謁李司空》（卷二）注釋〔二〕。内制：翰林學士所掌的皇帝詔令。開元後，皇帝詔令有内、外制之别。翰林學士所掌爲内制，中書舍人所掌爲外制。《唐會要・翰林院》（卷五七）：「（開元）二十六年，始以翰林供奉改稱學士，由是别建學士院，俾掌内制。」清張廷玉等《詞林典故・職掌》（卷三）：「古以學士爲内制，謂事不由中書，而出自上意者，其詔命皆學士掌之，大政令、大廢舉與大除授，皆在焉。」百辟：諸侯。《詩・大雅・假樂》：「百辟卿士，媚于天子。」鄭玄箋：「百辟，畿内諸侯也。」後指百官。唐白居易《醉後走筆酬劉五主簿長句之贈兼簡張大賈二十四先輩昆季》：「閶闔晨開朝百辟，冕旒不動香烟碧。」

〔三〕海北：指嶺南節度使所轄地區。封：指接受唐廷册封的邦國。管：唐代於嶺南道設置的特别行政區。《舊唐書・地理志四》（卷四一）：「永徽後，以廣、桂、容、邕、安南府，皆隸廣府都督統攝，謂之五府節度使，名嶺南五管。」圖經：附有圖畫的書籍，多爲地理類著作。《隋書・經籍志二》（卷三三）：「《冀州圖經》一卷、《齊州圖經》一卷……《幽州圖經》一卷。」《舊唐書・經籍志上》（卷四六）：「《潤州圖經》二十卷（孫處玄撰）。」此指有關嶺南東道行政區劃的圖書。

〔四〕白鷴：鳥名。又稱銀雉，産於南方。《禽經》：「鷴鷺之潔。」舊題晉張華注：「鷴，白鷴。似山雞而色白，行止閑雅。」晉葛洪《西京雜記》（卷四）：「閩越王獻高帝石蜜五斛，蜜燭二百枚，白鵬、黑鵬各一雙。」槿：木槿。亦作「木堇」。落葉灌木。夏秋開花，花細小，朝開暮落。《淮南子·時則訓》：「半夏生，木堇榮。」高誘注：「木槿，朝榮莫落，樹高五六尺，其葉與安石榴相似也。」以上四句寫鄭權到達廣州受歡迎的情景。

〔五〕瘴癘：瘴氣。詳《送南遷客》（卷二）注釋〔一〕。看取：見《譙客詞》（卷一）注釋〔三〕。老人星：即船底座α，全天第二亮星，又稱「壽星」。位於南部天空。古人認爲象徵君民長壽與天下安寧。《史記·天官書》（卷二七）：「老人見，治安；不見，兵起。」張守節正義：「老人一星，在弧南，一曰南極，爲人主占壽命延長之應。」唐瞿曇悉達《唐開元占經·石氏外官·老人星占》（卷六八）引《黄帝占》：「老人星，一名壽星。色黄明大而見，則主壽昌，老者康，天下安寧；其星微小若不見，主不康，老者不强，有兵起。」末句隱言鄭權肩負安定一方的重任。

【繫　年】

作於長慶三年（八二三）四月，時張籍在水部員外郎任。按：詩寫鄭權受命遠鎮廣州與其達到廣州受歡迎的情景。

【同　唱】

見《送鄭尚書出鎮南海》（卷三）「同唱」。

賀秘書王丞南郊攝將軍〔一〕

正初天子親郊禮，〔二〕詔攝將軍領衛兵。斜帶銀刀入黄道，先隨玉輅到青城。〔三〕壇邊不在千官位，仗外①唯聞再拜聲。〔四〕共喜與君逢此日，病中無計得隨②行。

【校　記】

① 外：席本作「下」。

② 隨：宋本作「同」。

【注　釋】

〔一〕秘書王丞：王建。見《登城寄王建》（卷二）注釋〔一〕。秘書丞，見《酬秘書王丞見寄》（卷四）注釋〔一〕。建約於長慶四年至寶曆二年任秘書丞。參《酬秘書王丞見寄》與《使至藍谿驛寄太常王丞》（卷二）二詩「繫年」。南郊：帝王祭天的大禮。因在京都南郊進行，故稱。參《題渭北寺上方》（卷六）注釋〔二〕。將軍：指負責皇帝警務的高級軍官。唐制，左右羽林軍、左右龍武軍、左右神武軍、左右神策軍及十六衛皆於大將軍下設將軍二員，從三品。

〔二〕正初：指寶曆元年正月辛亥日即初七。《舊唐書·敬宗本紀》（卷一七上）：「寶曆元年春正月乙巳朔。辛亥，親祀昊天上帝于南郊。禮畢，御丹鳳樓，大赦，改元寶曆元年。」按：王建曾作《宫詞》「丹鳳樓門把火開」、「樓前立仗看宣赦」二首分别記此次郊祀、「大赦」之禮。

〔三〕黄道：太陽一年在天空中移動的路綫。爲天球上假設的一個大圓圈，即地球軌道在天球上的投影。古人以日喻帝王，故亦指帝王出游所行的道路。唐李白《上之回》：「萬乘出黄道，千騎揚彩虹。」王琦注：「蕭士贇曰：前漢《天文志》：日有中道。中道者，黄道也。日，君象，故天子所行之道亦曰黄道。」先：謂在百官之前。玉輅：帝王所乘之車。以玉爲飾，故稱。《淮南子·俶真訓》：「目觀玉輅琬象之狀。」高誘注：「玉輅，王者所乘，有琬琰象牙之飾。」青城：天子郊祀時齋宿之所。《資治通鑑·唐紀·高祖武德三年》（卷一八八）：「世充陳於青城宫，秦王世民亦置陳當之。」胡三省注：「今世以郊天齋宿大次爲青城宫，其地當在都城之南。」《舊唐書·李渤傳》（卷一七一）：「（寶曆元年）郊禮前一日，兩神策軍於青城内奪京兆府進食牙盤。」

〔四〕千官位：祭祀時百官的位次。仗：皇帝儀仗。再拜聲：祭拜時口誦之聲。再拜，見《拜豐陵》（卷四）注釋〔三〕。二句寫王建在祭壇外警戒，不在百官拜祭之列。

【繫　年】

作於寶曆元年（八二五）正月初七，時張籍在主客郎中任。按：詩寫王建南郊攝將軍的榮耀，表達對王建的祝賀及自己因病未能隨行的遺憾。

送令狐尚書赴東都留守〔一〕

朝廷重寄在關東，共説從來①選上公。〔二〕勳業新成②大梁鎮，恩榮更守③洛陽宫。〔三〕行香暫出天橋上，巡禮常過禁④殿中。〔四〕每領群臣⑤拜章慶⑥，半開門仗日曈曈。〔五〕

【校　記】

① 從來：宋本、紀事（卷三四）、陸本、席本、全詩作「從前」，劉本作「來從」。
② 成：全詩、庫本作「城」。
③ 更守：紀事作「便賞」。
④ 禁：紀事作「紫」。
⑤ 臣：紀事、席本作「官」。
⑥ 慶：紀事作「表」。

【注釋】

〔一〕令狐尚書：令狐楚。楚大和二年（八二八）十月至三年三月爲户部尚書。詳《和户部令狐尚書喜裴司空見招看雪》（卷二）注釋〔一〕。留守：皇帝出巡或親征，命大臣督守京城，便宜行事，謂之「留守」。其陪京和行都常設留守，多以地方長官兼任。唐東都洛陽、北都太原皆設留守。《舊唐書・文宗本紀上》（卷一七上）：「（大和三年）三月辛巳朔，以户部尚書令狐楚爲東都留守。」

〔二〕重寄：重大托付。關東：指東都洛陽。唐駱賓王《疇昔篇》：「忽聞驛使發關東，傳道天波萬里通。」陳熙晉注：「顯慶二年，置東都。則天改爲神都。唐都關内，故以洛城爲關東。」上公：指高官顯爵者。周制，三公（太師、太傅、太保）八命，出封時，加一命，稱爲上公。《周禮・春官・典命》：「上公九命爲伯，其國家、宫室、車旗、衣服、禮儀皆以九爲節。」鄭玄注：「上公，謂王之三公有德者，加命爲二伯。二王之後亦爲上公。」賈公彦疏：「案下文，三公八命，出封皆加一等。」

〔三〕大梁鎮：指宣武軍。大梁，戰國魏都。在汴州（今河南省開封市）西北，唐時爲宣武軍節度使治所。《舊唐書・令狐楚傳》（卷一七二）：「（長慶四年）九月，檢校禮部尚書、汴州刺史、宣武軍節度、汴宋亳觀察等使。汴軍素驕，累逐主帥，前後韓弘兄弟，率以峻法繩之，人皆偷生，未能革志。……及蒞汴州，解其酷法，以仁惠爲治，去其太甚，軍民咸悦，翕然從化，後竟爲善地。」更：

移官。守洛陽宫：謂任東都留守。

〔四〕行香：一種禮拜神佛的儀式。始於南北朝，唐時衍爲齋主持香爐巡行道場，或儀導以出街。宋姚寬《西溪叢語》（卷下）：「行香。起於後魏及江左齊、梁間，每燃香燻手，或以香末散行，謂之行香。唐初因之。文宗朝，崔蠡奏設齋行香，事無經據，乃罷。宣宗復釋教，行其儀。」《舊唐書·職官志二》（卷四三）：「凡國忌日，兩京大寺各二，以散齋僧尼。文武五品已上，清官七品已上皆集，行香而退。天下州府亦然。」天橋：天津橋。故址在今洛陽市西南。隋煬帝大業元年遷都建。《資治通鑑·隋紀·恭帝義寧元年》（卷一八三）：「（李密）遂燒天津橋。」胡三省注：「煬帝使宇文愷營造東都，洛水貫都，有河漢之象，因名其橋爲天津橋。」天津，星官名，在銀河上。大部分在天鵝座，少部分在狐狸座。巡禮：見《送僧游五臺兼謁李司空》（卷二）注釋〔五〕。此當指巡視洛陽宫。

〔五〕拜章慶：即「拜表」。見《寄令狐賓客》（卷四）注釋〔四〕。開：設立。門仗：列於宫門前的儀衛。《新唐書·儀衛志上》（卷二三上）：「（皇宫）内外諸門以排道人帶刀捉仗而立，號曰立門仗。」皇帝不在東都，故東都拜表半開門仗。曈曈：日初出漸明貌。

【繫　年】

作於大和三年（八二九）三月初，時張籍在國子司業任。按：詩寫令狐楚出爲東都留守及其上任後的政事活動以贈别。

【同　唱】

白居易《送東都留守令狐尚書赴任》：「翠華黄屋未東巡，碧洛青嵩付大臣。地稱高情多水竹，山宜閑望少風塵。龍門即擬爲游客，金谷先憑作主人。歌酒家家花處處，莫空管領上陽春。」（全詩卷四四九）

劉禹錫《同樂天送令狐相公赴東都留守（自户部尚書拜）》：「尚書劍履出明光，居守旌旗赴洛陽。世上功名兼將相，人間聲價是文章。衙門曉闢分天仗，賓幕初開辟省郎。從發坡頭向東望，春風處處有甘棠。」（全詩卷三六〇）

拜豐陵　順宗①〔一〕

歲朝園寢遺公卿，學省班中亦攝行。〔二〕身逐陵官齊再拜，手持②木鐸叩三聲。〔三〕寒更報點來山③殿，曉炬分行照柏城。〔四〕卻下龍門看漸遠，金峰高處日微明④。〔五〕

【校　記】

① 順宗：席本後有「陵」字。

②持：庫本作「提」。

③山：紀事（卷三四）作「三」。

④微明：紀事作「初晴」。

【注　釋】

〔一〕豐陵：唐順宗李誦陵墓。在京兆富平縣（今屬陝西）。《長安志·縣九·富平》（卷一九）：「順宗豐陵在縣東北三十三里金甕山通關鄉修善義周公孫三村，封内四十里，下宫去陵五里。」唐自開元十七年後，皇帝不再親謁陵；自二十八年秋始，每年春秋仲月遣公卿巡陵。《唐會要·親謁陵》（卷二〇）：「自開元十七年後，無親謁陵事。」同卷《公卿巡陵》：景龍二年三月，左臺御史唐紹上表，「但以春秋仲月，命使巡陵」，獲准；開元二十八年七月十八日制，「自今已後，每歲至春秋仲月，宜分命公卿，准諸陵例，分往巡謁」。

〔二〕園寢：建在帝王陵墓前的祠廟。《後漢書·祭祀志下》：「古不墓祭，漢諸陵皆有園寢，承秦所爲也。説者以爲古宗廟前制廟，後制寢，以象人之居前有朝，後有寢也。」公卿：指三公與太常卿、少卿。《唐會要·公卿巡陵》（卷二〇）：「顯慶五年二月二十四日，上以每年二月太常卿、少卿分行二陵，事重人輕，文又不備，鹵簿威儀有闕，乃詔三公行事，太常卿、少卿爲副。太常造鹵簿事畢，則納于本司。」學省：指國子監。南朝梁沈約有《學省愁卧》詩，李善注：「學省，國學也。」(《六臣注文選》卷三〇)。攝行：代理行使職權。《唐會要·公卿巡陵》：「其奉禮郎、典謁等，應須權攝，請准天寶六載八月敕，所管縣及陵官、博士、助教等充。」

〔三〕陵官：宿衛皇陵的官吏。《舊唐書·職官志三》(卷四四)：「諸陵署：令一人，從五品上。録事一人，府二人，史四人，主衣四人，主輦四人，主藥四人，典事三人，掌固二人。……陵令掌先帝山陵，率户守衛之。丞爲之貳。凡朔望、元正、冬至，皆修享於諸陵。」再拜：兩次拜。拜祭之禮。《唐會要·公卿巡陵》：「謁者引公卿出次就位，贊引諸官就位立。奉禮曰：『再拜。』贊者承傳，在位者俱再拜。謁者引公卿，贊引引諸官，出次，以奉行畢，退復位。奉禮曰：『再拜。』贊者承傳，在位者皆拜。謁者引公卿，贊引引諸官，各就次以還。」木鐸：以木爲舌的銅質大鈴。古代宣佈政教法令時，巡行振鳴以引起衆人注意。亦用於凶禮。《禮記·檀弓下》：「既卒哭，宰夫執木鐸以命于宫曰：『舍故而諱新。』」二句寫「朝園寢」。

〔四〕報點：報時。點，古代夜間計時單位。宋程大昌《演繁露·更點》(卷四)：「點者，則以下漏滴水爲名，每一更又分爲五點也。……五夜又分二十五點，每點又擊點以記。《唐六典》具載其事。以故文人作文茍及『更』、『點』，皆以鐘鼓爲言也。」山殿：陵前享殿。柏城：陵墓。古代帝、后陵寢周圍築牆，列植柏樹，故稱。《資治通鑑·唐紀·德宗建中四年》(卷二二九)：「漠谷道險狹，恐爲賊所邀。不若自乾陵北過，附柏城而行。」胡三省注：「山陵樹柏成行，以遮迾陵寢，故謂之柏城。」二句寫巡陵。

〔五〕龍門：山陵之門。金峰：當爲豐陵東山峰名。二句謂巡陵完畢下山，天已微明。

【繫　年】

詩云「寒更報點」，所寫爲仲春二月公卿巡陵事。又云「學省班中亦攝行」，知張籍時爲國子助教或廣文博士或國子博士。故當作於元和十一年（八一六）至長慶二年（八二二）某仲春。按：詩寫拜祭豐陵的過程與主要活動。

【集　評】

（宋）計有功：「籍詩善叙事，如《拜豐陵》云：『歲朝園寢遣公卿……（金）峰高處日初晴。』」（《唐詩紀事》卷三四）

贈孔尚書〔一〕

能將直道歷榮班，事著元和實録間。〔二〕三表自陳辭北闕，一家相送入南山。〔三〕買來侍女教人嫁，〔四〕賜得朝衣在篋閑。宅近青山①高静處，時歸林下暫開關。〔五〕

【校　記】

① 青山：宋本、陸本、席本作「青門」，劉本作「清門」。

【注　釋】

〔一〕孔尚書：孔戣（七五一—八二四）。字君嚴，冀州（治今河北冀縣）人，孔巢父之侄。建中進士。初爲鄭滑節度使盧群從事，入爲侍御史，累轉尚書郎。元和初，授諫議大夫；後兼太子侍讀，遷吏部侍郎，轉左丞，出爲華州刺史、潼關防禦等使，入爲大理卿，改國子祭酒。十二年，授廣州刺史，兼御史大夫、嶺南節度使。穆宗即位，召爲吏部侍郎，後改右散騎常侍。尚書，尚書省六部最高長官。此指禮部尚書。《舊唐書・孔戣傳》（卷一五四）：「（長慶）二年，轉尚書左丞。累請老，詔以禮部尚書致仕，優詔褒美。……長慶四年正月卒。」同書《職官志二》（卷四三）：「禮部尚書一員，正三品。……掌天下禮儀、祭享、貢舉之政令。其屬有四：一曰禮部，二曰祠部，三曰膳部，四曰主客。總其職務，而行其制命。凡中外百司之事，由於所屬，皆質正焉。凡舉試之制，每歲仲冬，率與計偕。」

〔二〕將直道：持守正義之道。《舊唐書・孔戣傳》：「元和初，改諫議大夫。侃然忠讜，有諫臣體」，「倖臣聞之側目，人爲危之」，「高步公卿間，以方嚴見憚」；「在南海，請刺史俸料之外，絶其取索」，「禁絶賣女口」，「以清儉爲理，不務邀功」，「韓愈在潮州，作詩以美之」。榮班：指高層官員。唐錢起《裴僕射東亭》：「致君超列辟，得道在榮班。」實録：編年史的一種。專記某一皇帝統治時期的大事。唐時每帝嗣位，皆由史臣撰寫先帝實録。

〔三〕辭北闕：謂辭官歸隱。北闕，古代宫殿北面的門樓，爲臣子等候朝見或上書奏事之處。《漢書·高帝紀下》（卷一下）：「蕭何治未央宫，立東闕、北闕、前殿、武庫、大倉。」顔師古注：「未央殿雖南嚮，而上書奏事謁見之徒皆詣北闕。」後多用爲朝廷的别稱。南山：終南山。「三表自陳」、「一家相送」分别爲「自陳三表」、「相送一家」的倒裝。

〔四〕教人嫁：即「教嫁人」。

〔五〕林下：山下。開關：開門。《楚辭·離騷》：「吾令帝閽開關兮，倚閶闔而望予。」關，門。末句謂孔戣隱居山中，很少下山。

【繫　年】

作於長慶三年（八二三），時張籍在水部員外郎任。詩云「三表自陳辭北闕，一家相送入南山」，時在孔戣致仕之後。韓愈《唐正議大夫尚書左丞孔公墓志銘》：「孔子之後三十八世，有孫曰戣，字君嚴……年七十三，三上書去官，天子以爲禮部尚書，禄之終身，而不敢煩以政。……明年，長慶四年正月己未，公年七十四，告薨於家。」知孔戣長慶三年致仕，次年正月卒。按：詩寫孔戣辭官歸隱終南山。

【同　唱】

朱慶餘《孔尚書致仕因而有寄贈》：「高人心易足，三表乞身閑。與世長疎索，唯僧得往還。直聲留闕下，生事在林間。時復逢清景，乘車看遠山。」（全詩卷五一五）

按：此詩與籍詩所寫内容相似，或爲同唱。

酬杭州白使君兼寄浙東元大夫〔一〕

相印暫離①臨遠鎮，掖垣出守復同時。〔二〕一行已作三年别，兩處空傳七字詩。〔三〕越地江山應共見，秦天風月不相知。〔四〕人間聚散真難料，莫嘆②平生信所之③。〔五〕

【校　記】

①離：宋本、劉本、陸本、席本、庫本作「辭」。

②嘆：劉本作「嗟」。

③之：劉本、陸本作「知」。

【注　釋】

〔一〕白使君：白居易。見《酬白二十二舍人早春曲江見招》（卷二）注釋〔一〕。使君，見《逢王建有贈》(卷四)注釋〔三〕。《舊唐書・穆宗本紀》(卷一六):「(長慶二年七月)壬寅,出中書舍人白居易爲杭州刺史。」朱金城《白居易年譜》:長慶四年五月杭州刺史秩滿,「除太子左庶子分司東都」。浙東:浙東觀察使。治越州(今浙江紹興)。《舊唐書・地理志一》(卷三八):「浙江東道節度使。治越州,管越、衢、婺、温、台、明等州。或爲觀察使。」元大夫:元稹(七七九—八三一)。字微之,河南洛陽人。貞元九年(七九三)明經擢第,十九年登書判拔萃科。元和元年(八〇六)登才識兼茂明於體用科,授左拾遺;五年,因與宦官爭宿驛舍正廳,貶爲江陵府士曹參軍,後歷唐州從事、通州司馬、虢州長史、膳部員外郎。長慶元年(八二一)二月擢祠部郎中、知制誥,遷中書舍人,充翰林學士承旨;次年二月以工部侍郎拜相,六月出爲同州刺史;後改越州刺史、浙東觀察使。大和三年(八二九)九月入爲尚書左丞,次年正月出爲武昌軍節度使,卒於鎮,年五十三,贈尚書右僕射。大夫,御史大夫。《舊唐書・職官志三》(卷四四):「御史臺:……大夫一員,正三品。……掌持邦國刑憲典章,以肅正朝廷。中丞爲之貳。凡天下之人,有稱冤而無告者,與三司訊之。凡中外百僚之事,應彈劾者,御史言於大夫。大事則方幅奏彈之,小事則署名而已。若有制使覆囚徒,則與刑部尚書參擇之。凡國有大禮,則乘輅車以爲之導。」同書《元稹傳》(卷一六六):長慶三年八月由同州刺史「改授越州刺史,兼御史大夫、浙東觀察使」。

〔二〕「相印」句:謂元稹長慶二年六月罷相出爲同州刺史,一年後又遠遷浙東觀察使。掖垣出守:

謂白居易由中書舍人出爲杭州刺史。掖垣，皇宫的旁垣。此指中書省。參《酬白二十二舍人早春曲江見招》（卷二）注釋〔三〕「仙掖」。同時：白居易出刺杭州僅遲元積出刺同州一月，故謂。

〔三〕一行：一去。兩處：指白居易所在之杭州與元稹所在之越州。二句謂離别三年，詩人與白、元唯有詩歌往來。白、元長慶三年秋分别作有《張十八員外以新詩二十五首見寄郡樓月下吟翫通夕因題卷後封寄微之》、《酬樂天吟張員外詩見寄因思上京每與樂天於居敬兄升平里詠張新詩》，元詩云「三人兩詠浙江詩」。

〔四〕共見：謂共同觀賞。《舊唐書·白居易傳》（卷一六六）：「（長慶二年）七月，除杭州刺史。俄而元稹罷相，自馮翊轉浙東觀察使。交契素深，杭、越鄰境，篇詠往來，不間旬浹。嘗會于境上，數日而别。」秦：指張籍所在的長安。長安古屬秦地。

〔五〕信所之：任其所往。

【繫年】

據「一行已作三年别」與白居易長慶四年五月離杭推知，詩作於長慶四年（八二四）春或夏初，時張籍在水部員外郎任。按：詩寫詩人對白居易、元稹的思念與聚散難期的人生感慨。

寄蘇州白二十二①使君〔一〕

三朝出入紫微臣，頭白金章未在身。〔二〕登第早②年同座主，題詩③今日異④州人⑤。〔三〕閶門柳色烟中遠，茂苑鶯聲雨後⑥新。〔四〕此處吟詩向山寺，知君忘卻⑦曲江春。〔五〕

【校　記】

①二十二：原本與石倉（卷五九）作「二十三」，據英華（卷二五九）、宋本、全詩等改；事聚（前集卷二九）、席本無此三字。

②早：全詩作「蚤」。

③詩：英華、事聚、宋本、席本作「書」。

④異：英華、事聚、席本、全詩作「是」。

⑤人：席本作「民」。

⑥後：宋本作「外」。

⑦忘卻：英華、事聚作「望斷」。

【注釋】

〔一〕白二十二：白居易。見《酬白二十二舍人早春曲江見招》（卷二）注釋〔一〕。使君：見《逢王建有贈》（卷四）注釋〔三〕。朱金城《白居易年譜》：寶曆元年（八二五）「三月四日，除蘇州刺史……五月五日，到蘇州任」，二年「五月末，又以眼病肺傷，請百日長假。九月初，假滿，罷官」。

〔二〕三朝：白居易貞元十四年進士及第授秘書省校書郎，至出刺蘇州，歷德、順、憲、穆、敬宗五朝。「三」爲虚指，言其多。紫微臣：指中書舍人。詳《新除水曹郎答白舍人見賀》（卷四）注釋〔五〕「紫薇郎」。白居易長慶元年十月至次年七月爲中書舍人。詳《酬白二十二舍人早春曲江見招》（卷二）注釋〔一〕。頭白：白居易寶曆元年出刺蘇州時五十四歲，故云。金章：三品已上官員的官服，即紫服。唐蘇鶚《杜陽雜編》（卷上）：「（魚朝恩）翌日於上前奏曰：『臣幼男令徽位處衆僚之下，願陛下特賜金章以超其等。』（不由緋便求紫。）上未及語，而朝恩已令所司捧紫衣而至，令徽即謝於殿前。上雖知不可，强謂朝恩曰：『卿兒著章服大宜稱也。』」參《傷歌行》（卷一）注釋〔五〕。

〔三〕座主：進士對主試官的稱呼。唐李肇《唐國史補》（卷下）：「（進士）互相推敬謂之『先輩』，俱捷謂之『同年』，有司謂之『座主』。」清徐松《登科記考》（卷一四）載，張籍、白居易分别於貞元十五年（七九九）、十六年進士及第，主司皆爲高郢。巽州人：謂詩人居長安，而白居易在蘇州。

〔四〕閶門：蘇州古城西門。詳《送從弟戴玄往蘇州》（卷二）注釋〔二〕。茂苑：古苑名。又名長洲苑。故址在蘇州長洲縣西南七十里（今江蘇省吴縣西南太湖北岸），春秋時爲吴王闔閭游獵處。宋范成大《吴郡志·古蹟》（卷八）：「長洲，在姑蘇南太湖北岸，闔閭所游獵處也。」「長洲苑，舊經云，在縣西南七十里；孟康曰，以江水洲爲苑；韋昭云，長洲在吴縣東。」

〔五〕曲江：見《酬白二十二舍人早春曲江見招》（卷二）注釋〔一〕。白居易在長安時常與張籍同游曲江賞春，如長慶二年（八二二）張籍作有《酬白二十二舍人早春曲江見招》（卷二）。

【繫　年】

白居易寶曆元年五月五日到蘇州，次年九月罷官，詩云「閶門柳色烟中遠，茂苑鶯聲雨後新」、「知君忘卻曲江春」，知作於寶曆二年（八二六）春。時張籍在主客郎中任。按：詩寫白居易「頭白」而出刺蘇州及其在蘇州的閒靜生活，表達詩人對白居易的思念之情。

【集　評】

（明）許學夷：見《送韓侍御歸山》（卷四）「集評」。

（明）周珽：「起言白使君厄于仕爵，次言己與同進不同所居。後四句即兩地景物，反致相憶之莫忘也。」（明周珽輯《删補唐詩選脉箋釋會通評林》卷四五）

（明）唐汝詢：「三、四淺而宜，五、六摹寫蘇景亦不惡。」（同上）

（清）金聖歎：「一、二本專歎白，卻因三、四『同座主』、『異州人』語，夾入自己，於是言外便有兩頭白、兩未金章人，此又是別樣手法。五、六寫蘇州景物，即七之『此處』二字。言白久滯彼中，應已忘我，『曲江春』之爲言，占籍至今亦復頭白矣。」（《貫華堂選批唐才子詩》卷五）

（清）吴昌祺：「前言同座主，後言忘卻曲江春，殆有不滿耶。」（《删訂唐詩解》卷二一）

（清）沈德潛評尾聯：「有不滿意。」（《重訂唐詩别裁集》卷一五）

（清）王壽昌：「韋孟之《諷諫詩》，辭嚴義正，真所謂法語之言，然惟保傅之尊乃可。其餘當如曹子建之『煮豆然豆萁』，章懷太子之『種瓜黄臺下』，意雖迫切而辭甚悽惋，聞者無不惻然動心。……張秘書之《寄蘇州白使君》也，曰：『此處吟詩向山寺，知君忘卻曲江春。』則曉之以義。」（《小清華園詩談》卷下）

送白賓客分司東都〔一〕

赫赫聲名三十春，高情人①獨出埃塵。〔二〕病辭省闥歸閑處②，恩許宫③曹作上賓。〔三〕詩裏難同相得伴，酒邊多見自由身。〔四〕老人④也擬休官去，便是君家池上人。〔五〕

【校　記】

①人：席本作「今」。
②處：全詩作「地」。
③宫：宋本、席本作「官」。
④人：席本作「夫」。

【注　釋】

〔一〕白賓客：白居易。見《酬白二十二舍人早春曲江見招》（卷二）注釋〔一〕。賓客，見《寄令狐賓客》（卷四）注釋〔一〕。分司：唐制，中央官員在陪都洛陽任職，稱爲分司。白居易《池上篇》：「大和三年夏，樂天始得請爲太子賓客，分秩於洛下，息躬於池上。」

〔二〕三十春：白居易貞元十六年（八〇〇）進士及第，至大和三年（八二九）除太子賓客分司東都，計三十年。高情：指白居易由「吏隱」到「中隱」的超世情懷。

〔三〕病辭省闥：指白居易以病辭卻刑部侍郎職。《舊唐書·白居易傳》（卷一六六）：「大和二年正月，轉刑部侍郎……三年，稱病東歸，求爲分司官，尋除太子賓客。」省闥，又稱「禁闥」，宫禁。因中央政府諸省設於禁中，亦作中央政府的代稱。《漢書·谷永傳》（卷八五）：「臣永幸得給事中出入三年，雖執干戈守邊垂，思慕之心常存於省闥。」此指尚書省刑部。閑處：指東都留司。太子賓客爲閑職，分司尤然，故謂。宫曹：指東宫官府。曹，見《詠懷》（卷二）注釋〔四〕。上賓：太子賓客正三品，故謂。

〔四〕同：聚會。《詩·小雅·吉日》：「獸之所同，麀鹿麌麌。」鄭玄箋：「同，猶聚也。」相得伴：情投意合的伴侣。二句寫白居易在東都的生活。

〔五〕老人：張籍自謂。大和三年籍六十四歲，故謂。池上：指白居易東都住宅。其中有池臺橋亭，修竹美石，爲休閒勝境。《舊唐書·白居易傳》：「居易罷杭州，歸洛陽。於履道里得故散騎常侍楊憑宅，竹木池館，有林泉之致。」白居易分司東都後曾作《池上篇》。

【繫　年】

作於大和三年（八二九）四月，時張籍在國子司業任。按：詩寫白居易「高情」而自請分司東都，表達惜别之情。

贈閻少保〔一〕

辭榮戀闕未還鄉，〔二〕修養年多氣力强。半俸歸①燒伏火藥，〔三〕全家解説養生方。特承恩詔新開②戟，每見公卿不下床。〔四〕竹樹清③深寒院静，長懸石磬在虚廊。〔五〕

【校　記】

①歸：席本作「將」。

②開：宋本、劉本、陸本作「門」。

③清：宋本、全詩、庫本作「晴」，席本作「青」。

【注　釋】

〔一〕閻少保：吴汝煜等《全唐詩人名考》、陶敏《全唐詩人名考證》均以爲閻濟美，當是。閻濟美（七三一？—八二五）：鄭州滎陽（今河南滎陽）人。代宗大曆九年（七七四）登進士第。歷倉部員外郎、主客郎中、婺州刺史。貞元二十年（八〇四）任福建觀察使。元和二年（八〇七）徙浙西觀察使，十月徵拜右散騎常侍；四年出任華州刺史、潼關防禦、鎮國軍使；六年入爲秘書監，尋以工部尚書致仕。寶曆元年（八二五）卒。少保，東宫屬官。《舊唐書·職官志三》（卷四四）：「太子少師、少傅、少保各一員。並正二品。三少，亦古官，歷代或置或省。……掌教諭太子。」又，同書《閻濟美傳》（卷一八五下）：「閻濟美……以工部尚書致仕。後以恩例，累有進改。及殁于家，年九十餘。」同書《敬宗本紀》：「（寶曆元年五月）丙寅，太子少傅致仕閻濟美卒。」由此推知閻濟美當自太子少保改進太子少傅致仕。又，《册府元龜·總録部·致政》（卷八九九）：「閻濟美爲秘書監。穆宗長慶中，以年逾（按：當作邁）懸車上表陳乞，授工部尚書致仕，後以恩例進太子少傅，致仕如前。」知閻濟美恩加太子少保當在長慶年間。

〔二〕辭榮戀闕：謂致仕後居京。榮，榮耀，指官職。闕，城闕，指京城。詳《使至藍谿驛寄太常王丞》（卷二）注釋〔四〕。

〔三〕半俸：唐制，致仕官俸禄給半。《通典·職官·致仕官禄》（卷三五）：「大唐令，諸職事官年七十、五品以上致仕者，各給半禄。」伏火藥：道家煉製的所謂長生不老藥。道家煉丹，調低爐火的温度謂「伏火」。唐朱慶餘《贈道者》：「藥成休伏火，符驗不傳人。」

〔四〕開戟：門前立戟。詳《傷歌行》（卷一）注釋〔七〕「十二戟」。「每見」句謂閻少保傲視公卿。

〔五〕石磬：一種石製的打擊樂器。《文獻通考·樂考》（卷一三九）引唐段安節《樂府雜録·雅樂部》：「宮縣四面五架……每面石磬及編鐘各一架。」虚：空。廊：廳堂周圍的屋。《漢書·司馬相如傳上》（卷五七上）：「高廊四注，重坐曲閣。」顔師古注：「廊，堂下四周屋也。」

【繫　年】

當作於長慶年間（詳注釋〔一〕），時張籍在國子博士或水部員外郎任。按：詩寫閻少保致仕後潛心修道養性。

【集　評】

（清）毛奇齡：「五、六寫尊貴意，末寫嚴静意，俱出色。」評首聯：「不成話。」（《唐七律選》卷三）

【同　唱】

王建《贈閻少保》：「髭鬚雖白體輕健，九十三來卻少年。問事愛知天寶裏，識人皆是武皇前。玉裝劍珮身長帶，絹寫方書子不傳。侍女常時教合藥，亦聞私地學求仙。」（全詩卷三〇〇）

按：與張籍詩所寫内容相似，或爲同唱。

贈王司馬赴陝州①〔一〕

京城在處閑人少，〔二〕唯共君行並馬蹄。更和詩篇名最出，時②傾杯酒興③常齊。〔三〕同趨闕下聽鐘④漏，獨向軍前聞鼓鼙。〔四〕今日春明門外别，更無因得到街西。〔五〕

【校　記】

① 詩題原本及宋本、劉本、陸本、全詩、庫本作「贈别王侍御赴任陝州司馬」，據席本改。王司馬即王建，其出任陝州司馬非自「侍御」而由太常丞。劉禹錫、白居易、賈島分别同作《送王司馬之陝州

（自太常丞授工爲詩）》、《送陝州王司馬建赴任（建善詩者）》、《送陝府王建司馬》。劉詩題注「自太常丞授」，首句明言「暫輟清齋出太常」。又，據唐趙璘《因話録·徵部》（卷五）所載可知，唐時「侍御」爲殿中侍御史（從七品上）與監察御史（正八品上）的通稱，二職分掌糾察、監察（詳卷二《寒食夜寄姚侍御》注釋〔一〕），皆非閑官。籍詩首聯云「京城在處閑人少，唯共君行並馬蹄」，亦可見王建出任司馬前非爲「侍御」。又，籍詩首聯與劉詩首句之「清齋」相符，可證王建確自太常丞而非「侍御」授陝州司馬。

②時：宋本、陸本、席本作「對」。

③興：宋本、劉本、陸本、席本、全詩作「户」。

④鐘：席本作「銅」。

【注釋】

〔一〕王司馬：王建。見《登城寄王建》（卷二）注釋〔一〕。司馬，見《贈王司馬》（卷四）注釋〔一〕。此指州刺史佐官，掌軍事，多爲閑職。陝州：治所在陝縣（今河南三門峽市西）。《舊唐書·地理志一》（卷三八）：「陝州大都督府。」同書《職官志三》（卷四四）：「大都督府……司馬二人，從四品下。」王建大和二年（八二八）秋由太常丞出爲陝州司馬。詳「繫年」。

〔二〕在處：處處。唐錢起《夜泊鸚鵡洲》：「小樓深巷敲方響，水國人家在處同。」

〔三〕更：接續，連續。《國語・晉語四》：「姓利相更，成而不遷。」韋昭注：「更，續也。」按：「興」之異文「户」，酒量。唐趙璘《因話録・羽》（卷六）：「（譚簡）問崔公：『飲酒多少？』崔公曰：『户雖至小，亦可引滿。』」

〔四〕同趨闕下：謂一同早朝。闕，見《楚宫行》（卷一）注釋〔四〕。此指大明宫建福門。唐百官於此等候早朝，參《贈姚合》（卷六）注釋〔三〕「下馬橋」。王建約於長慶四年（八二四）授秘書丞（從五品上），與張籍同爲常參官。聽鐘漏：指在待漏院等待早朝。鼓鼙：軍中戰鼓。《禮記・樂記》：「君子聽鼓鼙之聲，則思將帥之臣。」鼙，一種小的軍鼓。

〔五〕春明門：唐長安城東三門之中門。《長安志・唐京城一》（卷七）：「東面三門，北曰通化門，中曰春明門，南曰延興門。」街西：見《酬韓庶子》（卷二）注釋〔二〕。王建自元和十三年（八一八）春授太府寺丞後皆賃宅街西。大和二年張籍居街東。

【繫　年】

作於大和二年（八二八）秋，時張籍在國子司業任。白居易《送陝州王司馬建赴任（建善詩者）》，朱金城《白居易年譜》繫於大和二年，當是。又，白詩在《白氏長慶集》中編於《大和戊申歲大有年詔賜百寮出城觀稼謹書盛事以俟采詩》後（「大和戊申歲」即大和二年），其前後鄰詩均寫及秋景，如前詩《雨中招張司業宿》云「過夏衣香潤，迎秋簟色鮮」，後詩《對琴待月》云「共琴爲老伴，與月有秋期」，知王建出爲陝州司馬在大和二年秋。按：詩寫詩人與王建同朝共游、詩酒相酬的深厚友誼，表達依依惜别之情。

【同　唱】

白居易《送陝州王司馬建赴任（建善詩者）》：「陝州司馬去何如，養静資貧兩有餘。公事閑忙同少尹，料錢多少敵尚書。秖攜美酒爲行伴，唯作新詩趁下車。自有鐵牛無詠者，料君投刃必應虚。」（全詩卷四四九）

劉禹錫《送王司馬之陝州（自太常丞授工爲詩）》：「暫輟清齋出太常，空攜詩卷赴甘棠。府公既有朝中舊，司馬應容酒後狂。案牘來時唯署字，風烟入興便成章。兩京大道多游客，每遇詞人戰一場。」（全詩卷三五九）

賈島《送陝府王建司馬》：「司馬雖然聽曉鐘，尚猶高枕恣疏慵。請詩僧過三門水，賣藥人歸五老峰。移舫緑陰深處息，登樓涼夜此時逢。杜陵惆悵臨相餞，未寢月前多屐蹤。」（全詩卷五七四）

田司空入朝〔一〕

西來將相位①兼雄，不與諸軍②覲禮同。〔二〕早變山東知順命，新收濟上③立殊功。〔三〕朝官

敘④謁趨門外，恩使宣⑤迎滿路中。〔四〕閶闔曉來⑥銅漏靜，身當受册大明宫。〔五〕

【校　記】

①位：英華（卷一九〇）作「近」，紀事（卷三四）、席本作「望」。

②軍：原本與全詩、庫本作「君」，據英華、宋本、紀事、陸本、席本改。參注釋〔二〕「諸軍」。

③上：英華作「下」。

④敘：英華、席本作「序」。

⑤宣：全詩作「喧」。

⑥來：英華、紀事、席本、全詩作「開」。

【注　釋】

〔一〕田司空：田弘正（七六四—八二一）。本名興，字安道，田承嗣侄。元和七年（八一二），魏博節度使田季安卒，子田懷諫幼襲節度，委政於家僮蔣士則，軍士不服，迎之爲帥，以魏博六州版籍歸朝，憲宗授魏博節度使，封沂國公；九年，遣兵助討淮西吴元濟，後又助平淄青李師道；十五年，徙成德節度使、鎮冀深趙觀察使，次年七月爲成德兵馬使王庭湊殺害。司空，見《節婦吟》（卷一）注釋〔一〕「按」語。《舊唐書・憲宗本紀下》（卷一五）：「（元和十三年七月）甲申，以田弘正檢校司空。」「(十四年八月)己未,田弘正來朝。」

〔二〕將相位兼雄:謂弘正以魏博節度使帶宰相銜。《舊唐書·田弘正傳》(卷一四一):「(元和七年)加興銀青光禄大夫、檢校工部尚書、魏州大都督府長史、兼御史大夫、上柱國、沂國公,充魏、博等州節度觀察處置支度營田等使。」「十四年三月……淄青十二州平,論功加檢校司徒、同中書門下平章事。」諸軍:其它鎮節度使。覲禮:臣下朝見皇帝的禮節。《舊唐書·田弘正傳》:「弘正入覲,憲宗待之隆異,對於麟德殿,參佐將校二百餘人皆有頒錫,進加檢校司徒、兼侍中,實封三百户。」唐王建《朝天詞十首寄上魏博田侍中》其三:「催修水殿宴沂公,與別諸侯總不同。隔月太常先習樂,金書牌纛彩雲中。」

〔三〕早變山東:指元和七年田弘正以魏博六州歸順朝廷,改變河北藩鎮割據局面。《舊唐書·田弘正傳》:「自弘正歸國,幽、恒、鄆、蔡有齒寒之懼。」山東,見《贈王秘書》(「早在山東聲價遠」,卷四)注釋〔二〕。新收濟上:指元和十四年(八一九)三月朝廷平李師道。濟上,指李師道所轄平盧淄青諸州。因境内有濟水流經,故稱。《舊唐書·田弘正傳》:「(元和)十三年,王師加兵於鄆,詔弘正與宣武、義成、武寧、横海等五鎮之師會軍齊進。十一月,弘正自帥全師自楊劉渡河築壘,距鄆四十里。師道遣大將劉悟率重兵以抗弘正,結壘相望。前後合戰,魏軍大捷。……十四年三月,劉悟以河上之衆倒戈入鄆,斬師道首,詣弘正請降。」

〔四〕敘:以次排列。恩使:傳達帝命的使者。宣:通「喧」。

〔五〕閶闔：宫門。詳《莊陵挽歌詞三首》其三（卷二）注釋〔一〕。銅漏：古代銅製計時器。參《沙堤行呈裴相公》（卷一）注釋〔二〕「玉漏」。大明宫：亦稱東内。在長安皇城東北龍首原上。高宗以後，皇帝常居此。《舊唐書·地理志一》（卷三八）：「東内曰大明宫，在西内之東北，高宗龍朔二年置。正門曰丹鳳，正殿曰含元……高宗已後，天子常居東内，别殿、亭、觀三十餘所。」「閶闔」句寫清晨宫中的寂靜，暗示田弘正將入宫朝見並接受封賞。

【繫　年】

作於元和十四年（八一九）八月，時張籍在廣文博士任。按：詩寫田弘正的卓著功勛與其入朝所受的隆遇。

送浙東周阮範①判官〔一〕

由來自②是烟霞客，〔二〕早已聞名詩酒間。天闕因將③賀表④到⑤，家鄉⑥新⑦著賜衣還。〔三〕常吟卷裹相⑧酬句，自話湖邊⑨舊住山。〔四〕吴越主人偏⑩愛重，〔五〕多應不肯放君閑。

【校　記】

① 浙東周阮範：原本與宋本、劉本、陸本、席本、全詩、庫本作「浙西周」，據英華（卷二七七）改。參

「繫年」。

②自：英華作「身」。

③將：席本作「持」。

④表：席本作「章」。

⑤到：英華作「至」。

⑥家鄉：英華、席本作「江城」。

⑦新：英華作「應」。

⑧相：英華、全詩作「新」。

⑨邊：英華、全詩作「中」。

⑩偏：英華作「皆」。

【注釋】

〔一〕浙東：見《酬杭州白使君兼寄浙東元大夫》（卷四）注釋〔一〕。周阮範：即周元範。生卒年不詳。《唐詩紀事》（卷五六）：「元範，句曲人。」句曲即今江蘇句容縣。又，白居易長慶三年在杭州作《予以長慶二年冬十月到杭州明年秋九月始與范陽盧賈汝南周元範……同游……遂留絶句》，寶曆二年秋末罷蘇州刺史時作《酬别周從事二首》、《望亭驛酬别周判官》，大和二年在長安作《和微之詩二十三首·和新樓北園偶集從孫公度……鄭侍御判官周劉二從事皆先歸》，皆言及周元範。知白居易刺杭、蘇二州時元範爲其從事，後復爲浙東觀察使元稹從事。張爲《詩人主客圖》列爲廣大教化主白居易之及門。判官：見《送揚州判官》（卷四）注釋〔一〕。

〔二〕由來：從來。烟霞客：山林隱士。

〔三〕天闕：宫闕。借指京城長安。闕，見《楚宫行》（卷一）注釋〔四〕。賀表：帝王有慶典或武功等事，臣下所上的祝頌文表。宋趙升《朝野類要·文書》（卷四）「賀表」條：「帥守監司遇有典禮及祥瑞，皆上四六句賀表。」家鄉：指句曲。周元範自京返浙東經由故鄉。「天闕」、「家鄉」皆由句末倒置於句首。

〔四〕相酬句：指周元範與友人間的往還詩。湖：鏡湖。詳《送越客》（卷二）注釋〔三〕。唐朱慶餘《送浙東周判官》：「到日重陪丞相宴，鏡湖新月在城樓。」舊住山：指周元範在越州居所。二句寫周元範在京的活動。

〔五〕吴越主人：指白居易、元稹。白居易寶曆元年三月至二年九月刺蘇州，蘇州古屬吴。元稹自長慶三年爲浙東觀察使，治越州。《舊唐書·元稹傳》（卷一六六）：「（長慶三年八月）授越州刺史、兼御史大夫、浙東觀察使……凡在越八年。」

【繫　年】

約作於大和三年（八二九）七月，時張籍在國子司業任。朱慶餘、賈島同唱。朱詩云「到日重陪丞相宴」，「丞相」即元稹，知周元範時爲浙東觀察使元稹判官。張詩云「天闕因將賀表到，家鄉新著賜衣還」，賈詩云「蟬鳴關路使迴時」，知周元範乃奉元稹之命奉「賀表」「使」京。據賈詩「到越應將墜葉期」語判斷，時當夏秋之際。郭文鎬《張籍生平二三事考辨》：「《通鑑》『大和三年四月，乙亥（二十六日），乃斬同捷，傳首，滄州悉平』，滄州用兵歷三年，至是始平。故元範乃奉浙東觀察使賀滄州平表而入京，歸越所持之丹詔即答敕，張籍、賈島、朱慶餘詩俱作於大和三年秋七月。」（《唐代文學研究》第一輯）當是。按：詩寫周元範使京返越與深得元、白器重，贊美其「烟霞」情懷與詩酒盛名。

【同　唱】

賈島《送周判官元範赴越》：「原下相逢便別離，蟬鳴關路使迴時。過淮漸有懸帆興，到越應將墜葉期。城上秋山生菊早，驛西寒渡落潮遲。已曾幾遍隨旌旆，去謁荒郊大禹祠。」（全詩卷五七四）

朱慶餘《送浙東周判官》：「久聞從事滄江外，誰謂無官已白頭。來備戎裝嘶數騎，去持丹詔入孤舟。蟬鳴遠驛殘陽樹，鷺起湖田片雨秋。到日重陪丞相宴，鏡湖新月在城樓。」（全詩卷五一五）

送吴①鍊師歸王屋②〔一〕

玉陽峰下學長生，洞府③仙鄉④已有名。〔二〕獨戴熊鬚冠暫出，唯將鶴尾扇同行。〔三〕煉成雲母休炊爨，〔四〕召⑤得雷公當吏兵。卻到天⑥壇上頭宿，應聞空裏步虚聲。〔五〕

【校　記】

①吴：英華（卷二二二九）、宋本、陸本、席本作「胡」。
②歸王屋：英華作「王屋山」，庫本後有「山」字。
③洞府：全詩作「玉洞」。
④鄉：英華、宋本、全詩作「中」。
⑤召：宋本、全詩作「已」。
⑥天：原本及全詩、庫本作「瑶」，據英華、宋本、陸本、席本改。天壇爲王屋山絶頂。

【注　釋】

〔一〕吴鍊師：名不詳。鍊師，德高思精的道士。《唐六典·尚書禮部》（卷四）：「道士修行有三號：……其德高思精謂之練師。」練，通「鍊」。多用爲對道士的敬稱。王屋：道教名山。在今山西陽城縣與河南濟源市境。因山形似屋而得名。相傳黄帝曾訪道於此。《太平寰宇記·澤州·陽城縣》（卷四四）：「王屋，在縣南五十里。《仙經》云：『王屋山有「仙宫洞天」，廣三千步，號「小有清虚洞天」。山高八千丈，廣數百里。……實不死之靈鄉，真人之洞境也。』」《大清一統志·懷慶府》（卷一六〇）：「王屋山：在濟源縣西八十里，與山西平陽府垣曲縣接境。山有三重，其狀如屋，故名。」

〔二〕玉陽：山名。在今河南省濟源縣西。《大清一統志·懷慶府》：「玉陽山：在濟源縣西三十里。有二峰相對，曰東玉陽、西玉陽。《河南通志》：『相傳唐睿宗女玉真公主修道之所。』」長生：道家求不死的法術。南朝宋鮑照《代淮南王》：「淮南王，好長生，服食鍊氣讀仙經。」洞府：道教稱神仙居住的地方。仙鄉：仙界。二句謂吴鍊師曾在玉陽山修煉，且已得道。

〔三〕熊鬚冠：道士所戴之冠。形制不詳。蓋飾以「熊鬚」，或狀似「熊鬚」，或以所謂「熊鬚」製作。鶴尾扇：以鶴尾羽毛所製之扇。二句寫吴鍊師離王屋山雲游。

〔四〕雲母：礦石名。主要成分爲硅鋁酸鹽。種類較多，基本分爲白雲母、黑雲母、金雲母三類。可入藥，道家以爲服之可成仙。《抱朴子内篇·仙藥》：「五芝及餌丹砂、玉札、曾青、雄黄、雌黄、雲母、太乙禹餘糧，各可單服之，皆令人飛行長生。」此指吴鍊師所煉之丹藥。休炊爨：謂不飲食。

〔五〕天壇：王屋山絶頂。《大清一統志·懷慶府》：「天壇山：即王屋山絶頂，軒轅祈天之所，故名。」步虚聲：道士齋醮禮贊時唱誦的曲詞。又稱「步虚詞」，簡稱「步虚」。唐李白《題隨州紫陽先生壁》：「喘息飡妙氣，步虚吟真聲。」王琦注引《異苑》：「陳思王游山，忽聞空裏誦經聲，清遠遒亮，解音者則而寫之，爲神仙聲。道士效之，作步虚聲。」步虚，猶言飛升，指神仙飄渺輕舉之狀。唐吴兢《樂府古題要解》：「步虚詞，道觀所唱，備言衆仙縹緲輕舉之美。」宋晁公武《郡齋讀書志·神仙類》（卷一六）載「《步虚經》一卷」：「其章皆高仙上聖朝玄都、玉京，飛巡虚空之所諷詠，故曰『步虚』。」《道藏》收録《玉音法事》三卷，卷上、卷中載有步虚詞，每字下注音符腔調。二句點題「歸王屋」。

送邵州林使君〔一〕

詞客南行寵命新，瀟湘郡入曲江津。〔二〕山幽自足探微處，俗朴應無爭競①人。郭外相連排②殿閣，市中多半用金銀。〔三〕知君不作家私計，遷日還同到日貧。〔四〕

【校記】

① 競：席本作「訟」。

② 連排：劉本作「排連」。

【注釋】

〔一〕邵州：州名。治所在邵陽縣（今湖南邵陽市）。《舊唐書·地理志三》（卷四〇）：「邵州。隋長沙郡之邵陽縣。……天寶元年，改爲邵陽郡。乾元元年，復爲邵州。」林使君：林藴。生卒年不詳。字復夢，泉州莆田人。貞元四年（七八八）明經及第，西川節度使韋皋辟爲推官。劉闢反，切諫，幾被殺，貶爲唐昌尉。辟敗，名重京師。滄景節度使程權辟掌書記。後遷禮部員外郎、邵州刺史，坐事杖流儋州而卒。使君，見《逢王建有贈》（卷四）注釋〔三〕。《新唐書·林藴傳》（卷二〇〇）：「藴遷禮部員外郎。刑部侍郎劉伯芻薦之於朝，出爲邵州刺史。」

〔二〕詞客：文士。指林藴。《直齋書録解題》（卷一六）：「《林藴集》一卷。」寵命：皇帝加恩的任命。「瀟湘」句：謂林藴進入瀟湘地區，沿曲折的湘江行進。

〔三〕用金銀：以金銀爲貨幣。唐制，中原地區買賣用錢而禁用金銀，嶺南不限。詳《送南遷客》（卷二）注釋〔二〕。邵州鄰近嶺南，故「多半用金銀」。以上四句寫邵州風土。

〔四〕遷日：遷官而離邵州之時。二句贊美也是勉勵林藴奉公守法。

【繫　年】

當作於長慶年間，時張籍在國子博士或水部員外郎任。據《新唐書·林藴傳》所載（詳注釋〔一〕）可知，藴由禮部員外郎出刺邵州。《資治通鑑·唐紀·憲宗元和十三年》（卷二四〇）：「（二月）己酉，（横海節度使程權）遣使上表，請舉族入朝，許之。横海將士樂自擅，不聽權去，掌書記林藴諭以禍福，權乃得出。詔以藴爲禮部員外郎。」知藴任禮部員外郎在元和十三年（八一八）二月後。又，《林邵州遺集·睦州刺史二府君神道碑》：「次子邵州刺史藴……寶曆元年，敬宗皇帝以孝治爲大，詔内外長吏，追顯前門，藴忝剖符竹，被霑雨露，哀榮所感，逮于幽明。」知藴寶曆元年（八二五）已在邵州刺史任。合上推知，藴出刺邵州當在長慶間。又，朱慶餘《送邵州林使君》：「水邊花氣熏章服，嶺上嵐光照畫旗。」知季節爲春。按：詩寫林藴受恩出刺邵州以及邵州的風土以贈别。

【同　唱】

姚合《送林使君赴邵州》：「詔書飛下五雲間，才子分符不等閑。驛路算程多是水，州圖管地少於山。江頭斑竹尋應遍，洞裏丹砂自採還。清淨化人人自理，終朝無事更相關。」（全詩卷四九六）

朱慶餘《送邵州林使君》：「軒車此去也逢時，地近湘南頗入詩。一月計程那是遠，中年出守未爲遲。水邊花氣熏章服，嶺上嵐光照畫旗。想得化行風土變，州人應爲立生祠。」（全詩卷五一五）

寄王六侍御〔一〕

漸覺近來筋力少，難堪今日在風塵。〔二〕誰能借問功名事，〔三〕祇自扶持老病身。積①得藥資將助道，肯嫌家計不如人？〔四〕洞庭已置新居宅②，歸去期君③與作鄰。〔五〕

【校記】

① 積：全詩作「貴」。
② 宅：宋本、全詩作「處」。
③ 期君：全詩作「安期」。

【注釋】

〔一〕王六：王建。見《登城寄王建》（卷二）注釋〔一〕。王建行第爲六。侍御：見《寒食夜寄姚侍御》（卷二）注釋〔一〕。王建具體所任不詳。任職時間當在離陝州司馬後，約大和三年四月至四年春之間。

〔二〕風塵：指宦途、官場。晉葛洪《抱朴子·外篇·交際》：「馳騁風塵者，不懋建德業，務本求己。」

〔三〕誰能：猶言「怎能」、「豈能」。借問：過問。

〔四〕助道：資助賣藥的道士。宋陸游《飯飽晝卧戲作短歌》：「安能賣藥謀助道，但有知分堪養福。」自注：「道流賣藥自給，名曰助道。」肯：猶「豈」。

〔五〕洞庭：太湖的别名。晉左思《吴都賦》：「指包山而爲期，集洞庭而淹留。」劉逵注引王逸曰：「（洞庭）太湖也，湖水中有包山，山中有如石室，俗謂洞庭。」（《六臣注文選》卷五）此借指隱居之地。「洞庭」句當謂王建。王建《歲晚自感》云：「草堂未辦終須置，松樹難成亦且栽。」又有《原上新居十三首》。按：據現存資料看，張籍暮年未曾置新居；末句「君與」當爲「與君」之倒裝。

【繫　年】

據「漸覺近來筋力少」、「衹自扶持老病身」、「歸去期君與作鄰」語可知，張籍時已老衰，正作退隱計。又，張籍大和三年所作《寒食夜寄姚侍御》（卷二）云：「五湖歸去遠，百事病來疏。」同年所作《送白賓客分司東都》（卷四）云：「老人也擬休官去，便是君家池上人。」二詩所謂「病」、「老人」、「休官」與此詩「筋力少」、「老病身」、「歸去」合，故三詩寫作時間當相近。據王建時「已置新居宅」判斷，此詩當作於大和四年（八三〇）初春，時張籍在國子司業任，不久卒。按：詩寫詩人晚年貧病衰老的生活境况與人生感慨。

送稽亭山寺①僧〔一〕

師住稽亭高處寺，斜廊曲閣倚雲開。山門十里松間入，泉澗三重洞裏來。〔二〕名岳尋游今已偏②，家③城禮謁便應迴。〔三〕舊房到日閑吟後，林下還登説法臺。

【校　記】

① 寺：宋本、席本無此字。

② 偏：原本與宋本作「偏」，據席本、全詩、庫本改。

③ 家：石倉（卷五九）作「佳」。

【注　釋】

〔一〕稽亭：山名。在宣州（治今安徽宣州市）。《大清一統志·寧國府》（卷八〇）：「稽亭山：在宣城縣東南六十里，有仙人巖、三天洞。其北爲洞山，有洞可容數百人。《太平寰宇記》：『三天洞，東北去郡城五十里。』《祥符圖經》：『宣城稽亭山，行客悦其幽曠，往往駐步，故名。』」山寺：指妙顯寺。隋文帝爲國師智琰建。隋鄭辨志作有《宣州稽亭山妙顯寺碑銘》。因在三天洞附近，又名三天寺。清趙宏恩等《江南通志·輿地志·寺觀·寧國府》（卷四七）：「三天寺，在府東南稽亭山，舊名妙顯，隋扶風禪師智琰栖息處。開皇間，詔刺史楊榮建。……寺左有三天洞。」僧：或指曉公。孟郊有《送曉公歸庭山》詩，「歸庭山」，《全唐詩》校「一作歸稽亭」。曉公，姓名不詳。

〔二〕三重洞：三天洞。

〔三〕家城：家鄉之城。指家鄉。禮謁：以禮拜謁。

【繫年】

當作於貞元十二年（七九六）秋張籍南游湖州、杭州、剡溪返歸和州途經宣州時。按：詩寫稽亭山寺的勝境與寺僧返寺後的活動以贈別。

送汀州元①使君〔一〕

曾成②趙北歸朝計，因拜王門最好官。〔二〕爲郡暫辭雙鳳闕，全家遠過九龍灘。〔三〕山鄉祇有輸蕉户，水鎮應多養鴨欄。〔四〕地僻尋常來客少，刺桐花發共誰看？〔五〕

【校記】

①元：紀事（卷三四）、席本、全詩、庫本作「源」。按：當作「源」，參注釋〔一〕。

②成：宋本、陸本、席本作「城」。

【注釋】

〔一〕汀州：治所在長汀縣（今屬福建）。《舊唐書・地理志三》（卷四〇）：「汀州下。開元二十四年，開福、撫二州山洞，置汀州。天寶元年，改爲臨汀郡。乾元元年，復爲汀州。」「長汀，州治所。」元使君：陶敏《全唐詩人名考證》疑爲源寂，「元」作「源」：「《全文》卷五八（按：當爲六五八）白居易《源寂可安王府長史制》：『敕：義成軍節度使判官、檢校兵部員外郎源寂，早膺慰薦，累有才能，謀畫有終，恭勤無怠。……俾從賓佐，入補王官。』詩云：『曾成趙北歸朝計，因拜王門最好官。』似即指此。」當是。源寂，生平不詳，據白居易制書及《舊唐書》馮定傳（卷一六八）、東夷列傳（卷一九九上）載，元和間曾任義成軍節度使判官、檢校兵部員外郎，後爲安王府長史，長慶間使新羅；大和五年，新羅王金彦升卒，子金景徽嗣，以太子左諭德、兼御史中丞持節吊祭册立。使君，見《逢王建有贈》（卷四）注釋〔三〕。

〔二〕趙北：疑指河北三鎮之成德軍。《舊唐書・地理志一》（卷三八）：「成德軍節度使。治恒州，領恒、趙、冀、深四州。」趙，古國名，戰國時都邯鄲（今河北邯鄲市西南）。按：源寂曾爲義成軍節度使判官，然義成軍不可謂「趙北」。《舊唐書・地理志一》（卷三八）：「義成軍節度使。治滑州，管滑、鄭、濮三州。」歸朝計：使藩鎮歸順朝廷的謀劃。王門：指安王府。安王，穆宗第八子李溶。《舊唐書・穆宗本紀》（卷一六）：「（長慶元年三月）戊午，封皇弟憬爲鄜王……皇子湛爲景王，涵爲江王，湊爲漳王，溶爲安王。」最好官：指長史。親王長史，從四品上。詳《哭丘長史》（卷四）注釋〔一〕。

〔三〕爲郡：指出任汀州刺史。雙鳳闕：借指京城。鳳闕，漢代宫闕名。《史記・孝武本紀》（卷一二）：「其東則鳳闕，高二十餘丈。」司馬貞索隱引《三輔故事》：「北有圜闕，高二十丈，上有銅鳳皇，故曰鳳闕也。」後泛指宫闕。參《楚宫行》（卷一）注釋〔四〕「雙闕」。九龍灘：灘名。在今福建清流縣、永安市之九龍溪。《福建通志・山川・汀州府・清流縣》（卷四）：「九龍灘：在縣東南鐵石磯下……上六灘屬本縣界，最險；下三灘屬永安界，次之；上下共二十餘里。舊傳宋元時舟楫不通，元末陳有定始鑿以運汀糧。按張籍《送元汀州》詩有『爲郡暫辭雙鳳闕，全家遠過九龍灘』之句，則是唐時已行舟矣。」

〔四〕輸蕉户：以蕉布納税的農户。蕉，用蕉麻纖維織成的蕉布。《後漢書・王符傳》（卷四九）：「筩中女布。」李賢注引沈懷遠《南越志》：「蕉布之品有三，有蕉布，有竹子布，又有葛焉。雖精麤之殊，皆同出而異名。」清李調元《南越筆記》（卷五）「葛布」條：「蕉類不一，其可爲布者曰蕉麻，山生或田種。以蕉身熟踏之，煮以純灰水，漂澼令乾，乃績爲布。本蕉也，而曰蕉麻，以其爲用如麻故……蕉布與黄麻布，爲嶺外所重，常以冬布相易云。」二句寫汀州風土。

〔五〕刺桐：樹名。亦稱海桐、山芙蓉。枝幹有圓錐形棘刺，故名。宋鄭樵《通志·昆蟲草木略·木類》（卷七六）：「桐之類亦多。……又有刺桐，其花側敷如掌，枝幹有刺，花色深紅。」二句寫元使君身處汀州的孤寂。

【繫　年】

當作於長慶元年（八二一），時張籍在國子博士任。據詩首聯知源寂出刺汀州在任安王府長史後。安王李溶長慶元年三月戊午日受封，白居易《源寂可安王府長史制》作於長慶二年七月其離中書舍人出刺杭州前。知源寂任安王府長史在長慶元年三月至二年七月間。又，《唐刺史考全編》（卷一五四）載，韓曄元和十年（八一五）三月至長慶元年（八二一）三月任汀州刺史，蔣防、張又新分别於長慶四年（八二四）二月、大和元年（八二七）四月出刺汀州，唐刺史秩一般四年（三整年），合上知源寂當於長慶元年替韓曄刺汀州，即在任安王府長史後不久，時或爲夏初。按：詩寫元使君的功業與汀州風土以贈别。

【集　評】

（明）許學夷：見《送韓侍御歸山》（卷四）「集評」。

（清）毛奇齡評首聯：「『領簿』與『歸朝』對，俗本作『最好』，誤。」（《唐七律選》卷三）

（清）趙臣瑗：「一、二不作汎然賓主看，乃是從題前先補一筆，言其已甘恬退，不意又辱茲命也。三、四承二，亦不是劈板一對，十四字一氣貫下，用『爲郡』二字起者，振衣挈領法也。五、六閑寫汀州土風，饒有別趣。結處不勝離索之感，夫人生作宦，至于如處空谷，求足音之跫然而不可得，其亦何以爲情乎？」（《山滿樓箋注唐詩七言律》卷四）

寄孫洛陽格①〔一〕

久持刑憲聲名遠，好是中朝②正直臣。〔二〕赤縣上③來應足事，青衫④老去未離身。〔三〕常思從省連歸馬，乍覺同班少舊人。〔四〕遥愛南橋秋日晚，雨邊楊柳映天津。〔五〕

【校　記】

① 詩題席本作「寄洛陽孫明府」。
② 朝：劉本作「間」。
③ 上：劉本作「士」。
④ 衫：全詩、庫本作「山」。

【注　釋】

〔一〕孫洛陽格：陶敏《全唐詩人名考證》謂即孫革，當是。《册府元龜・刑法部・議讞第三》（卷六一六）：「孫革穆宗長慶初爲刑部員外郎。」《唐會要・議刑輕重》（卷三九）：「長慶二年四月，刑部員外郎孫革奏。」同書同卷《定格令》：「長慶三年正月，刑部……請奏：『本司郎中裴璘，司門郎中文格，本司員外郎孫革、王永……』奏可。」又，《新唐書・孝友列傳》（卷一九五）：「穆宗世……刑部侍郎孫革建言……」知孫革長慶間歷刑部員外郎、侍郎，與詩所謂「久持刑憲聲名遠」合。張籍長慶二年盛春至四年五月任水部員外郎，二人同在尚書省，與「常思從省連歸馬」亦合。又，張籍另有《酬孫洛陽》（卷二），席本題作「酬孫洛陽革」，二詩所贈當爲一人。洛陽，據席本異題「孫明府」可知，當指洛陽縣（治今河南洛陽市）令。《舊唐書・職官志三》（卷四四）：「長安、萬年、河南、洛陽、太原、晉陽六縣，謂之京縣。令各一人，正五品上。」孫革，生平不詳。《舊唐書・張茂宗傳》（卷一四一）：「元和中……詔監察御史孫革往按問之。」《唐會要・左春坊》（卷六七）：「大和四年十一月，左庶子孫革奏……」知孫革除任刑部員外郎、侍郎與洛陽令外，憲宗朝曾官監察御史，大和四年冬在左庶子任。

〔二〕刑憲：刑法。刑部員外郎、侍郎，皆掌刑憲。《舊唐書・職官志二》（卷四三）：「（刑部）郎中、員外郎之職，掌貳尚書、侍郎，舉其典憲，而辨其輕重。」「尚書、侍郎之職，掌天下刑法及徒隸、勾覆、關禁之政令。」好是：見《過賈島野居》（卷二）注釋〔三〕。中朝：朝廷，朝中。唐劉長卿

《集梁耿開元寺所居院》:「豈得長高枕,中朝正用才。」

〔三〕赤縣:見《贈姚合少府》(卷二)注釋〔二〕。此指洛陽縣。《新唐書·地理志二》(卷三八):「洛陽,赤。」青衫:見《傷歌行》(卷一)注釋〔五〕。孫著服依散官品階。

〔四〕省:尚書省。籍在水部,革在刑部,同在尚書省。同班:早朝的同一班列。班,見《酬秘書王丞見寄》(卷四)注釋〔三〕。

〔五〕南橋:天津橋。詳《送令狐尚書赴東都留守》(卷四)注釋〔四〕。

【繫　年】

孫革長慶間歷刑部員外郎、侍郎,大和四年官左庶子,則其任洛陽令當在寶曆間或大和初。詩云「赤縣上來應足事」、「乍覺同班少舊人」,似孫革上任不久;又云「遥愛南橋秋日晚」,季節爲秋。詩時張籍在主客郎中任。按:詩寫孫洛陽的政聲、歷官、與詩人的交誼以及洛陽的美景,表達詩人對他的深切思念。

胡山人歸王屋因有贈〔一〕

轉轉①無成到白頭,〔二〕人間舉眼盡堪愁。此生已是蹉跎去,每事終從②鹵莽休。〔三〕雖作

閑官少拘束，難逢勝景可淹留。〔四〕君歸與訪移家處，若箇峰前③最較④幽。〔五〕

【校　記】

①　轉轉：庫本作「輾轉」。

②　終從：宋本、席本、全詩作「應從」，陸本作「因從」，劉本作「應循」。

③　前：全詩作「頭」。

④　較：宋本作「挾」，陸本、席本作「校」。

【注　釋】

〔一〕胡山人：名不詳。王屋：見《送吴鍊師歸王屋》（卷四）注釋〔一〕。

〔二〕轉轉：猶「輾轉」。形容經歷多。

〔三〕鹵莽：粗疏。《莊子·則陽》：「耕而鹵莽之。」成玄英疏：「鹵莽，不用心也。」唐杜甫《空囊》：「世人共鹵莽，吾道屬艱難。」

〔四〕淹留：羈留。《楚辭·離騷》：「時繽紛其變易兮，又何可以淹留？」此謂隱居。

〔五〕移家處：指詩人歸隱之地。若箇：哪個。最較幽：最爲幽静。

【繫　年】

據一、五句推測，詩當作於張籍爲國子助教或廣文博士或國子博士期間，即元和十一年（八一六）至十五年秋或元和十五年冬至長慶二年（八二二）春。按：詩寫詩人老而無成的人生感慨與歸隱情懷以贈別。

寄虔州①韓使君〔一〕

南康太守負才豪，五十如今未擁旄。〔二〕早得一人知姓字，常聞三事説功勞。〔三〕月明渡口章②江靜，雲散城頭贑石高。〔四〕郡政已成秋思遠，閑吟應不問官曹。〔五〕

【校　記】

① 虔州：原本與宋本作「處州」，據全詩改。首句「南康」郡即虔州，詳注釋〔一〕。

② 章：原本與宋本、全詩、庫本作「漳」，據席本改。漳江在今福建省境，源出平和縣大峰山，東南流經雲霄縣入海，非經虔州。另參注釋〔四〕。

【注釋】

〔一〕虔州：州名。治所在今江西贛州市。《舊唐書·地理志三》（卷四〇）：「虔州中。隋南康郡。武德五年，平江左，置虔州。天寶元年，改爲南康郡。乾元元年，復爲虔州。」韓使君：《唐刺史考全編》（卷一六一）謂「當即韓約」，當是。《舊唐書·文宗本紀上》（卷一七上）：大和元年正月「庚申，以虔州刺史韓約爲安南都護」。《新唐書·韓約傳》（卷一七九）：「歷兩池榷鹽使、虔州刺史。」韓約（？—八三五），朗州武陵（今湖南常德）人，本名重華。歷兩池榷鹽使、虔州刺史、安南都護、太府卿。大和九年代崔鄯爲左金吾衛大將軍，預李訓之謀，甘露事變中爲宦官捕殺。使君，見《逢王建有贈》（卷四）注釋〔三〕。

〔二〕南康：郡名，即虔州。詳注釋〔一〕。太守：即刺史。詳《贈商州王使君》（卷四）注釋〔三〕。負才豪：負才而氣盛。擁旄：謂統率軍隊。南朝梁虞羲《詠霍將軍北伐》：「擁旄爲漢將，汗馬出長城。」旄，用犛牛尾做竿飾的旗子。「五十」句蓋謂韓約長于治軍、征戰，未能盡其才用。

〔三〕漢班固《白虎通義·號》（卷上）：「王者自謂『一人』者，謙也，欲言己材能當一人耳。故《論語》曰：『百姓有過，在予一人。』臣謂之『一人』何？亦所以尊王者也。以天下之大，四海之內，所共尊者一人耳。故《尚書》曰：『不施予一人。』」「早得」句謂皇帝早就聞知韓約。三事：三公。《詩·小雅·雨無正》：「三事大夫，莫肯夙夜。」孔穎達疏：「三事大夫爲三公也。」《漢書·韋賢傳》（卷七三）：「天子我監，登我三事。」顔師古注：「三事，三公之位，謂丞相也。」此指宰相。

〔四〕章江：贛江西源，出大庾嶺，流經虔州。《輿地廣記·虔州·贛縣》（卷二五）：「贑水，東源出雩都，曰湖漢水；西源出南野，曰彭水。二水皆北流，合於贑縣，總爲豫章水，北流入大江。後人因贑字以湖漢水爲貢水，彭水爲章水。」贛石：又作「灨石」，贛江石灘名。《資治通鑑·梁紀·簡文帝大寶二年》（卷一六四）：「灨石舊有二十四灘。」胡三省注：「（贛江）在州治後，北流一百八十里至萬安縣界。由萬安而上，爲灘十有八，怪石如精鐵，突兀廉厲，錯峙波面。自贛水而上，信豐、寧都俱有石磧，險阻視十八灘，故俚俗以爲上下三百里贛石。」此指石灘中石頭。

〔五〕官曹：指州府的辦事機關。此借指政事。曹，見《詠懷》（卷二）注釋〔四〕。

【繫　年】

韓約大和元年（八二七）正月離虔州刺史任，此詩當作於寶曆年間。詩云「郡政已成秋思遠」，季節爲秋。時張籍在主客郎中任。按：詩寫韓使君屈刺虔州及其在虔州的清閑生活，表達詩人對他的思念之情。

送從弟濛赴饒州〔一〕

京城南去鄱陽遠，風月悠悠別思勞。〔二〕三領郡符新寄重，再登科第舊名高。〔三〕去程江上多看堠，迎吏船中亦帶刀。〔四〕到日更行清靜化，春田①應不見蓬蒿。〔五〕

【校記】

①田：原本與庫本作「天」，據宋本、席本、全詩等改。

【注釋】

〔一〕從弟：見《送從弟戴玄往蘇州》（卷二）注釋〔一〕。濛：或作「蒙」。章孝標同贈詩題，全詩校一作「送饒州張蒙使君赴任」。又，《韶州府志》（卷二七）：「張蒙，元和中，知韶州，歷任四年，勤恤民隱，修廣庠序。」知張蒙曾刺韶州，《唐刺史考全編》（卷二五八）考時在元和十二至十五年。賈島同贈詩云：「滁上郡齋離昨日，鄱陽農事勸今秋。」「鄱陽」即饒州。知張蒙除刺韶州、饒州外，尚刺滁州，與張籍此詩所謂「三領郡符」合。張蒙（濛），生平不詳。朱慶餘同贈詩云「吴兒從此去移家」，知其爲吴人。饒州，治所在鄱陽縣（今江西波陽縣）。《舊唐書・地理志三》（卷四〇）：「饒州下。隋鄱陽郡。武德四年，平江左，置饒州，領鄱陽、新平……上饒九縣。」

〔二〕風月：借指自然景色。悠悠：遼闊無際貌。《詩・王風・黍離》：「悠悠蒼天。」毛傳：「悠悠，遠意。」別思：離思。勞：愁苦。《詩・邶風・燕燕》：「瞻望弗及，實勞我心。」高亨注：「勞，愁苦。」二句寫詩人離別的憂傷。

〔三〕三領郡符：指任韶、滁、饒三州刺史。新寄：朝廷新的托付。指刺饒州。再登科第：進士及第後又登制舉。

〔四〕堠：見《送侯判官赴廣州從軍》（卷四）注釋〔三〕。迎吏：前來迎接的饒州官吏。

〔五〕清静化：清静無爲的教化。末句謂百姓安居樂業，稼穡以時。

【繫　年】

據「三領郡符」及賈島詩「滁上郡齋離昨日」可知，張蒙（濛）先刺韶、滁，再刺饒。《唐刺史考全編》考其刺韶在元和十二年（八一七）至十五年（八二〇），按刺史秩四年（三整年）推算，其刺滁、饒分別在元和十五年、長慶三年。《唐五代文學編年史》繫此詩於長慶三年（八二三）深秋（朱慶餘送詩有「白頭爲郡清秋別」語），當是。時張籍在水部員外郎任。按：詩寫張蒙（濛）的盛名、歷官、赴任征程及其到任後的惠政以贈別。

【同　唱】

賈島《送饒州張使君》：「終南雲雨連城闕，去路西江白浪頭。滁上郡齋離昨日，鄱陽農事勸今秋。道心生向前朝寺，文思來因靜夜樓。借問泊帆干謁者，誰人曾聽峽猨愁。」（全詩卷五七四）

姚合《送饒州張使君》：「鄱陽勝事聞難比，千里連連是稻畦。山寺去時通水路，郡圖開處是詩題。化行應免農人困，庭靜惟多野鶴棲。飲罷春明門外別，蕭條驛路夕陽低。」（全詩卷四九六）

朱慶餘《送饒州張使君》：「白頭爲郡清秋別，山水南行豈覺賒。楚老只應思入境，吴兒從此去移家。館依高嶺分樟葉，路出重江見葦花。務退唯當吟詠苦，留心曾不在生涯。」（全詩卷五一五）

章孝標《送張使君赴饒州》：「饒陽因富得州名，不獨農桑別有營。日暖提筐依茗樹，天陰把酒入銀坑。江寒魚動槍旗影，山晚雲和鼓角聲。太守能詩兼愛靜，西樓見月幾篇成。」（全詩卷五〇六）

羅①道士〔一〕

城裏②無人得實年，衣襟常③帶臭黄烟。〔二〕樓中賒酒唯留藥，洞裏爭棋不睹④錢。〔三〕聞客語聲⑤知貴賤，持⑥花歌詠似狂顛。尋常行處頻⑦逢見，世上多疑是謫仙。〔四〕

【校　記】

① 羅：宋本、律髓（卷四八）、席本作「贈」。

②裏：衆妙作「市」。

③常：衆妙作「長」。

④睹：衆妙、宋本、律髓、席本、全詩、庫本作「賭」。

⑤聲：衆妙、律髓作「音」。

⑥持：宋本、衆妙、律髓、陸本、席本作「對」。

⑦頻：宋本、衆妙、律髓、席本、全詩作「皆」，劉本作「多」。

【注釋】

〔一〕羅道士：名不詳。

〔二〕得實年：知道羅道士的實際年齡。臭：香。《史記・禮書》（卷二三）：「側載臭茝，所以養鼻也。」司馬貞索隱引劉氏曰：「臭，香也。」黄烟：黄色的霧氣。此爲張籍戲筆嘲諷。蓋道士故弄玄虛，常示人以身帶云霧。《後漢書・張楷傳》（卷三六）：「性好道術，能作五里霧。時關西人裴優亦能爲三里霧。」唐詩中寫道流常涉及烟霧。韓愈《謝自然》：「一朝坐空室，雲霧生其間。」

〔三〕留藥：謂以所煉丹藥抵酒錢。洞：此指道士居所。爭棋：下棋爭勝。睹：顯露。《荀子・天論》：「珠玉不睹乎外，則王公不以爲寶。」清王念孫《讀書雜誌・荀子第五》：「睹當爲睹……

睹之言著也。」爭棋而説「不睹錢」，謂其實則賭錢。

〔四〕行處：到處，隨處。唐杜甫《曲江二首》其二：「酒債尋常行處有，人生七十古來稀。」末句「謫仙」二字括盡羅道士怪異之舉，隱含詩人的諷刺與批判。

【集　評】

（元）方回：「亦一怪人也。」（《瀛奎律髓彙評》卷四八）

（清）馮舒：「結似率。」（同上）

（清）紀昀：「通體鄙陋。」（同上）

寄陸渾趙明府〔一〕

與君學省同官處，常日相隨説道情。〔二〕新作①陸渾山縣長，早知三禮甲科名。〔三〕郭中時有仙人住，城内②應多藥草生。〔四〕公事稀疏來客少，無妨著屐③獨閑行。

【校　記】

①作：席本作「得」。

②內：宋本、陸本、席本作「上」。

③屐：宋本作「履」。

【注釋】

〔一〕陸渾：河南府屬縣。治所在今河南嵩縣東北。趙明府：趙正卿。（七七六—八三四）。袁都《唐故國子監禮記博士趙公墓志銘》：「公諱君旨，字正卿，天水人也。……耽習儒訓，尤好爲《禮》學。……業既就，來上國應三禮科，果得高等。因授右監門衛録事參軍。又歷國子監助教及丞，誘教生徒，多所發明。……遂宰陸渾、江陵二縣……故相崔公群嘗尹江陵，高公之才，歸言於執政，除連州刺史……拜國子監禮記博士……以大和八年十二月十九日，寢疾終於京師通化里，享年五十九。」明府，縣令的别稱。詳《贈姚合少府》（卷二）注釋〔一〕「少府」。陸渾令正六品下。《舊唐書・職官志三》（卷四四）：「京兆、河南、太原所管諸縣，謂之畿縣。令各一人，正六品下。」

〔二〕學省同官：指同在國子監爲官。據趙正卿爲陸渾令之時間（詳「繫年」）推測，二人同官當在長慶元年（八二一），張爲博士，趙爲助教或丞。學省，見《拜豐陵》（卷四）注釋〔二〕。道情：修道的情懷。

〔三〕山縣：陸渾多山，治所亦在山區，故謂。《元和郡縣圖志・河南府・陸渾縣》（卷五）：「伏流城，即今縣理城，東魏孝靜帝武定二年所築，以城北焦澗水伏流地下，西有伏流坂，因以爲名。」三禮：儒家經典《周禮》、《儀禮》、《禮記》的合稱。唐明經試設「三禮」科目。《新唐書·選舉志上》（卷四四）：「明經之別，有五經……有三禮，有三傳，有史科。」甲科：猶「甲第」。成績入甲等。唐明經科實無甲第，此爲美稱，即袁都《墓志銘》所謂「得高等」。《通典·選舉·歷代制下（大唐）》（卷一五）：「明經雖有甲乙丙丁四科，進士有甲乙二科，自武德以來，明經唯有丁第，進士唯乙科而已。」

〔四〕仙人：指道士。「城内」句：謂陸渾荒僻。

【繫年】

作於寶曆間或大和初，時張籍在主客郎中任。據袁都《墓志銘》可知，趙正卿宰陸渾後即宰江陵，宰江陵時值崔群「尹江陵」。《舊唐書·崔群傳》（卷一五九）：「徵拜兵部尚書。久之，改檢校吏部尚書、江陵尹、荆南節度觀察使。踰歲，改檢校右僕射，兼太常卿。」同書《文宗本紀》：大和三年「二月辛亥朔，以兵部尚書崔群爲荆南節度使」，四年三月「甲辰，以前荆南節度使崔群檢校右僕射，兼太常卿」。知崔群大和三年二月至四年三月爲江陵尹。據此推知趙正卿爲陸渾令當在寶曆間或大和初。又，詩云「新作陸渾山縣長」，時在趙正卿任陸渾令後不久。按：詩寫詩人與趙明府的同官交誼及趙明府爲官陸渾的清閑、孤寂。

【集　評】

（明）顧璘評頸聯：「自在。」（陶文鵬等點校《唐音評注·正音》卷四）

（清）金聖歎：「此詩，獨爲三、四，特造全篇。言趙明府本是如此氣體，卻因教他作縣，彼中認是官人，殊不知此官人非官人，其實只是一本色道人也。既已説破，因遂寄語明府，任彼自以君爲官人，君自無妨仍作道人。五、六，『時有仙人』、『應多藥草』，不必陸渾真有是事，只圖爲「著屐獨行」作引耳。（五、六『縣中』、『山下』，便分前『山縣』二字，爲章法。）」（《貫華堂選批唐才子詩》卷五）

同將作韋二少監贈水部李郎中①〔一〕

舊年同是②此③曹郎，各罷魚符自楚鄉。〔二〕重著青衫承詔命，齊趨紫殿異班行。〔三〕別來同説經過事，〔四〕老去相傳補養方。憶得當時亦連步，如今獨在④讀⑤書堂。〔五〕

【校　記】

① 詩題原本與庫本作「同蔣韋二少監贈李郎中」，據全詩改。據張籍歷官及尾聯「亦」字意，前三聯當寫「少監」與「李郎中」。如「將作」作「蔣」，則「同是此曹郎」爲三人，此與水部郎中、員外郎各一人不合，「各罷魚符自楚鄉」可能性亦小。又，席本無「二」字，劉本無「水部」二字，宋本、律髓

（卷四二）、陸本無「二」、「水部」三字。

②是：宋本、律髓、劉本、陸本、庫本作「過」。

③此：宋本、律髓、全詩、庫本作「水」，席本作「北」。

④在：宋本、律髓、劉本、陸本、庫本作「有」。

⑤讀：宋本、席本作「講」。

【注釋】

〔一〕將作：將作監。掌管營繕宫室的官府。《舊唐書·職官志三》（卷四四）：「將作監。秦置將作，掌營繕宫室，歷代不改。隋爲將作寺，龍朔改爲繕工監，光宅改爲營繕監，神龍復爲將作監也。」韋二少監：名不詳。陶敏《全唐詩人名考證》：「韋少監，疑爲韋長，大和五年五月在將作少監任，見《元龜》卷三〇。張籍大和四年卒，或者韋長大和三年已官將作少監。」或是。少監，即少匠，將作監官員。《舊唐書·職官志二》（卷四二）：「龍朔二年二月甲子，改……將作監爲繕工監，大匠爲大監，少匠爲少監。」同書《職官志三》：「少匠二員。從四品下。」水部：尚書省工部四司之一。參《新除水曹郎答白舍人見賀》（卷四）注釋〔一〕。李郎中：名不詳。《全唐詩人名考證》：「李郎中，當即大和三年與劉禹錫同制加五品者。」劉禹錫有《酬嚴給事賀加五品兼簡同制水部李郎中》詩。郎中，尚書省所屬各司首長，并從五品上。

〔二〕「舊年」句：謂韋、李曾同爲水部郎官。韋當爲郎中，李當爲員外郎。魚符：朝廷頒發的隨身符信。唐制，親王及五品以上官員給魚符，以金、銀、銅爲之，以魚袋盛放佩帶。《舊唐書·職官志二》（卷四三）：「隨身魚符，所以明貴賤，應徵召。」同書《輿服志》（卷四五）：「高祖武德元年九月，改銀菟符爲銀魚符。高宗永徽二年五月，開府儀同三司及京官文武職事四品、五品，並給隨身魚。咸亨三年五月，五品已上賜新魚袋，並飾以銀。……垂拱二年正月，諸州都督刺史，並准京官帶魚袋。……景龍三年八月，令特進佩魚。散職佩魚，自此始也。……雖正員官得佩，亦去任及致仕即解去魚袋。」「各罷」句謂韋、李曾典郡於楚地，因散階未及五品，脱刺史緋即去「魚袋」。

〔三〕青衫：見《傷歌行》（卷一）注釋〔五〕。紫殿：宫殿。《三輔黄圖·漢宫》（卷二）：「（武）帝又起紫殿，雕文刻鏤，黼黻以玉飾之。」另參《永嘉行》（卷一）注釋〔四〕「紫陌」。班行：見《和陸（裴）司業習静寄所知》（卷二）注釋〔五〕。二句謂二人承詔入朝，韋爲將作少監，李爲水部郎中，同朝異班。

〔四〕「别來同説」：「同説别來」的倒裝。

〔五〕讀書堂：指國子監。張籍大和二年（八二八）春由主客郎中改任國子司業。

【繫　年】

當作於大和二年（八二八）或三年張籍任國子司業期間。按：詩寫韋二少監與水部李郎中的深厚友誼，表達詩人「獨」任學官的孤寂。

【集　評】

（清）紀昀：「五、六自好，七句複『舊年』四句。」（《瀛奎律髓彙評》卷四二）

送金少卿副使歸新羅〔一〕

雲島茫茫天半①微，〔二〕向東萬里一帆飛。久爲侍子承恩重，〔三〕今佐使臣銜命歸。過②海便應將國信，〔四〕到鄉③猶自著朝衣。從前此去人無數，光彩如君定是希④。〔五〕

【校　記】

① 半：英華（卷二九七）、全詩作「畔」。

② 過：全詩作「通」。

③ 鄉：英華、全詩作「家」。

④ 希：英華、全詩作「稀」。

【注　釋】

〔一〕金少卿：新羅質子金士信。《舊唐書·新羅傳》（卷一九九上）：「（元和）七年，重興卒，立其相金彦昇爲王……七月，授彦昇開府儀同三司、檢校太尉、持節大都督雞林州諸軍事，兼持節充寧海軍使、上柱國、新羅國王……命職方員外郎、攝御史中丞崔廷持節吊祭册立，以其質子金士信副之。」少卿，唐九寺（太常、光禄、衛尉、宗正、太僕、大理、鴻臚、司農、太府）官員。《舊唐書·職官志三》（卷四四）：九寺首長曰卿，次曰少卿；每寺「少卿二人」，太常少卿「正四品」，餘皆「從四品上」。金士信所任不詳。新羅：見《送新羅使》（卷二）注釋〔一〕。

〔二〕雲島：雲霧繚繞的海島。微：渺茫。

〔三〕侍子：諸侯或屬國之王所遣入朝陪侍天子、學習文化的兒子。多爲人質，即質子。《後漢書·光武帝紀下》（卷一下）：「鄯善王、車師王等十六國皆遣子入侍奉獻，願請都護。帝以中國初定，未遑外事，乃還其侍子，厚加賞賜。」范文瀾《中國通史簡編》第二編第三章第五節：「西漢時期，西域諸國的貴族子弟多到長安，學漢文化。國王的兒子稱爲侍子。」承恩重：指在唐廷爲官。

〔四〕國信：兩國通使作爲憑證的文書符節。

〔五〕希：通「稀」。

【繫年】

作於元和七年（八一二）七月。時張籍因眼疾罷太常太祝閑居京城。按：詩寫金少卿銜命佐使歸鄉及其歸鄉的榮耀以贈别。

送李司空赴①鎮襄陽〔一〕

中外兼權社稷臣，千官齊出拜行塵。〔二〕再調公鼎勳庸盛，三受兵符寵命新。〔三〕商路雪明②旗旆遠③，〔四〕楚堤梅發驛亭春。襄陽風景由來好，重與江山作主人。〔五〕

【校記】

① 赴：席本無此字。

② 明：英華（卷二七七）、宋本、全詩、庫本作「開」。

③ 遠：宋本、全詩作「展」。

【注　釋】

〔一〕李司空：李逢吉。見《使回留別襄陽李司空》（卷二）注釋〔一〕。司空，見《節婦吟》（卷一）注釋〔二〕「按」語。鎮襄陽：謂出任山南東道節度使。襄陽，見卷二《游襄陽山寺》與《使回留別襄陽李司空》二詩注釋〔一〕。《舊唐書·敬宗本紀》（卷一七上）：寶曆二年（八二六）十一月「甲申，以右僕射、同平章事李逢吉檢校司空、同平章事、兼襄州刺史，充山南東道節度使、臨漢監牧使」。

〔二〕中外兼權：李逢吉以「同平章事」「充山南東道節度使」。中外，中央與地方。社稷臣：關係國家安危的重臣。《史記·袁盎傳》（卷一〇一）：「絳侯所謂功臣，非社稷臣。社稷臣主在與在，主亡與亡。」拜行塵：望行塵而拜。《晉書·潘岳傳》（卷五五）：「岳性輕躁，趨世利，與石崇等諂事賈謐，每候其出，與崇輒望塵而拜。」此謂送行。形容百官對李逢吉的敬重和依依不舍。

〔三〕再調公鼎：謂李逢吉兩度爲相。調鼎，謂拜相。典出《韓詩外傳》（卷七）：「伊尹，故有莘氏僮也，負鼎操俎調五味，而立爲相。」唐孟浩然《都下送辛大之鄂》：「未逢調鼎用，徒有濟川心。」《舊唐書》憲、穆、敬宗本紀載：逢吉元和十一年（八一六）二月至十二年九月、長慶二年（八二二）六月至寶曆二年（八二六）十一月兩度爲相。勳庸：功勳。《後漢書·荀彧傳》（卷七〇）：「曹公本興義兵，以匡振漢朝，雖勳庸崇著，猶秉忠貞之節。」三受兵符：謂三任節度使。《舊唐書》憲、穆、敬宗本紀載，逢吉元和十二年（八一七）九月出爲劍南東川節度使，十五年（八二〇）正月遷山南東道節度使，寶曆二年（八二六）十一月再鎮襄陽。寵命：皇帝加恩的任命。

〔四〕商：商州。治今陝西商洛市。長安至襄陽所經之地。

〔五〕「重與」句：謂李逢吉再鎮襄陽。

【繫　年】

作於寶曆二年（八二六）十一月，時張籍在主客郎中任。按：詩寫李逢吉位高權重再鎮襄陽及其赴任情景。

【同　唱】

令狐楚《奉送李相公重鎮襄陽》：「海内埏埴徧，漢陰旌旆還。望留丹闕下，恩在紫霄間。冰雪背秦嶺，風烟經武關。樹皆人尚愛，轅即吏曾攀。自惜兩心合，相看雙鬢斑。終期謝戎務，同隱鑿龍山。」（全詩卷四七三）

按：此詩誤輯入李逢吉詩集，當爲令狐楚作，詳《唐五代文學編年史·中唐卷》「寶曆二年」。

送李僕射①赴鎮鳳翔〔一〕

由來勳業屬英雄，兄弟連榮②列位同。〔二〕先入賊城③擒首惡④，盡封官庫⑤讓元公⑥。〔三〕

旌幢獨繼家聲外，竹帛新添國史中。〔四〕天子欲⑦收秦隴地，故教移鎮在⑧扶風。〔五〕

【校　記】

① 李僕射：紀事（卷三四）、全詩後有「愬」字。
② 榮：律髓（卷三〇）、席本、全詩作「營」。
③ 城：席本作「巢」。
④ 首惡：宋本、紀事、律髓、席本作「惡首」。
⑤ 官庫：紀事作「筦管」，全詩作「筦庫」。
⑥ 公：律髓作「功」。
⑦ 欲：全詩作「新」。
⑧ 在：席本作「右」，紀事、全詩作「古」。

【注　釋】

〔一〕李僕射：李愬（七七三—八二一）。字元直，隴右臨洮（今青海樂都）人。以父晟蔭授太常寺協律郎，遷衛尉少卿。元和中出任坊、晉二州刺史，累遷至太子詹事、宮苑閑廊使；十一年（八一六）拜唐鄧節度使，率軍討吴元濟；次年十月破蔡，擒吴元濟，以功遷山南東道節度使，封涼國公。歷徐州、昭義、魏博三節度。長慶二年（八二二）以疾改太子少保，十月卒於洛陽，年四十九。僕射，見《和裴僕射移官言志》（卷二）注釋〔一〕。《舊唐書·李愬傳》（卷一三三）：「（元和十二年）十一月，詔以愬檢校尚書左僕射，兼襄州刺史、山南東道節度、襄鄧隨唐復郢均房等州觀察等使。」鎮鳳翔：出任鳳翔隴節度使。鳳翔，見《送楊少尹赴鳳翔》（卷四）注釋〔一〕。《舊唐書·地理志一》（卷三八）：「鳳翔隴節度使。治鳳翔府，管鳳翔府、隴州。」同書《憲宗本紀》：「（元和十三年五月）戊戌，以山南東道節度使李愬爲鳳翔尹、鳳翔隴右節度使。」按：李愬未發而於「七月癸未」改爲武寧軍節度使。《舊唐書·李愬傳》：「愬未發，屬李師道再叛，詔田弘正、義成、宣武等軍討之，乃移愬爲徐州刺史、武寧軍節度使，代其兄願。兄弟交换岐、徐二鎮。」

〔二〕「兄弟」句：謂愬兄願，弟聽、憲俱爲刺史，位高名顯。《舊唐書》李愬兄弟傳（卷一三三）載：時願爲「徐州刺史、武寧軍節度使」，聽爲「楚州刺史，統淮南之師」；憲元和八年爲田弘正辟爲從事，「授衛州刺史，遷絳州」。

〔三〕「先入」句：謂李愬元和十二年（八一七）十月十日雪夜入蔡州擒吴元濟。封官庫：謂對存繳獲的軍資。讓：辭讓。謂敬重。元公：指裴度。元，居首位的。時裴度以宰相統率討淮西諸軍。《舊唐書·李愬傳》：「自元濟就擒……乃屯兵鞠場以待裴度。翌日，度至，愬具櫜鞬候度馬首。度將避之，愬曰：『此方不識上下等威之分久矣，請公因以示之。』度以宰相禮受愬迎謁，衆皆聳觀。」

〔四〕旌幢：借指統率軍隊。幢，旌旗的一種。《宋史·儀衛志六》（卷一四八）：「幢，制如節而五層，韜以袋，繡四神，隨方色，朱漆柄。」家聲：家族世傳的聲名美譽。竹帛：用以書寫的竹簡和白絹。此指書寫李愬功績的史乘。

〔五〕秦隴地：今甘肅六盤山以西，黄河以東一帶。此指隴右失地。秦，秦州（治今甘肅天水市）。隴，隴州（治今陝西隴縣東南）。貞元初，隴右諸州盡陷於吐蕃。詳《西州》（卷一）注釋〔二〕。扶風：郡名，即鳳翔府。《舊唐書·地理志一》（卷三八）：「鳳翔府。隋扶風郡。武德元年，改爲岐州……天寶元年，改爲扶風郡。至德二年……十二月，置鳳翔府，號爲西京。」同書《李愬傳》：「憲宗有意復隴右故地，元和十三年五月，授愬鳳翔隴右節度使，仍詔路由闕下。」隴右陷蕃後，鳳翔府爲邊鎮。白居易《西涼伎》：「平時安西萬里疆，今日邊防在鳳翔。」

【繫　年】

李愬元和十三年（八一八）五月於襄陽受詔，約於六月至京，詩當作於愬到京至「七月癸未」改武寧節度使期間。時張籍在廣文博士任。按：詩寫李愬功勛卓著，受朝廷重托而任鳳翔隴右節度使。

【集　評】

（清）馮班：「叙李愬事如見。」（《瀛奎律髓彙評》卷三〇）

（清）紀昀：「語皆猥庸。」（同上）

（清）沈德潛評頷聯：「雪夜擒吴元濟，讓功於裴度。」（《重訂唐詩别裁集》卷一五）

寄白二十二舍人〔一〕

早知内詔過先①輩②，蹭蹬江南百事疏。〔二〕溢浦城中爲上佐，爐峰寺後著幽居。〔三〕偏依仙法多求藥，長共僧游③不讀書。〔四〕三省比④來名望重，肯容君去⑤樂樵漁？〔五〕

【校　記】

① 先：席本作「前」。

② 輩：原本作「輂」，據英華（卷二五九）、米本、全詩改。

③ 游：劉本作「道」。

④ 比：英華、席本作「此」。

⑤ 去：英華作「意」。

【注釋】

〔一〕白二十二舍人：白居易。長慶元年十月十九日至二年七月爲中書舍人。詳《酬白二十二舍人早春曲江見招》（卷二）注釋〔一〕。

〔二〕知：執掌。《國語·越語上》：「有能助寡人謀而退吴者，吾與之共知越國之政。」内詔：内制。見《送鄭尚書赴廣州》（卷四）注釋〔二〕。白居易自元和二年（八〇七）十一月至六年四月丁母憂，充翰林學士，執掌内制。蹭蹬江南：指白居易元和十年八月至十三年十二月被貶江州司馬。蹭蹬，困頓。唐杜甫《上水遺懷》：「蹭蹬多拙爲，安得不皓首。」

〔三〕湓浦城：江州治所潯陽（今江西九江市）。又稱「湓口城」、「湓城」。《舊唐書·地理志三》（卷四〇）：「江州中。隋九江郡。……潯陽，州所理。……煬帝改爲湓城，取縣界湓水爲名。」上佐：指司馬。司馬爲州刺史佐官。爐峰：廬山香爐峰。寺：指遺愛寺。在香爐峰之北。著幽居：指白居易元和十一年秋在廬山建遺愛草堂。其《草堂記》：「匡廬奇秀甲天下山。山北峰曰香爐，峰北寺曰遺愛寺。介峰寺間，其境勝絶，又甲廬山。元和十一年秋，太原人白樂天見而愛之，若遠行客過故鄉，戀戀不能去，因面峰腋寺，作爲草堂。」

〔四〕偏：只是。仙法：道教修煉之法。二句寫白居易在江州超脱任情的生活。《草堂記》：「堂中設木榻四，素屏二，漆琴一張，儒、道、佛書各兩三卷。」《舊唐書·白居易傳》（卷一六六）：「在湓城……與湊、滿、朗、晦四禪師，追永、遠、宗、雷之跡，爲人外之交。每相攜游詠，躋危登險，極林泉之幽邃。至於翛然順適之際，幾欲忘其形骸。或經時不歸，或踰月而返。」

〔五〕三省：尚書省、中書省、門下省。比來：近來。肯：猶「豈」。二句謂白居易元和十四年（八一九）冬召還京師，深得皇帝器重。《舊唐書·白居易傳》：「召還京師，拜司門員外郎。明年，轉主客郎中、知制誥……長慶元年三月，受詔與中書舍人王起覆試禮部侍郎錢徽下及第人鄭朗等一十四人。十月，轉中書舍人。十一月，穆宗親試制舉人，又與賈餗、陳岵爲考策官。凡朝廷文字之職，無不首居其選。」

【繫　年】

尋詩意，當作於白居易初爲中書舍人時，即長慶元年（八二一）十月。時張籍在國子博士任。

按：詩寫白居易被貶江州司馬的失意、逍遥及其回朝後深得朝廷的重用。

【集　評】

（明）周秉倫：見《寄和州劉使君》（卷四）「集評」。

張籍集繫年校注卷五

五言絶句

和韋開州盛①山十二首〔一〕

宿雲亭②〔二〕

清淨當深處，虚明向遠開。〔三〕卷簾無俗客，應只見雲來。

【校記】

①盛：原本與宋本、庫本作「居」，據全詩改。全詩（卷四七九）韋處厚原唱題作「盛山十二詩」，韓愈有《韋侍講盛山十二詩序》。

②亭：萬絶（卷九）作「寺」。

【注　釋】

〔一〕韋開州：韋處厚（七七三—八二八）。字德載，京兆萬年（今陝西西安）人。元和元年（八〇六）進士及第，擢賢良方正異等，授校書郎，旋充直史館，轉左補闕、禮部考功二員外，坐相韋貫之議兵事出爲開州刺史，入拜户部郎中、知制誥。穆宗召入翰林，爲侍講學士，改中書舍人。文宗即位拜兵部侍郎，尋以中書侍郎同平章事。兩《唐書》有傳。開州，治所在盛山縣（今重慶市開縣）。《舊唐書·地理志二》（卷三九）：「開州。隋巴東郡之盛山縣。……武德元年，改爲開州……天寶元年，改爲盛山郡。乾元元年，復爲開州。」韋處厚元和十一年九月至十三年任開州刺史。《舊唐書·憲宗本紀下》（卷一五）：「（元和十一年九月辛未）考功郎中韋處厚爲開州刺史。」劉禹錫《唐故中書侍郎平章事韋公集紀》：「公在伍中，出爲開州刺史。居三年，執友崔敦詩爲相，徵拜户部郎中，至闕下。」盛山：山名。《太平寰宇記·開州·開江縣》（卷一三七）：「盛山，在州西北三里。山上有宿雲亭、隱月岫、流杯渠、琵琶臺、繡衣石。」《舊唐書·地理志二》：「隋改永寧爲盛山，以山爲名。」韋處厚居開州曾作《盛山十二詩》（詳後各詩「原唱」），時人賡和者衆。韓愈《韋侍講盛山十二詩序》：「韋侯昔以考功副郎守盛山。人謂韋侯美士，考功顯曹，盛山僻郡……未幾，果有以韋侯所爲十二詩遺余者，其意方且以入谿谷，上巖石，追逐雲月不足日爲事。讀而歌詠之，令人欲棄百事往而與之游……于時應而和者凡十人。及此年，韋侯爲中書舍人，侍講六經禁中，和者通州元司馬（稹）爲宰相，洋州許使君（康佐）爲京兆，忠州白使君（居易）爲中書舍人，李使君（景儉）爲諫議大夫，黔府嚴中丞（謨）爲秘書監，温司馬（造）爲起居舍人，皆集闕下。於是《盛山十二詩》與其和者，大行於時，聯爲大卷，家有之焉；慕而爲者將日益多，則分爲别卷。韋侯俾余題其首。」除張籍詩外和作皆佚。清何焯《義門讀書記》（卷三二）：「《十二詩》今元、白二集皆無之，傳者唯韋相及張文昌。」按：韋詩影響甚遠，北宋韋驤、馮山亦分别追和《和唐韋相國盛山十二詠》（《錢塘集》卷七）、《開州盛山十二題》（《安嶽集》卷一）。

〔二〕宿雲亭：亭名。蓋在盛山高處而得名。韋友温造曾撰《宿雲亭記》並刻於碑。宋王象之《輿地碑記目·開州碑記》（卷四）：「盛山《宿雲亭記》石，在州西北三里，唐元和十三年刺史韋處厚詩，温造撰記。」

〔三〕虚明：空明。向遠開：謂亭前空廓遼敻。

【繫　年】

據王象之《輿地碑記目》與韓愈《韋侍講盛山十二詩序》所載可知，詩當作於元和十三年（八一八）或稍後，時張籍在廣文博士任。

【集　評】

（明）顧璘：「後二句淺。」（陶文鵬等點校《唐音評注・正音》卷五）

【原　唱】

韋處厚《盛山十二詩・宿雲亭》：「雨合飛危砌，天開卷曉窗。齊平聯郭柳，帶繞抱城江。」（全詩卷四七九）

梅溪

自愛新梅好，行尋一徑斜。〔一〕不教人掃石，恐①損②落來花。

【校　記】

① 恐：唐音（卷六）作「愁」。

② 損：萬絶（卷九）作「掃」。

【注　釋】

〔一〕新梅：指先春開放的梅花。參韋原唱。

【集評】

（明）顧璘：「有摩詰家法。」（陶文鵬等點校《唐音評注·正音》卷五）

（明）邢昉：「猶近自然。」（《唐風定》卷二〇）

（清）吴瑞榮：「猶近自然。未至鑿深傷氣。」（《唐詩箋要後集》卷六）

（清）宋宗元評末二句：「綽有深情。」（《網師園唐詩箋》卷一四）

（清）吴烶：「梅花開於隴頭，故曰尋，有許多欣賞處；不教掃石，有許多憐惜意。上二句寫題，下二句寫意，自覺淡遠。」（《唐詩直解》）

【原唱】

韋處厚《盛山十二詩·梅谿》：「夾岸凝清素，交枝漾淺淪。味調方薦實，臘近又先春。」（全詩卷四七九）

茶嶺〔一〕

紫芽連白蘂，〔二〕初向嶺頭生。自看家人①摘，尋常觸露②行。〔三〕

【校　記】

①人：劉本、陸本作「生」。

②露：席本作「路」。

【注　釋】

〔一〕茶嶺：地名。因産茶而得名。明曹學佺《蜀中廣記·方物記·茶譜》（卷六五）引《開縣志》：「茶嶺，在縣北三十里，不生雜卉，純是茶樹，味甚佳。」

〔二〕紫芽：指茶葉的嫩芽。宋熊蕃《宣和北苑貢茶録》：「凡茶芽數品，最上曰小芽，如雀舌鷹爪，以其勁直纖鋭，故號芽茶。次曰中芽，乃一芽帶一葉者，號一鎗一旗。次曰紫芽，其一芽帶兩葉者，號一鎗兩旗。」

〔三〕觸露行：謂清晨上山。宋趙汝礪《北苑別録》「採茶」條：「採茶之法，須是侵晨，不可見日。侵晨則夜露未晞，茶芽肥潤。見日則爲陽氣所薄，使芽之膏腴内耗，至受水而不鮮明。」

【原　唱】

韋處厚《盛山十二詩·茶嶺》：「顧渚吴商絶，蒙山蜀信稀。千叢因此始，含露紫英肥。」（全詩卷四七九）

流杯渠〔一〕

渌酒白螺杯，〔二〕隨流去復回。似知人把處，各向面前來。

【注釋】

〔一〕流杯渠：渠名。在盛山，詳《宿雲亭》注釋〔一〕「盛山」。流杯，即「流觴」，一種飲酒習俗。古人上巳日（三國魏以後定爲三月初三）聚飲於水邊，祓除不祥。後人宴集仿行，置酒杯於環曲的水流，任其漂流，杯停於誰前，誰即取飲，稱爲「流觴曲水」或「流杯曲水」。南朝梁宗懍《荆楚歲時記》：「三月三日，四民並出江渚池沼間，臨清流，爲流觴曲水。」宋劉孝孫《事原》「流杯」條：「《晉書》束晳曰，昔周公卜洛，流水以汎酒，故逸詩曰『羽觴隨流波』。其後三月三日曲水流杯，即其遺事。」

〔二〕渌酒：美酒。渌，同「醁」。唐李白《暮春江夏送張祖監丞之東都序》：「笑飲醁酒，醉揮素琴。」螺杯：螺殼所製的酒杯。後爲酒杯的美稱。《藝文類聚·雜器物部·杯》（卷七三）引《陶侃故事》：「侃上成帝螺杯一枚。」

【原　唱】

韋處厚《盛山十二詩·流杯渠》：「激曲縈飛箭，浮溝泛滿巵。將來山太守，早向習家池。」（全詩卷四七九）

盤石磴〔一〕

壘石連①空遠，層層勢更②危。〔二〕不知行幾帀，得到上頭時。〔三〕

【校　記】

① 連：萬絶（卷九）、宋本、庫本、全詩作「盤」。

② 更：萬絶、宋本、庫本、全詩作「不」。

【注　釋】

〔一〕盤石：即「磐石」，大石。《荀子·富國》：「國安於盤石。」楊倞注：「盤石，盤薄大石也。」磴：石階。

〔二〕連空：謂石階向山頂延伸，仰望似與天空相連。危：高。

〔三〕帀：周。石級環山一周爲一帀。上頭：巔頂。

【原　唱】

韋處厚《盛山十二詩・盤石磴》："繚繞緣雲上，璘玢甃玉聯。高高曾幾折，極目瞰秋鳶。"（全詩卷四七九）

桃塢〔一〕

春塢桃花發，多將野客游。日西殊未散①，看望酒缸頭。〔二〕

【校　記】

① 散：萬絶（卷九）作"厭"。

【注　釋】

〔一〕塢：四面高中間低的地方。滿植桃樹，四周花木如屏，故稱"桃塢"。

〔二〕殊：猶，尚。看望：謂賞景。頭：猶"傍"。末句謂邊賞景邊飲酒。

【原　唱】

韋處厚《盛山十二詩・桃塢》："噴日舒紅景，通蹊茂緑陰。終期王母摘，不羨武陵深。"（全詩

卷四七九)

竹巖〔一〕

獨入千竿裏，緣巖踏石層。〔二〕筍頭齊欲出，更不許人登。

【注　釋】

〔一〕竹巖：峰名。因遍山生竹，故稱。巖，山峰。

〔二〕千竿：指竹林。石層：重疊的石塊。

【原　唱】

韋處厚《盛山十二詩・竹巖》：「不資冬日秀，爲作暑天寒。先植誠非鳳，來翔定是鸞。」(全詩卷四七九)

琵琶臺〔一〕

臺上緑羅①春，閑登不待人。〔二〕每當休暇②日，著屐③戴綸④巾。〔三〕

【校　記】

①羅：萬絶（卷九）、宋本、唐音（卷六）、席本、全詩、庫本作「蘿」。

②暇：宋本、庫本作「假」。

③屐：萬絶、宋本、唐音、全詩作「履」。

④綸：萬絶、唐音作「絃」，宋本、全詩、庫本作「紗」。

【注　釋】

〔一〕琵琶臺：地名。在盛山，詳《宿雲亭》注釋〔一〕「盛山」。形似琵琶，故稱。

〔二〕羅：通「蘿」，藤蘿。不待人：謂不邀朋喚友。

〔三〕綸巾：用青色絲帶做的頭巾。一説配有青色絲帶的頭巾。

【集　評】

（清）黄生：「『著屐帶紗巾』五字，一直看來，殊覺無味，倒叙轉去，其妙無窮。乃知唐人佳作，爲不知詩者唾棄多矣。」「二三四錯叙。」（《增訂唐詩摘鈔》卷二）

【原　唱】

韋處厚《盛山十二詩・琵琶臺》：「褊地難層土，因崖遂削成。淺深嵐嶂色，盡向此中呈。」（全詩卷四七九）

胡蘆沼〔一〕

曲沼春流滿，新蒲映野①鵝。〔二〕閒齋朝飯後，〔三〕拄②杖繞行多。

【校　記】

① 野：席本作「緑」。

② 拄：宋本作「柱」。

【注　釋】

〔一〕胡蘆沼：池名。因形似葫蘆，故稱。

〔二〕蒲：香蒲。俗稱蒲草。多年生草本植物。生長在水邊或池沼内。《本草綱目・草・香蒲》（卷一九）「集解」李時珍云：「叢生水際，似莞而褊……八、九月收葉以爲席，亦可作扇，軟滑而温。」野鵝：鳥名。南朝梁陶弘景《本草經集注・蟲獸三品》「雁肪」條：「有野鵝，大於雁，猶似家蒼鵝，謂之駕鵝。」

〔三〕閒齋：閒靜的房舍。

【原　唱】

韋處厚《盛山十二詩·胡盧沼》：「疏鑿徒爲巧，圓窪自可澄。倒花紛錯秀，鑑月靜涵冰。」（全詩卷四七九）

隱月岫〔一〕

月出深峰裏，清光①夏②亦寒。每嫌西落疾，不得到明看。〔二〕

【校　記】

① 光：萬絶（卷九）、宋本、全詩、庫本作「涼」。

② 夏：全詩作「夜」。

【注　釋】

〔一〕隱月岫：峰名。在盛山，詳《宿雲亭》注釋〔一〕「盛山」。因月自峰出而得名。岫，峰巒。

〔三〕到明看：「看到明」的倒裝。

【原　唱】

韋處厚《盛山十二詩·隱月岫》：「初映鉤如綫，終銜鏡似鉤。遠澄秋水色，高倚曉河流。」（全詩卷四七九）

繡衣石榻〔一〕

山①城無②別味，藥菜③兼魚果。〔二〕時引④繡衣人，同來石上坐。

【校　記】

①山：庫本作「出」。
②無：宋本作「每」。
③菜：萬絶（卷九）、宋本、唐音（卷六）、全詩、庫本作「草」。
④引：萬絶、宋本、全詩作「到」，唐音、庫本作「有」。

【注　釋】

〔一〕繡衣石榻：石床名。在盛山，詳《宿雲亭》注釋〔一〕「盛山」。繡衣：謂御史。漢武帝天漢年間，民間起事者衆，地方官員督捕不力，因派侍御史充任直指使者，衣繡衣，持斧仗節，興兵鎮壓。後因稱御史爲「繡衣御史」，省稱「繡衣」。見《漢書》武帝紀、百官公卿表上。此指温造。韋處厚原唱題注「爲温侍御置」。陶敏《全唐詩人名考證》：「温侍御，温造。《舊唐書》本傳：『長慶元年，授京兆府司録參軍。奉使河朔稱旨，遷殿中侍御史。』元和中當官監察御史。韋處厚《盛山十二詩》元和末作，温造有和詩，韓愈《序》稱『温司馬』」，「《輿地碑記目》卷四開州：『《盛山宿雲亭記石》……唐元和十三年刺史韋處厚詩，温造撰記。』時温造當自監察御史爲開州司馬。」石榻：狹長而矮的石床。

〔二〕山城：指開州城。藥菜：可入藥的蔬菜。

【集　評】

（明）顧璘評末二句：「冷語可想。」（陶文鵬等點校《唐音評注·正音》卷五）

【原　唱】

韋處厚《盛山十二詩·繡衣石榻（爲温侍御置）》：「巉（一作嵒）巉雪中嶠，磊磊（一作落）標方

峭。勿爲枕蒼山，還當礎清廟。」（全詩卷四七九）

上士泉缾①〔一〕

階上一眼泉，四邊青石甃。〔二〕唯有②護淨僧，〔三〕添缾將③盥漱。

【校　記】

① 詩題韋處厚原唱作「上士缾泉」，席本無「缾」字。
② 有：席本作「待」。
③ 將：席本作「與」。

【注　釋】

〔一〕上士：佛經中對菩薩的稱呼。唐玄奘譯《瑜伽師地論·攝決擇分中有尋有伺等三地之四》（卷六一）：「無自利行無利他行，名爲下士。有自利行無利他行，有利他行無自利行，名爲中士。有自利行有利他行，名爲上士。」泉缾：盛泉水的陶器。韋原唱題注：「爲柳律師置。」柳律師，名不詳。律師，見《律僧》（卷二）注釋〔一〕。

〔二〕甃：見《上國贈日南僧》（卷二）注釋〔四〕。

〔三〕護淨：見《送閩僧》（卷二）注釋〔二〕。

【原唱】

韋處厚《盛山十二詩·上士缾泉（爲柳律師置）》：「綆汲豈無井，顛崖貴非浚。願灑塵垢餘，一雨根莖潤。」（全詩卷四七九）

送遠客

憔悴遠行①客，殷勤②欲别杯。〔一〕九星壇下路③，〔二〕幾日見重來。

【校記】

① 行：萬絶（卷九）、宋本、全詩、庫本作「歸」。
② 殷勤：席本作「慇懃」。
③ 路：萬絶作「露」。

【注釋】

〔一〕憔悴：憂傷貌。漢劉向《九歎·憂苦》：「倚石巖以流涕兮，憂憔悴而無樂。」王逸注：「悲而涕流，中心憔悴，無歡樂之時也。」殷勤：情意深厚。

〔三〕九星壇：即「七星壇」。道教用以祭祀北斗的祭壇。唐陸龜蒙《上元日道室焚修寄襲美》：「唯有世塵中小兆，夜來心拜七星壇。」「七星」，或稱「九魁」、「九星」。漢劉向《九歎·遠逝》：「訊九魁與六神。」王逸注：「九魁，謂北斗九星也。」洪興祖補注：「北斗七星，輔一星，在第六星旁。又招搖一星，在北斗杓端。」詩所寫九星壇所在不詳。張籍《送晊師》（卷六）：「九星臺下煎茶别，五老峰頭覓寺居。」「九星臺」，一作「九星壇」。兩詩所寫當爲一處。

寄西峰僧〔一〕

松暗水涓涓，夜涼人未眠。西峰月猶在，遥憶草堂前。〔二〕

【注釋】

〔一〕西峰：見《山中秋夜》（卷二）注釋〔三〕。

〔二〕草堂：指僧居所。陳延傑《張籍詩注》：「終南山有雙峰草堂。」二句寫月落時分詩人思念西峰僧。

【集　評】

（清）黄生評末二句：「倒收。」（《增訂唐詩摘鈔》卷二）

（清）王堯衢：「（首句）松間之月已經明過，今月將落，則松暗矣。但聞水聲涓涓，流於暗處。」「（第二句）此時正當夜涼，人欲睡而未睡。」「（第三句）未睡，因望西峰，高處月光猶在，蓋月之從下而照上者。」「（末句）見西峰月，便想西峰之下有草堂，而草堂中有僧。卻不知草堂前更有明月，我雖遥憶，而不知此時此僧能領略此草堂前境界否也。」（《唐詩合解箋注》卷四）

（清）徐增：「此詩着意在月上，自月出時，直到月將落下去。月初出，其光先射高處，月將落下，其光亦在高處。西峰，是高處；松樹所依之處，高下不齊，此應在低處。低處，惟月在中天，方得照着，至月將落，則暗矣。此松間月已明過，今雖在暗，水聲清涓，覺得夜涼要睡，未得即睡也。因望西峰，月光猶在，便想到僧住處，相去雖遥，憶着卻又恍然。草堂，乃僧之住處，西峰正插在草堂之前。草堂前此時，如峨眉積雪，一片大光明藏，是何等境界，我卻立在暗地。天下名山，被僧占盡，而此一峰明月，又去作草堂供養，那得不想草堂中上人也。詩中不説出僧來，衹用一『前』字。此僧定是一個俗漢，此時必掩關熟睡，那去理會草堂前明月。嗟乎，『山僧見慣渾閒事，辜負松邊暗立人。』」（《而菴説唐詩》卷九）

禪師①〔一〕

獨在西峰頂，年年閉石房。〔二〕定②中無弟子，人到爲焚香。〔三〕

【校　記】

①禪師：全詩校「一作西峰頂」。

②定：萬絶（卷九）作「家」。

【注　釋】

〔一〕禪師：專修禪定的僧人。《善住意天子所問經》（卷下）：「天子問文殊師利言：『禪師者，何等比丘得言禪師？』文殊師利答言天子：『此禪師者，於一切法，一行思量，所謂不生，若如是知，得言禪師。』」後用爲對僧人的尊稱。詩所指不詳，當與《寄西峰僧》（卷五）所「寄」爲同一僧。

〔二〕西峰：見《山中秋夜》（卷二）注釋〔三〕。石房：修禪的石屋。

〔三〕定中：禪定之中。禪定，禪宗修行方法之一。一心審考爲禪，息慮凝心爲定。静坐斂心，專注一境，久之達到身心安穩、觀照明淨的境地。《壇經》：「何名爲禪定？外離相曰禪，内不亂曰定……外禪内定，故名禪定。」《長阿含經·第二分十上經》：「思惟觀察，分別法義，心得歡喜。得歡喜已，便得法愛。得法愛已，身心安穩。身心安穩已，則得禪定。得禪定已，得如實智。是爲初解脱入。」人：指香客。

惜花

山中春已晚，處處見花稀。明日來應①盡，林間宿不歸。

【校記】

①應：萬絶（卷九）、宋本、唐音（卷六）作「無」。按：當作「應」。

【集評】

（明）顧璘：「著題有趣。」（陶文鵬等點校《唐音評注·正音》卷五）

【同　唱】

張籍《惜花》(「濛濛庭樹花」,卷七)。

張籍《惜花》(「春潭足芳樹」,卷七)。

王建《山中惜花》:「忽看花漸稀,罪過酒醒時。尋覓風來處,驚張夜落時。游絲纏故蘂,宿夜守空枝。開取當軒地,年年樹底期。」(全詩卷二九九)

于鵠《惜花》:「夜來花欲盡,始惜兩三枝。早起尋稀處,閑眠記落時。蘂焦蜂自散,蒂折蝶還移。攀著殷勤別,明年更有期。」(全詩卷三一〇)

按:諸詩題旨、所寫時間相近,押韻相同,張籍《惜花》(「濛濛庭樹花」)與于、王二詩均爲五律,其間當存在聯繫,或同唱。清李懷民評于鵠詩即云:「宜與仲初《山中惜花》詩並看,知其同出於水部也。」(《重訂中晚唐詩主客圖》卷上)

題暉師①影堂〔一〕

日早②欲參禪,〔二〕竟無相識緣。道場今獨到,〔三〕惆悵影堂前。

【校　記】

① 師:萬絶(卷九)、宋本、席本、品彙(卷四三)作「禪師」。

② 日早：萬絶、宋本、品彙、席本作「早日」。

【注　釋】

〔一〕暉師：懷暉禪師（七五六—八一五）。貞元、元和間禪宗高僧。唐權德輿《唐故章敬寺百巖大師碑銘（并序）》：「禪宗長老百巖大師之師，曰大寂禪師……師諱懷暉，姓謝氏，東晉流寓，今爲泉州人。……止於太行百巖寺，門人因以『百巖』號焉。元和三年，有詔徵至京師，宴坐於章敬寺，每歲召入麟德殿講論，後以疾固辭。十年十二月二十一日，恬然示滅，其年六十，其夏三十五。弟子智朗、志操等，以明年正月，起塔於灞陵原。」影堂：寺廟中供奉佛祖、尊師法身影像之所。據權德輿碑銘所載可知，懷暉禪師影堂在長安東郊章敬寺。《唐會要・寺》（卷四八）：「章敬寺：通化門外，大曆二年七月十九日，内侍魚朝恩請以城東莊爲章敬皇后立爲寺。」按：李益、賈島、王建分别有《哭柏巖禪師》、《哭柏巖和尚》、《題柏巖禪師影堂》，「柏巖」即「百巖」。

〔二〕日早：很早以前。參禪：佛教禪宗的修持方法。有游訪問禪、參究禪理、打坐禪思等形式。

〔三〕道場：佛徒誦經禮拜的場所。此當指百巖所駐之章敬寺。

【繫　年】

懷暉禪師圓寂於元和十年（八一五）十二月，詩當作於次年或稍後。時張籍在國子助教或廣文博士任。按：詩寫詩人憑吊暉師影堂的悲傷與詩人未識暉師的遺憾。

涇州塞〔一〕

行道①涇州塞，唯聞羌②戍鼙。〔二〕道邊古雙堠③，猶記向安西。〔三〕

【校　記】

①道：萬絶（卷九）、宋本、品彙（卷四三）、席本、全詩、庫本作「到」。

②羌：萬絶、宋本作「差」。

③古雙堠：萬絶、宋本、品彙、庫本作「雙古堠」。按：以律格論，當作「雙古堠」。

【注　釋】

〔一〕涇州：治所在安定縣（今甘肅涇川縣北涇河北岸），涇原節度使治所。《舊唐書·地理志一》（卷三八）：「涇原節度使。治涇州。」「涇州上。隋安定郡。武德元年，討平薛仁杲，改名涇州。

天寶元年，復爲安定郡。乾元元年，復爲涇州。」安史亂後，隴西漸陷於吐蕃，建中年間，涇州已爲邊地。《舊唐書·吐蕃傳下》（卷一九六下）：建中四年正月，唐與吐蕃盟於清水，盟文曰：「今國家所守界：涇州西至彈箏峽西口，隴州西至清水縣，鳳州西至同谷縣，暨劍南西山大渡河東，爲漢界。蕃國守鎮在蘭、渭、原、會，西至臨洮，東至成州，抵劍南西界磨些諸蠻，大渡水西南，爲蕃界。」

〔二〕羌：古代少數民族。主要分佈在今甘肅、青海、四川一帶。中唐時期多依附吐蕃。戍鼙：指邊防駐軍敲擊的鼓聲。鼙，一種小的軍鼓。

〔三〕堠：見《送侯判官赴廣州從軍》（卷四）注釋〔三〕。《甘肅通志·古蹟·涇州》（卷二三）：「黄河堰：在州城北，唐刺史安敬忠築，以捍河流。旁多斥堠，路入安西。張籍詩云『道旁雙古堠，猶記向安西』，即指此。」向安西：指通往安西的里程。安西，見《送安西將》（卷二）注釋〔一〕。

【繫　年】

或爲張籍入軍幕而游西北邊塞時作，約貞元十八年（八〇二）冬。按：詩寫詩人游涇州的所見所聞及對國土淪喪的感傷。

【集　評】

（明）桂天祥：「送别即稱《陽關》，其斷腸處未必如此詩益。」（《批點唐詩正聲》，轉引自陳伯海主編《唐詩彙評》）

（明）郭濬：「唐云：此爲征吐蕃興慨，時蓋不復通安西矣！」（《增定評注唐詩正聲》，轉引自陳伯海主編《唐詩彙評》）

野田①〔一〕

漠漠②野田草，草中牛羊道。〔二〕古墓無子孫，白楊不得老。〔三〕

【校　記】

① 原本卷七有《野草》一首，與此首重復，已删。野田：原本卷七、席本作「野草」，萬絶（卷九）、陸本作「野中」。

② 漠漠：萬絶作「幕幕」，席本作「羃羃」。

【注　釋】

〔一〕野田：新樂府題。《樂府詩集》卷九四《新樂府辭五》收李益《野田行》：「日没出古城，野田何茫茫。寒狐嘯青塚，鬼火燒白楊。昔人未爲泉下客，行到此中曾斷腸。」據張籍詩題及所寫「野田」、「古墓」、「白楊」等内容看，其或受李詩啟發而作。又，《古詩十九首·去者日以疎》：「去者日以疎，來者日以親。出郭門直視，但見丘與墳。古墓犁爲田，松柏摧爲薪。白楊多悲風，蕭蕭愁殺人。思還故里閭，欲歸道無因。」逯欽立輯校《先秦漢魏晉南北朝詩》（漢詩卷一二）注：「《類聚》四十作《古墟墓詩》。《合璧事類》六十七作《古樂府》。」此詩亦或爲張籍詩所本。

〔二〕漠漠：茂密貌。漢枚乘《柳賦》：「階草漠漠，白日遲遲。」二句寫野田的荒寂。

〔三〕白楊：樹名。古人多栽於墓旁。宋鄭樵《通志·昆蟲草木略·木類》（卷七六）：「楊之類亦多。白楊，曰『高飛』，曰『獨摇』，人多種於墟墓間，故曰『白楊多悲風，蕭蕭愁殺人』。」二句謂古墓無人守護，白楊遭砍伐。

【集　評】

（宋）劉辰翁：「頓挫。」（《唐詩品彙》卷四三引）

（明）周敬：「可憐！實是慘人。」（明周珽輯《删補唐詩選脉箋釋會通評林》卷四九）

（明）李贄：「有子孫的，卻是如何？」（同上）

（明）陸時雍：「意未得老。」（《唐詩鏡》卷四一）

（明）邢昉：「苦語，亦奇語。」「比『松柏未生處』二語尤妙。」（《唐風定》卷二〇）

按：「松柏未生處」爲唐沈千運《古歌》詩句：「北邙不種田，但種松與柏。松柏未生處，留待市朝客。」（全詩卷二五九）

（清）吴瑞榮：「老語，亦奇語。比『松柏未生處』尤妙。」「白楊與人家子孫何涉？此處未許著詮解。」（《唐詩箋要後集》卷六）

岸花①

可憐岸邊樹，紅蕊發青條。東風吹渡②水，銜著木蘭橈。〔一〕

【校　記】

①原本卷七「拾遺」重收此詩，已删。

②渡：萬絶（卷九）、唐音（卷六）作「度」。

【注　釋】

〔一〕木蘭橈：木蘭製作的船槳。槳的美稱。末句寫花瓣打落在木蘭橈上。

【集　評】

（宋）劉辰翁：「好不覺有興。」（《唐詩品彙》卷四三引）

（清）黄生：「直叙到底，與『打起黄鶯兒』同一作法。」（《增訂唐詩摘鈔》卷二）

張籍集繫年校注卷六

七言絶句

送蜀客〔一〕

蜀客南行祭①碧雞②，木緜花發錦江西。〔二〕山橋日晚行人③少，時見④猩猩樹上⑤啼。〔三〕

【校　記】

①祭：才調（卷三）、英華（卷二七七）作「過」，宋本作「除」，唐音（卷七）、品彙（卷五一）作「聽」，陸本作「際」。按：當作「過」。

②雞：才調、英華作「溪」。

③晚行人：才調作「晚人來」，英華作「落人來」。

④見：御覽作「有」。

⑤樹上：御覽、才調、英華作「上樹」。

【注釋】

〔一〕蜀客：旅居外地的蜀人。

〔二〕碧雞：傳説中的神物。《史記·封禪書》（卷二八）：「（秦）文公獲若石云，于陳倉北阪城祠之。其神或歲不至，或歲數來，來也常以夜，光輝若流星，從東南來集于祠城，則若雄雞，其聲殷云，野雞夜雊。以一牢祠，命曰陳寶。」張守節正義引《括地志》云：「寶雞神祠在漢陳倉縣故城中，今（岐州）陳倉縣東。石雞在陳倉山上。」《漢書·郊祀志下》（卷二五下）：「或言益州有金馬、碧雞之神，可醮祭而致，（宣帝）於是遣諫大夫王褒使持節而求之。」顔師古注引如淳曰：「金形似馬，碧形似雞。」祠「寶雞」之地陳倉，在今陝西省寶雞市東。又，今云南省昆明市東有金馬山，西有碧雞山，兩山隔滇池相對，山上皆有神祠，傳爲漢祭金馬、碧雞處。按：唐詩中於往來川陝間所詠之「碧雞」，在陳倉道上。晚唐詩人李商隱由長安赴東川（梓州）幕府所作之《西南行卻寄相送者》：「明朝驚破還鄉夢，定是陳倉碧野雞。」張籍此詩所送，乃由長安出發經陳倉道去成都者。木緜：植物名。此指木本之「古貝」，即今通常所謂「木緜」。詳《崑崙兒》（卷四）注釋〔五〕。按：似草之「古終」，即今之所謂「棉花」，宋末方傳入我國内地。《本草綱目·木·木綿》（卷三六）「集解」李時珍云：「江南、淮北所種木綿，四月下種……謂之綿花。……此種出南番，宋末始入江南。」錦江：水名。岷江分支之一，在成都南，又名流江、汶江，俗名府河。自郫縣分流至成都城南，合郫江，折西南入彭山縣界。傳説蜀人織錦濯其中則錦色鮮豔，故名。晉左思《蜀都賦》：「貝錦斐成，濯色江波。」劉逵注引三國蜀譙周《益州志》：「成都織錦既成，濯於江水，其文分明，勝於初成；他水濯之，不如江水也。」（《六臣注文選》卷四）

〔三〕猩猩啼：猩猩啼叫。晉左思《吴都賦》：「猩猩啼而就禽。」劉淵林注引《異物志》曰：「出交趾。封溪有猩猩，夜聞其聲，如小兒啼也。」吕向注：「猩猩獸性好酒，酒醉則不能去，乃啼，則爲人所擒也。」（《六臣注文選》卷五）

【繫年】

唐令狐楚奉敕所纂《御覽詩》收此詩。該書結銜題「翰林學士、朝議郎守中書舍人」。《舊唐書·令狐楚傳》（卷一七二）：「元和九年，鎛初以財賦得幸，薦俛、楚俱入翰林，充學士，遷職方郎中、中書舍人，皆居内職。……十二年夏……罷楚内職，守中書舍人。」知令狐楚任翰林學士、中書舍人在元和九年十一月至十二年夏。《御覽詩》當進呈於此間。又，尋繹詩意，送行地點在長安，詩人當已入仕。故詩當作於元和元年（八〇六）至十二年（八一七）年夏之間。按：詩寫蜀客南行途中所歷所見所感以贈别。

【集　評】

（明）顧璘：「好。」（陶文鵬等點校《唐音評注·正音》卷六）

（明）周珽：「前二句紀南行所歷，多景物，見風土之殊候；後二句想南行所見，惟異類，見跋涉之孤寂。惜别繫懷之情，言外可思。」（明周珽輯《删補唐詩選脉箋釋會通評林》卷五六）

（明）徐用吾：「粗中清細，反是老成。」（同上）

（清）宋顧樂：見《蠻中》（卷六）「集評」。

送元結[①]〔一〕

昔[②]日同游漳水邊，〔二〕如今重説恨緜緜。天涯相見還離[③]别，客路秋風又幾年。〔三〕

【校　記】

①元結：萬絶（卷二三）、宋本、陸本、席本、庫本作「元紹」。

②昔：萬絶、宋本、席本作「春」。

③離：品彙（卷五一）、庫本作「相」。

【注　釋】

〔一〕元結：生平不詳。當爲張籍早年求學河北時期的同窗。按：元次山卒於大曆七年（七七二），時張籍七歲，此「元結」非元次山，或爲「元紹」之誤。

〔二〕漳水：見《酬秘書王丞見寄》（卷四）注釋〔二〕「漳谿」。

〔三〕末句謂不知今後又隔幾年纔能相見。

【繫　年】

當作於貞元八年（七九二）秋張籍學成後漫遊途中。按：詩寫旅中邂逅友人而又離別的悲傷。

【集　評】

（清）黄叔燦：「往事不堪追，相逢又復別離，秋風蕭瑟，愁緒牽人，不知此後相逢又隔幾年，意真而摯。」（《唐詩箋注》）

宫①山祠〔一〕

秋草宫人②斜裏墓，宫人③誰送葬來時。〔二〕千千萬萬皆如此④，家在城邊⑤亦不知。〔三〕

【校記】

①宫：萬絶（卷六八）、宋本、全詩、庫本作「宿」。

②人：萬絶、宋本、陸本作「中」。

③人：萬絶、宋本、陸本、席本作「中」。

④如此：席本作「相似」。

⑤城邊：原本及全詩、庫本作「邊城」，據萬絶、宋本、席本改。尾句言「家」距「墓」近，而非言遠。

【注釋】

〔一〕宫山祠：建於宫人墓地以祭祀宫人的祠堂。

〔二〕宫人斜：宫人墓地。宋宋敏求《春明退朝録》（卷上）：「唐内人墓，謂之『宫人斜』，四仲遣使者祭之。」斜，山坡野地。多用於地名。《新唐書·肅宗本紀》（卷六）：「房琯以中軍、北軍及安禄山之衆戰于陳濤斜，敗績。」清顧祖禹《讀史方輿紀要·陝西二·西安府上》（卷五三）「陳濤斜」條：「在今（咸陽）縣東。其路斜出，故曰斜。」「宫人」句：謂宫人命運悲慘，無人送葬。

〔三〕城：指京城長安。末句謂即使家在京城附近，家人亦不知宫人所葬。

【繫年】

據王建同唱推測，詩當作於元和八年（八一三）秋王建由軍幕入京之後。按：詩寫宫女死而無人送葬無人知曉的悲慘命運。

【同唱】

王建《宫人斜》：「未央牆西青草路，宫人斜裏紅妝墓。一邊載出一邊來，更衣不減尋常數。」（全詩卷三〇一）

按：與張籍詩所寫内容相似，當爲同唱。

美人宫棋〔一〕

紅燭臺前出①翠娥，海沙鋪局巧相和。〔二〕趁行移手②巡收盡，〔三〕數數看誰得最多。

【校記】

① 出：庫本作「兩」。

② 手：席本作「子」。

【注　釋】

〔一〕宫棋：又稱「逼棋」。古代的一種棋戲。唐白居易《代書詩一百韻寄微之》：「度日曾無悶，通宵靡不爲。雙聲聯律句，八面對宫棋。」清翟灝《通俗編·俳優》（卷三一）「宫棋」條：「今人先以棋子黑白雜布局中，各認一子爲標，左右巡拾，拾竟以所得多寡較勝負。有挨三、頂四、擦七、馱八罰例，謂之逼棋，蓋即此耳。」

〔二〕海沙鋪局：鋪海沙以爲棋局。唐劉禹錫《觀棋歌送儇師西游》：「忽思爭道畫平沙，獨笑無言心有適。」海沙細小，均勻，色澤好（即王建同唱所謂「玉沙」），不沾身，宜於鋪棋局。巧相和：謂棋手棋藝相當。

〔三〕趁行：在行進之中。據白居易詩知宫棋有八面，比賽時當循棋局周邊而行，左右巡拾。巡：逐個，依次。

【繫　年】

據王建同唱推測，詩當作於元和八年（八一三）秋王建由軍幕入京之後。按：詩寫美女夜晚競宫棋的場景。

【同　唱】

王建《夜看美人宫棋》：「宫棋布局不依經，黑白分明子數停。巡拾玉沙天漢曉，猶殘織女兩三星。」（全詩卷三〇一）

按：與張籍詩所寫内容近似，當爲同唱。

蠻州①〔一〕

瘴水蠻中②入洞流，人家多住③竹棚頭。〔二〕一④山海⑤土⑥無城郭，唯⑦見松牌記⑧象州。〔三〕

【重　出】

重出於杜牧《樊川集·别集》；全詩（卷五二五）杜牧詩亦收，題注：「一作張籍詩。」全詩（卷三八六）張籍詩亦題注：「一作杜牧詩。」當爲張籍作。宋本、席本等張籍詩集載此詩，萬絶（卷二三）、唐音（卷七）、石倉（卷五九）亦作張籍詩；而杜牧甥裴延翰所編《樊川集》不載。《樊川集·别集》乃宋人所輯，多間雜他人之作。又，此詩寫嶺南象州一帶風物，與張籍南游行跡合，而杜牧據其自撰《墓志銘》可知未曾至象州。明徐𤊹《徐氏筆精·詩談》（卷三）「樊川别集」條：「杜牧《樊川集》語多猥澀，惟《别集》句調新清。宋姚西溪以《别集》爲許渾詩，言之有據。且今世許集傳本多鬱林詩，蓋渾曾至鬱林也。杜牧未有粤西之行，而《别集》忽有『松牌出象州』之句，似可證非牧詩。」四庫全書《樊川文集》「提要」亦云：「王士禎《居易録》謂舊藏杜集止二十卷，後見宋版本，雕刻甚精，而多數卷，考劉克莊《後村詩話》云：『樊川有續《别集》三卷，十八九皆許渾詩。杜牧仕宦不至南海，而《别集》乃有「南海府罷」之作。』則宋本《外集》之外又有續《别集》三卷。」另參佟培基《全唐詩重出誤收考》。按：吴在慶《杜牧集繫年校注》引佟培基《考》而未表明自己之意見。

【校記】

①蠻州：唐音（卷七）作「蠻中」，杜牧詩（全詩卷五二五，下同）作「蠻中醉」。
②瘴水蠻中：杜牧詩作「瘴塞蠻江」。
③住：杜牧詩作「在」。
④一：萬絶（卷二三）、席本、庫本、杜牧詩作「青」。
⑤海：石倉（卷五九）作「直」。按：作「直」似是。
⑥土：萬絶、宋本、石倉、全詩、庫本作「上」。按：作「上」佳。
⑦唯：唐音、石倉作「惟」。
⑧記：萬絶、杜牧詩作「出」。

【注　釋】

〔一〕蠻州：古稱南方少數民族地區。此指今貴州、廣西一帶。

〔二〕瘴水：南方能致人生病的流水。參《送南遷客》（卷二）注釋〔一〕。洞：指南方石灰岩地區常見的溶洞。《舊唐書·西南蠻傳》（卷一九七）：「東謝蠻，其地在黔州之西數百里……散在山洞間，依樹爲層巢而居，汲流以飲。」「西趙蠻，在東謝之南，其界東至夷子，西至昆明，南至西洱河。山洞阻深，莫知道里。」竹棚：竹樓。

〔三〕無城郭：謂散居。《新唐書·地理志七下》（卷四三下）：「諸蠻州九十二。皆無城邑，椎髻皮服，惟來集于都督府，則衣冠如華人焉。」松牌：水松牌。以水松木製成，古人多用以書寫。後唐馮贄《雲仙雜記》「水松牌」條引《海墨微言》：「李白游慈恩寺，寺僧用水松牌刷以吴膠粉，捧乞新詩。」水松，産自南海。晉嵇含《南方草木狀》（卷中）：「水松，葉如檜而細長，出南海，土産衆香而此木不大香，故彼人無佩服者，嶺北人極愛之。」象州：見《送南客》（卷二）注釋〔四〕。末句謂標示疆里的松牌上寫明此地爲象州。

【繫　年】

作於貞元十年（七九四）夏張籍南游象州一帶時。按：詩寫象州一帶的風土。

【集　評】

（清）宋顧樂：見《蠻中》（卷六）「集評」。

（清）俞陛雲：「詩言蠻州所見。山民則多居竹屋，疆里則惟恃松牌，紀南荒之俗也。象州在萬山中，唐代疆以戎索，雖巖邑而夙無城郭，但記松牌，瘴鄉深阻，不過羈縻之州耳。」（《詩境淺説續編・七言絶句》）

送元宗簡〔一〕

貂帽垂肩窄皂裘，雪深騎馬向西州。〔二〕暫時相見還①相送②，卻閉③閑門依舊愁。〔三〕

【校　記】

①還：宋本作「遠」。

②送：席本作「别」。

③卻閉：席本作「閉卻」。

【注　釋】

〔一〕元宗簡：見《和左司元郎中秋居十首》其一（卷二）注釋〔一〕。

〔二〕西州：見《西州》(卷一)注釋〔一〕。此指鳳翔府(治今陝西鳳翔縣)。白居易同唱詩題爲「送元八歸鳳翔」。

〔三〕「暫時」句：謂元宗簡返京不久即歸鳳翔。卻：返回。

【繫　年】

白居易同唱詩《送元八歸鳳翔》，白集編於《曲江獨行(自此後在翰林時作)》、《重題西明寺牡丹(時元九在江陵)》、《八月十五日夜禁中獨直對月憶元九》之後，《雨雪放朝因懷微之》、《聞微之江陵卧病以大通中散碧腴垂雲膏寄之因題四韻》之前，知張、白送别元宗簡在元和五年(八一〇)冬(本年三月元稹貶江陵，白《重題西明寺牡丹》有「今年況作江陵别，惆悵花前又獨來」語)，時張籍在太常太祝任。按：羅聯添《張籍年譜》繫於元和四年，非。

【同　唱】

白居易《送元八歸鳳翔》：「莫道岐州三日程，其如風雪一身行。與君況是經年别，暫到城來又出城。」(全詩卷四三七)

按：羅聯添《張籍年譜》云「籍詩時、地與白詩合，知爲同時作」。

寄徐晦〔一〕

鄠陂魚美酒偏濃，不出琴齋見雪峰。〔二〕應勝昨來趨府日，簿①書床②上亂重重。〔三〕

【校記】

① 簿：原本作「薄」，據萬絶（卷二三）、宋本、席本、全詩、庫本改。

② 床：原本作「林」，據萬絶、宋本、席本、全詩、庫本改。

【注釋】

〔一〕徐晦（？—八三八）：字大章。貞元十八年（八〇二）進士及第。元和三年（八〇八）登直言極諫制科，授櫟陽縣尉；四年七月，楊憑得罪貶臨賀尉，交親無敢祖送，獨晦送至藍田，由是以真愨知名，尋李夷簡表爲監察御史；歷殿中侍御史、尚書郎。長慶中出爲晉州刺史，入拜中書舍人。寶曆元年（八二五），出爲福建觀察使；二年八月，入爲工部侍郎，出爲同州刺史、兼御史中丞。大和四年（八三〇），徵拜兵部侍郎；五年，爲太子賓客，分司東都。以禮部尚書致仕。開成三年（八三八）三月卒。兩《唐書》有傳。

〔二〕鄠陂：即渼陂。在京兆府鄠縣（治今陝西户縣北）。原名「五味陂」，因魚美而誤名「渼陂」。《長安志·縣五·鄠縣》（卷一五）：「渼陂在縣西五里，出終南諸谷，合朝公泉爲陂。《十道志》曰：『有五味陂，陂魚甚美，因誤名之，本屬奉天。』又，《説文》曰：『渼陂在京兆鄠縣，其周一十四里，北流入澇水。』唐寶曆二年，敕渼陂令尚食使牧管，不得雜人採捕。」陂，池塘湖泊。《淮南子·説林訓》：「十頃之陂，可以灌四十頃。」高誘注：「畜水曰陂。」琴齋：琴室。雅稱徐晦居室。雪峰：指終南山諸峰。《長安志·縣五·鄠縣》：「終南山，在縣南二十里。」尋繹二句語意，徐晦當住渼陂附近。

〔三〕趨府：指在州縣爲官。簿書：官府的文書簿册。床：几案。

【繫年】

據「見雪峰」、「昨來趨府」、「簿書」「重重」語推斷，詩當作於徐晦離櫟陽（治今陝西臨潼縣東北櫟陽鎮）尉後，任監察御史前，時約在元和四年（八〇九）春，張籍在太常太祝任。

寄白學士〔一〕

自掌天書見客稀，縱因休沐鎖雙扉。〔二〕幾迴扶病欲相訪，知向禁中歸未歸。〔三〕

【注釋】

〔一〕白學士：白居易。見《酬白二十二舍人早春曲江見招》（卷二）注釋〔一〕。學士，翰林學士。唐玄宗置，德宗以後，常值宿内廷，承命撰擬有關任免將相和册后立太子等事的文告，有「内相」之稱。《新唐書·百官志一》（卷四六）：「玄宗初，置『翰林待詔』，以張説、陸堅、張九齡等爲之，掌四方表疏批答、應和文章；既而又以中書務劇，文書多壅滯，乃選文學之士，號『翰林供奉』，與集賢院學士分掌制詔書敕。開元二十六年，又改翰林供奉爲學士，别置學士院，專掌内命。凡拜免將相、號令征伐，皆用白麻。其後，選用益重，而禮遇益親，至號爲『内相』，又以爲天子私人。……入院一歲，則遷知制誥，未知制誥者不作文書，班次各以其官，内宴則居宰相之下，一品之上。」白居易元和二年（八〇七）冬至六年四月丁憂爲翰林學士。唐丁居晦《重修承旨學士壁記》：「白居易，元和二年十一月六日，自盩厔縣尉充。三年四月二十八日，遷左拾遺。五年五月五日，改京兆府户曹參軍，依前充。（六年）丁憂。」

〔二〕掌天書：即「掌内命」。謂任翰林學士。天書，詔書。休沐：休息洗沐，即休假。明楊慎《升菴集》（卷七一）「三澣」條：「唐制，十日一休沐，故韋應物詩曰『九日驅馳一日閒』，白樂天詩『公假月三旬』。」

〔三〕知：猶言「不知」。向：往。

【繫　年】

白居易酬詩《答張籍因以代書》，《白居易年譜》繫於元和四年（八〇九），當是。白詩云「今日正閑天又暖」，在白集中編於《禁中九日對菊花酒憶元九》後，知季節爲深秋或初冬。時張籍在太常太祝任。

【唱　和】

白居易《答張籍因以代書》：「憐君馬瘦衣裘薄，許到江東訪鄙夫。今日正閑天又暖，可能扶病暫來無？」（全詩卷四三七）

喜王六同宿〔一〕

十八年來恨別離，〔二〕唯同一宿詠新詩。更相借問詩中語，〔三〕共説如今勝舊時。

【注　釋】

〔一〕王六：王建。見《登城寄王建》（卷二）注釋〔一〕。王建行第爲六。

〔二〕十八年來：指貞元十二年（七九六）五月張籍由薊北歸蘇州途中訪王建距離二人長安重逢

的時間。

〔三〕借問：猶「詢問」。

【繫　年】

作於元和八年（八一三）秋，詳《逢王建有贈》（卷四）「繫年」。時張籍因眼疾罷太常太祝閑居京城。按：詩寫詩人與王建久別重逢的喜悦。

【同　唱】

張籍《逢王建有贈》（卷四）。

題玉像堂〔一〕

玉毫不著世間塵，輝相[①]分明十八身。〔二〕入夜無烟燈更[②]好，堂中唯有轉經人。〔三〕

【校　記】

① 相：席本作「映」。

②更：席本作「亦」。

【注釋】

〔一〕玉像堂：供奉佛像的佛堂。玉像，玉雕的像。亦用爲對神像的敬稱。

〔二〕玉毫：佛眉間的白毫。佛教謂其有巨大神力。《法華經·序品第一》（卷一）：「爾時，佛放眉間白毫相光，照東方萬八千世界，靡不周遍，下至阿鼻地獄，上至阿迦吒天。」此借指佛。輝相：光輝的佛像。十八身：十八尊（佛像）。所指不明。按：張籍時代流行十六應真（羅漢），唐末始出現十八應真。

〔三〕轉經：以抑揚頓挫之調誦讀佛經，即「轉讀」。南朝梁慧皎《高僧傳·經師傳論》：「天竺方俗：凡是歌詠法言，皆稱爲唄。至於此土，詠經則稱爲轉讀，歌贊則號爲梵唄。」轉，誦讀。《北史·孝行·張元傳》（卷八四）：「遂請七僧，然七燈，七日七夜轉《藥師經》行道。」

與賈島閑游〔一〕

水北原南草色新，〔二〕雪消風暖不生塵。城中車馬應無數，解得①閑行有幾人？

【校　記】

① 解得：萬絶（卷二三）、宋本、唐音（卷七）、全詩、庫本作「能解」，席本作「解出」。

【注　釋】

〔一〕賈島：見《過賈島野居》（卷二）注釋〔一〕。

〔二〕水北原南：所指當在賈島「原東居」附近，即長安東三門之南門延興門外。水，曲江。原，樂游原。參《過賈島野居》（卷二）注釋〔二〕「按」語。

【繫　年】

當作於《過賈島野居》（卷二）後，或寶曆二年（八二六）早春，時張籍在主客郎中任。按：詩寫詩人郊游所見初春的勝景及其有關社會、人生的感慨。

【集　評】

（宋）胡次焱曰：「水北原南，閑行之地也；雪消風暖，閑行之天也。爭利于市，爭名于朝，城中車馬雖亦行也，而非閑行也，秖以辜負地勝，虛擲天時耳！此張籍自負之辭。予謂閑行得趣，當分二概：有真能薄官爵，遺勢利，超然物外，以閑行爲樂；亦有不得志于時，偃蹇流落，閑行亦舒其湮

鬱者。若籍、島輩，其不得志于時者歟？」(明周珽輯《删補唐詩選脉箋釋會通評林》卷五六)

(宋)謝枋得：「城中車馬，皆爭名競利之徒，其心無閑時，豈復知閑行之樂。」(同上)

(清)黄叔燦：「少陵詩云：『心跡喜雙清。』蓋不難在跡，難在心耳。碌碌者不足惜，即忙裏偷閑，豈能領得真趣？然則能解者其真有幾人耶？」(《唐詩箋注》卷九)

哭丘長史〔一〕

丘公已殁故人稀，欲過街西更訪誰？〔二〕每到子城東路上，〔三〕憶君相逐入朝時。

【注釋】

〔一〕丘長史：見《哭丘長史》(卷四)注釋〔一〕。

〔二〕街西：見《酬韓庶子》(卷二)注釋〔二〕。

〔三〕子城：皇城。詳《喜王起侍郎放牒》(卷四)注釋〔二〕「禁城」。東路：皇城以東通向大明宫的街道。大明宫在皇城東北，唐高宗以後，天子多在大明宫早朝，百官上朝經由「東路」。

【繫年】

創作時間同《哭丘長史》(卷四)。按：詩追憶詩人與丘長史的深厚友誼，表達悼念之情。

哭①孟寂②〔一〕

曲江院裏題名處，〔二〕十九人中最少年。今日春③光吟④不見，杏花零落寺門前。〔三〕

【校　記】

① 哭：三體（卷一）作「哀」。

② 寂：事聚（前集卷五九）後有「同年」二字。

③ 春：三體、庫本作「風」。

④ 吟：英華（卷三〇四）、萬絶（卷二三）、事聚、宋本、三體、品彙（五一）、席本、全詩作「君」，庫本作「人」。

【注　釋】

〔一〕孟寂：孟郊從弟。郊有《送孟寂赴舉》、《分水嶺别夜示從弟寂》詩。貞元十五年（七九九）與張籍同年進士及第。《三體唐詩》、《全唐詩》此詩尾注：「唐進士《登科記》：『孟寂乃中書舍人高郢所取第十六名。』其年進士十七人，博學宏詞二人，故詩云十九人。」

〔二〕曲江：見《酬白二十二舍人早春曲江見招》（卷二）注釋〔一〕。題名處：指慈恩寺大雁塔。慈恩寺在曲江北，貞觀二十二年（六四八年）高宗李治爲太子時，就隋無漏寺舊址爲母文德皇后追福所建，故以「慈恩」爲名。唐玄奘曾住此翻譯佛經八年，並倡議在寺旁建雁塔，用以收藏從印度帶回的經像。自神龍始，進士登科，皇帝均賜宴曲江，題名雁塔。五代王定保《唐摭言·述進士下篇》（卷一）：「（進士試）既捷，列名於慈恩寺塔謂之『題名』；大燕於曲江亭子謂之『曲江會』。」宋龐元英《文昌雜録》（卷六）：「唐慈恩題名。按劉公《嘉話録》，起自進士張莒，於長安慈恩寺閑游，題其姓名於塔下，後書之於板，遂爲故事。」另參《唐會要·寺》（卷四八）。

〔三〕吟不見：謂不見孟寂吟詩。寺：指慈恩寺。唐科舉放榜後新進士要在慈恩寺南之杏園舉行「探花宴」（詳卷四《喜王起侍郎放牒》注釋〔四〕），時杏花綻放。唐黄滔《放榜日》：「吾唐取士最堪誇，仙榜標名出曙霞。……歲歲人人來不得，曲江烟水杏園花。」

【繫 年】

作於元和元年（八〇六）以後張籍居京爲官時期。按：詩寫詩人游曲江而睹物思人，抒發對孟寂的深切悼念之情。

【集評】

（明）唐汝詢：「君不見者，不見君也。不見君而見杏花零落，悲夫！」（《唐詩解》卷二九）

（明）周珽：「記其榮華，傷其凋瘁，不禁淚墮。」（《删補唐詩選脉箋釋會通評林》卷五六）

（明）吴山民：「是哭同年人語。」（同上）

（明）桂天祥：「意慘句哀痛。」（《批點唐詩正聲》，轉引自陳伯海主編《唐詩彙評》）

（清）黄周星：「亦不得不哭。」（《唐詩快》卷三）

（清）宋顧樂：「此真似白傅，直中有含思。」（《唐人萬首絶句選評》，轉引自陳伯海主編《唐詩彙評》）

（清）俞陛雲：「孟君以賈生之穉齒，登鄉貢之巍科，當年十九人中，獨誇年少。乃雁塔空題，而駒光遽逝，杏花猶在，换盡年華，慨功名若露電也。若明代申文定公《題杏花》云：『記得曲江春日裏，一枝曾占百花先。』同是曲江探杏，而早列仙班，晚登臺閣，其福澤勝孟君遠矣。」（《詩境淺説續編·七言絶句》）

患眼

三年患眼今年校①，免②與風光便隔生。〔一〕昨日韓家後園裏，〔二〕看花猶似③未分明。

【校記】

①校：三體（卷一）、全詩、庫本作「免」。

②免：三體、全詩、庫本作「校」。按：「校」、「免」二字三體、全詩、庫本誤，聞一多《全唐詩校勘記》云，「『免』、『校』互易是也。本集《閑游》詩『病眼校來猶斷酒』可證」。

③似：三體作「自」。

【注釋】

〔一〕校：病情好轉或痊愈。蔣禮鴻《敦煌變文字義通釋・釋事爲》「教交（校較）」條：「『未教』的『教』和『病交』的『交』都是病愈的意思。」「『校損』就是減損，就是病愈。『教』、『交』、『校』之所以爲差或減，意義應該是從『比較』、『校量』引申而來的。」唐白居易《病中贈南鄰覓酒》：「頭痛牙疼三日卧，妻看煎藥婢來扶。今朝似校抬頭語，先問南鄰有酒無。」便：即。隔生：猶「隔世」。

〔二〕韓：指韓愈。韓愈宅在長安東街靖安坊。《長安志・唐京城一》（卷七）「靖安坊」條：「西南隅崇敬尼寺。寺東樂府、咸宜公主宅……尚書吏部侍郎韓愈宅。」

【繫　年】

張籍元和五年秋所作《病中寄白學士拾遺》(卷七)與次年春所作《春日李舍人宅見兩省諸公唱和因書情即事》(卷二)二詩未提及眼疾,而六年秋韓愈作《代張籍與李浙東書》謂其「兩目不見物」(據書中「前某官」語推斷時籍已罷官),知其眼疾始於元和六年春夏間。詩謂「三年患眼今年校」,「昨日」「看花」「未分明」,則作於元和九年(八一四)春。又,孟郊元和八年所作《寄張籍》云:「西明寺後窮瞎張太祝,縱爾有眼誰爾珍?」籍眼疾時尚未愈,與此合。時詩人仍罷官閑居,不久當復官太常太祝。按:詩寫詩人病眼三年而初愈的感受。

答劉競①〔一〕

劉君久被時拋擲,老向城中作選人。〔二〕昨日街西相近住,每來存問老夫身。〔三〕

【校　記】

① 競:萬絶(卷二三)、宋本、席本、庫本作「兢」。

【注　釋】

〔一〕劉競:生平不詳。

〔二〕選人：候補、候選的官員。唐制，官員秩滿，新進進士守選期滿，皆成爲選人，每歲初冬集於京城參加吏部銓選，合格後於次年春授官。《新唐書·選舉志下》（卷四五）：「初，吏部歲常集人，其後三數歲一集，選人猥至，文簿紛雜，吏因得以爲姦利，士至蹉跌，或十年不得官，而闕員亦累歲不補。陸贄爲相，乃懲其弊……是時，河西、隴右没于虜，河南、河北不上計，吏員大率減天寶三之一，而入流者加一，故士人二年居官，十年待選，而考限遷除之法寖壞。」

〔三〕街西：見《酬韓庶子》（卷二）注釋〔一〕。存問：問候，探望。

【繫　年】

詩云「昨日街西相近住」，知張籍已遷居街東靖安坊，詩當作於長慶元年（八二一）春或稍後。時張籍在國子博士任。按：詩寫劉競久作「選人」的不幸及其與詩人的交誼。

贈華嚴院①僧〔一〕

一身依止荒閑院，燭燿窗中有宿烟。偏②禮《華嚴③經》裏字，〔二〕不曾行到寺門前。

【校　記】

① 院：萬絶（卷二三）、庫本作「寺」。

②偏：宋本作「偏」。
③華嚴：席本作「法華」。

【注釋】

〔一〕華嚴院：華嚴寺。華嚴，中國佛門宗派之一。因依據《華嚴經》，故名。又名賢首宗、法界宗。始祖爲唐初杜順和尚。唐時，張籍所歷長安、洛陽、蘇州、杭州等地皆有華嚴寺。詩所指不詳。清陳廷桂《歷陽典録・古跡二・華嚴寺》（卷八）：「華嚴寺，（和）州東北三十里。唐張籍《贈華嚴寺僧》『一身依止閒荒院……不曾行到寺門前』。」據詩「荒閑」語推測，陳説或是。和州，治今安徽和縣。貞元十二年（七九六）張籍家人由蘇州遷居於此。

〔二〕偏禮：一一禮拜。一字一拜，爲佛門極虔誠的修習。《華嚴經》：《大方廣佛華嚴經》的簡稱。爲華嚴宗的主要典籍。

【繫年】

或作於貞元間居和州時。

逢故人〔一〕

山東一十①餘年别，今日相逢在上都。〔二〕説盡向來無限事，〔三〕相看盡是②白髭鬚。

【校　記】

① 一十：萬絶（卷二三）、宋本、陸本、席本、庫本作「二十」。按：當作「二十」。張籍貞元八年（七九二）學成離「山東」，元和元年（八〇六）入仕居「上都」，間隔正「一十餘」年，然元和元年張籍四十一歲，與「盡是白髭鬚」難合。

② 盡是：萬絶、宋本、席本、全詩作「摩捋」。

【注　釋】

〔一〕故人：所指不詳。據詩首句推測，當爲籍求學河北「鵲山漳水」時同窗或友人。

〔二〕山東：見《贈王秘書》（「早在山東聲價遠」，卷四）注釋〔二〕。籍早年求學河北達十載。上都：古代對京都的通稱。此指長安。

〔三〕向來：從前，過去。

【繫　年】

作於元和元年（八〇六）張籍居京爲官後，或元和六年後不久。參「校記」。按：詩寫詩人與故人重逢的喜悦與人生感慨。

【集　評】

（宋）范晞文：「『十日君家把酒杯，六年波浪與塵埃。不知烏石岡邊路，到老相尋得幾回。』人謂此詩本顧況『一别二十年，人堪幾回别』之句。予讀老杜《别唐十五》詩云：『九載一相逢，百年能幾何。』顧之意或原於此。張籍有絶句云：『山東二十餘年别，今日相逢在上都。説盡向來無限事，相看摩捋白髭鬚。』句不同而意極長。使後人能於其中易以一字，則不足以爲絶句。賈島亦有『舊國别多日，故人無少年』，與張意同。」（《對床夜語》卷三）

送蕭遠弟〔一〕

街北①槐花傍馬垂②，病身相送出門遲。〔二〕與君别後秋風夜，作③得新詩説向誰？

【校　記】

① 北：萬絶（卷二三）、宋本、陸本作「裏」。

②垂：石倉（卷五九）作「蹄」。
③作：石倉作「拈」。

【注釋】

〔一〕蕭遠：見《張蕭遠雪夜同宿》（卷六）注釋〔一〕。
〔二〕街：當指張籍所居坊前大街，具體不詳。張籍元和元年住街西延康坊，長慶元年春移居街東靖安坊，後又移居另一坊（名不詳）。遲：見《築城詞》（卷一）注釋〔三〕。

【繫年】

詩作於元和元年（八〇六）以後張籍居京爲官時期。按：詩寫送別張蕭遠的依依深情。

送辛少府任樂安①〔一〕

才多不肯浪②容身，老大詩章轉更新。〔二〕選得天台山下住③，〔三〕一家全④作學仙人。

【校　記】

①任樂安：原本與庫本作「任安縣」，據宋本、席本、全詩改。據詩第三句知辛少府任所在台州，台州無安縣。又，萬絶(卷二三)無此三字。

②浪：萬絶、宋本、陸本作「限」。

③住：席本作「縣」。

④全：席本作「渾」。

【注　釋】

〔一〕辛少府：名不詳。少府，見《贈姚合少府》(卷二)注釋〔一〕。樂安：台州屬縣，治今浙江仙居。《舊唐書·地理志三》(卷四〇)：「台州上。隋永嘉郡之臨海縣。……領臨海、章安、始豐、樂安、寧海五縣。」

〔二〕浪：隨便。轉：更。唐杜甫《觀公孫大娘弟子舞劍器行》：「老夫不知其所往，足繭荒山轉愁疾。」

〔三〕選：銓選。參《答劉競》(卷六)注釋〔二〕「選人」。天台：見《贈海東僧》(卷二)注釋〔五〕。道教名山。《方輿勝覽·台州》(卷八)引《洞天福地記》：「天台山，名上清玉平之天，即桐柏真人所理，亦名桐柏山。」《太平寰宇記·越州·剡縣》(卷九六)「桐柏山」條：「夏侯曾先《志》

云：『縣有桐柏山，與四明、天台相連屬，皆神仙之宫也。』」相傳漢劉晨、阮肇入山采藥遇仙。詳《送越客》（卷二）注釋〔五〕「烟洞」。樂安縣在天台山西南。

【繫　年】

當作於元和元年（八〇六）以後張籍居京爲官時期。按：詩寫辛少府「才多」、詩「新」及其赴任樂安以贈别。

贈任道人①〔一〕

長安多病無生計，藥鋪醫人亂索錢。欲得定知身上事，憑君爲算小行年。〔二〕

【校　記】

① 人：萬絶（卷二三）、宋本、席本作「士」。

【注　釋】

〔一〕任道人：名不詳。

〔二〕憑：請求。小行年：星命家謂人每年行一運，主一年之吉凶，每年所行之運，稱「小行年」，也稱「小運」、「流年」。《晉書·藝術傳·戴洋》（卷九五）：「（劉）胤問洋曰：『我病當差不？』洋曰：『不憂使君不差，憂使君今年有大厄。使君年四十七，行年入庚寅。《太公陰謀》曰：『六庚爲白獸，在上爲客星，在下爲害氣。』年與命并，必凶當忌。」明萬民英《三命通會·論小運》（卷二）：「小運又名行年，不可不究。醉醒子以爲男女小運，皆由時生而行之，逆順亦以年定。如陽命陽年甲子時生，墮地即行乙丑，二歲丙寅，一位一年，週而復始；陰命陽年逆行亦然。」

【繫年】

作於元和元年（八〇六）以後張籍居京爲官時期。

招周居[①]士〔一〕

閉[②]門秋雨濕牆莎，俗客來稀野思多。〔二〕已掃書齋[③]安藥竈，山人作意早經過。〔三〕

【校記】

① 居：全詩校「一作處」。

②閉：劉本、庫本作「閑」。

③齋：萬絶（卷二三）、宋本、席本、陸本作「堂」。

【注　釋】

〔一〕周居士：名不詳。

〔二〕牆莎：指用泥粘覆在土牆上以避免風雨侵蝕牆體的草。莎，見《江南曲》（卷一）注釋〔五〕。俗客：佛、道所謂未出家的塵世間人。野思：閒散的心思。

〔三〕藥竈：道家煉丹爐。山人：山中隱士。指周居士。作意：起意。經過：來訪。

送許處士〔一〕

高情自與俗人疏，獨向藍谿僻處①居。〔二〕會到②白雲長取醉，〔三〕不③能窗④下讀閑書。

【校　記】

①僻處：萬絶（卷二三）、宋本、全詩、庫本作「選僻」。

②到：席本作「對」。

③ 不：石倉（卷五九）作「可」。
④ 窗：宋本、陸本作「空」。

【注　釋】

〔一〕許處士：名不詳。處士，見《經王處士原居》（卷二）注釋〔一〕。
〔二〕俗人：同「俗客」。見《招周居士》（卷六）注釋〔二〕。藍谿：見《使至藍谿驛寄太常王丞》（卷二）注釋〔一〕。
〔三〕白雲：喻閒適的隱逸生活。南朝梁陶弘景《詔問山中何所有賦詩以答》：「山中何所有？嶺上多白雲。只可自怡悦，不堪持寄君。」

【繫　年】

當作於元和元年（八〇六）以後張籍居京爲官時期。按：詩寫許處士隱居藍谿的高逸閑適生活以贈别。

送律師歸婺州〔一〕

京中開講已多時，曾作壇頭證戒師。〔二〕歸到雙溪橋北寺，鄉僧爭就學威儀。〔三〕

【注釋】

〔一〕律師：見《律僧》(卷二)注釋〔一〕。所指不詳。婺州：州名。治所在金華縣(今浙江金華市)。《舊唐書·地理志三》(卷四〇)：「婺州。隋東陽郡。武德四年，平李子通，置婺州……天寶元年，改婺州爲東陽郡。乾元元年，復爲婺州。」

〔二〕開講：宣講佛家教義。《南史·臧盾傳》(卷一八)：「中大通五年，帝幸同泰寺開講，設四部大會，衆數萬人。」壇：僧人進行佛事活動的場所。此指戒壇，即比丘受戒之壇場。證戒師：指比丘受具足戒時的證明師。《四分律行事鈔》(卷上之三)載，比丘受具足戒時需「三師」、「七證」。「三師」，一爲戒和尚(正授戒者)，二爲羯磨師(讀表白及羯磨文者)，三爲教授師(教授以威儀作法者)。「七證」，共同證戒的七位證明師。至少七人，不厭其多。若在邊地則可減爲三師二證。

〔三〕雙溪：水名。在婺州府城南。《浙江通志·山川九·金華府》(卷一七)：「雙溪。《名勝志》：在城南，一曰東港，一曰南港。東港源出東陽縣大盆山，經義烏……與南港會；南港源出縉雲黄碧山，經永康、武義……與東港會於城下。故名。」威儀：佛教謂行、坐、住、卧爲四威儀。泛指舉止動作的種種律儀規範。《戒本疏》(卷一下)：「行善所及，各有憲章，名威儀也。威謂容儀可觀，儀謂軌度格物。」

【繫　年】

作於元和元年（八〇六）以後張籍居京爲官時期。按：詩寫律師在京城的活動與返回婺州所受鄉僧的敬重以贈別。

題楊秘書新居〔一〕

愛閑不向爭名地，宅①在街西最静坊。〔二〕卷裏詩過一千首，白頭新受秘書郎。

【校　記】

① 宅：席本作「稱」。

【注　釋】

〔一〕楊秘書：楊巨源。見《贈令狐博士》（卷四）注釋〔一〕。秘書，此指秘書郎。詳《贈王秘書》（「不曾浪出謁公侯」，卷四）注釋〔一〕。

〔二〕街西：見《酬韓庶子》（卷二）注釋〔二〕。

【繫　年】

朱金城《白居易年譜》「元和十年」：「白氏《贈楊秘書巨源》作於元和十年，元稹亦有《和樂天贈楊秘書》，可知巨源元和十年已爲秘書郎。」又，元稹元和十年正月奉詔回朝，三月復出爲通州司馬，知元、白二詩作於元和十年正月至三月間，楊爲秘書郎在是年三月前。又，楊任秘書郎在元和九年六月隨張弘靖入朝後，參《唐才子傳校箋·楊巨源》（卷五）。合上知詩作於元和九年（八一四）六月至次年三月間，時張籍在太常太祝任。

【同　唱】

賈島《楊秘書新居》：「城角新居鄰静寺，時從新閣上經樓。南山泉入宫中去，先向詩人門外流。」（全詩卷五七四）

按：據詩題判斷，張、賈二詩或爲同唱。

送睦①師〔一〕

九星臺②下煎茶别，五老峰頭覓寺居。〔二〕作③得新詩旋相寄，人來請莫達空書。〔三〕

【校　記】

①　晊：萬絶（卷二三）、宋本、全詩、庫本等作「晊」。

②　臺：萬絶、宋本、席本、庫本作「壇」。按：當作「壇」。參《送遠客》（卷五）注釋〔二〕。

③　作：石倉（卷五九）作「吟」。

【注　釋】

〔一〕晊師：生平不詳。師，對僧人、道士的尊稱。

〔二〕九星臺：即「九星壇」。詳《送遠客》（卷五）注釋〔二〕。煎茶：煮茶。唐封演《封氏聞見記·飲茶》（卷六）：「開元中……自鄒、齊、滄、棣，漸至京邑，城市多開店鋪，煎茶賣之，不問道俗，投錢取飲。」僧人禁忌飲酒，故煎茶送別。五老峰：廬山峰名。《太平寰宇記·江州·德化縣》（卷一一一）：「五老峰，在（廬）山東。懸崖突出，如五人相逐羅列之狀。」

〔三〕空書：指無詩的書信。

送僧往①金②州〔一〕

聞道漢③陰山水好，師行一一徧經過。〔二〕事須覓取堪居處，若箇谿頭藥最多。〔三〕

【校　記】

①往：席本作「歸」。

②金：原本作「全」，據萬絶（卷二三）、宋本、席本、全詩、庫本改。唐無全州。

③漢：原本與萬絶、宋本、全詩作「谿」，據席本改。「漢陰」即金州。詳注釋〔二〕。

【注　釋】

〔一〕金州：州名。治所在西城縣（今陝西安康市）。《舊唐書・地理志二》（卷三九）：「金州。隋西城郡……至德二年二月，改爲漢南郡。乾元元年，復爲金州。」

〔二〕漢陰：指金州。因其治所在漢水之南，故稱。師：對僧人、道士的尊稱。

〔三〕事須：應該，理應。宋陸游《小雨》：「事須求暫假，宜睡稱燒香。」自注：「『事須』二字，蓋唐人公移中語也。」清況周頤《蕙風詞話・續編》（卷二）：「『聖得』、『事須』、『稱銷』、『這些』，皆唐宋人方言。」取：語助詞，猶「得」。

尋徐道士〔一〕

尋師遠到暉天觀，竹院森森閉藥房。〔二〕聞入靜來經七日，仙童檐下獨焚香。〔三〕

【注　釋】

〔一〕徐道士：名不詳。

〔二〕師：對僧人、道士的尊稱。暉天觀：觀名。所在不詳。藥房：指道家煉丹房。

〔三〕入静：道教徒的修煉術。《資治通鑑·唐紀·僖宗光啟三年》（卷二五七）：「乘其入静，縊殺之，聲言上升。」胡三省注：「道家所謂入静，即禪家入定而稍異。入静者，静處一室，屏去左右，澄神静慮，無思無營，冀以接天神。」仙童：道童的美稱。

答開州韋使君①寄車前子〔一〕

開州午日②車前子，作藥人皆道有神。〔二〕慚愧使君憐病眼，二千里外③寄閑人。〔三〕

【校　記】

① 開州韋使君：萬絶（卷二三）、庫本作「韋開州」。

② 午日：宋陳景沂《全芳備祖後集》（卷三〇）、明曹學佺《蜀中廣記》（卷六四）作「五月」。

③ 二千里外：萬絶、宋本、全詩、庫本作「三千餘里」。按：萬絶等非。《舊唐書·地理志二》（卷三九）：「開州……在京師南一千四百六十里。」

【注釋】

〔一〕開州：見《和韋開州盛山十二首·宿雲亭》（卷五）注釋〔一〕。韋使君：韋處厚。同上。使君，見《逢王建有贈》（卷四）注釋〔三〕。車前子：中藥名。宋唐慎微《證類本草》（卷六）：「車前子，味甘鹹……明目，療赤痛，久服輕身耐老。……五月五日採，陰乾。」原注：「唐本注云：『今出開州者爲最。』」《宋史·地理志五》（卷八九）：「開州……貢白紵、車前子。」

〔二〕午日：端午。農曆五月初五。有神：謂療效神異。

〔三〕病眼：張籍元和六年春夏間患眼疾（詳卷六《患眼》「繫年」），十一年春方愈。韓愈《贈張十八助教》：「喜君眸子重清朗，攜手城南歷舊游。」錢仲聯《韓昌黎詩繫年集釋》繫此詩於元和十一年。籍所患當爲眼内障。宋葛立方《韻語陽秋》（卷一七）：「退之云：『腦脂遮眼卧壯士，大弨掛壁誰能彎。』謂張籍也。杜牧之《乞湖啟》云：『弟顗久病眼，醫者石公集云，是狀也，腦積毒熱，脂融流下，蓋塞瞳子，名爲内障。』則籍之所苦，乃内障也。」晉葛洪《肘後備急方》（卷六）：「治久患内障眼：車前子、乾地黄、麥門冬等分爲末，蜜丸如梧桐子大，服屢效。」《本草綱目·草·車前》（卷一六）載同。閑人：張籍自謂。時張籍爲國子助教或廣文博士，屬閑官。

【繫年】

韋處厚元和十一年九月出爲開州刺史（詳卷五《和韋開州盛山十二首·宿雲亭》注釋〔一〕），寄車前子最早在是年冬，張籍收到車前子而作此詩當在十二年（八一七）春或稍後。時張籍在國子助教或廣文博士任。按：詩寫詩人對韋開州遠寄車前子以療眼疾的感激之情。

憶故州①〔一〕

累②石爲山伴③野夫，自④收靈⑤藥讀仙書。〔二〕如今身是他州⑥客，每見青山憶舊居。〔三〕

【校　記】

①州：席本作「山」。
②累：席本、全詩、庫本作「壘」。
③伴：萬絶（卷二三）、宋本、陸本、庫本作「作」。
④自：席本作「仍」。
⑤靈：宋本作「雲」。
⑥他州：席本作「干名」。

【注　釋】

〔一〕故州：當指蘇州（治今江蘇蘇州市）。張籍青少年時代居蘇州。

〔二〕累石爲山：謂以石砌山居。累，同「壘」。山，山居。野夫：指山民。靈藥：見《寄紫閣隱者》（卷二）注釋〔三〕。仙書：道教書籍。

〔三〕舊居：舊宅。借指蘇州。

送客游蜀①

行盡青山到②益州，錦城樓下二③江流。〔一〕杜家曾向此中④住，爲到浣花谿水⑤頭。〔二〕

【校　記】

① 詩題英華（卷二七七）作「送入蜀客」。

② 到：英華作「見」。

③ 二：原本與宋本、劉本、陸本、席本作「三」，據英華、萬絶（卷二三）、石倉（卷五九）、全詩、庫本改。參注釋〔一〕。

④ 中：席本作「間」。

⑤ 水：英華作「上」。

【注　釋】

〔一〕益州：即成都府。治所在成都縣（今四川成都市）。《舊唐書·地理志四》（卷四一）：「成都府。隋蜀郡。武德元年，改爲益州。……領成都、雒……綿竹等十三縣。……天寶元年，改益州爲蜀郡……至德二年十月，駕迴西京，改蜀郡爲成都府。」成都周圍多山，中多爲平原，故云「行盡青山」。錦城：即「錦官城」。故址在今四川成都市南。古爲掌織錦官員的官署，故稱「錦官城」。後用作成都的别稱。《四川通志·古蹟·成都府·華陽縣》（卷二六）「錦城」條：「在縣南。《華陽國志》：『萬里橋南岸道西有城，故錦官也。』《元和志》：『錦城，在縣南十里，故錦官城。錦官，猶合浦之有珠官也。又有車官城，在錦城西。』」二江：指流經成都的汶江、流江。《元和郡縣圖志·成都府·成都縣》（卷三一）：「大江，一名汶江，一名流江，經縣南七里。蜀守李冰穿二江成都中，皆可行舟，溉田萬頃。蜀人又謂流江爲懸笮橋水，此水濯錦，鮮於他水。」或曰爲汶江、郫江。《史記·河渠書》（卷二九）：「（李冰）穿二江成都之中。」張守節正義引《括地志》：「大江一名汶江，一名管橋水，一名清江，亦名水江，西南自温江縣界流來。」又云：「郫江一名成都江，一名市橋江，亦名中日江，亦曰内江，西北自新繁縣界流來。二江並在益州成都縣界。」

〔二〕杜：杜甫。爲：因而，因此。《莊子·養生主》：「每至於族……視爲止，行爲遲。」浣花谿：水名。《方輿勝覽·成都府》（卷五一）：「浣花溪。在城西五里。一名百花潭。」杜甫乾元二年流寓成都，曾於其旁建草堂。杜甫《將赴成都草堂途中有作先寄嚴鄭公五首》其三：「竹寒沙碧浣花溪，橘刺藤梢咫尺迷。」仇兆鰲注引《梁益記》：「溪水出湔江，居人多造綵牋，故號浣花溪。」

送①陸暢〔一〕

共踏②長安街裏塵，吴州③獨作未歸身。〔二〕昔年④舊宅今誰住，君過西塘與問人。〔三〕

【校記】

① 送：席本作「贈」。

② 踏：劉本作「路」。

③ 州：全詩校「一作門」。

④ 昔年：紀事（卷三五）、席本作「胥門」，萬絶（卷二三）、宋本、庫本作「貴門」，陸本作「昔門」。

【注釋】

〔一〕陸暢：生卒年不詳。字達夫，湖州（治今浙江湖州市）人。早年佐西川節度使韋皋，仿李白作

《蜀道易》以美之。元和元年（八〇六）登進士第，官太子率府參軍，遷殿中侍御史。長慶初自秘書丞出爲江西觀察使王仲舒判官。後歷金部員外郎、鳳翔少尹，大和九年（八三五）以誅鄭注遷鳳翔行軍司馬。丞相董晉第二子董溪之婿，與韓愈、孟郊、張籍、姚合等交游密切。

〔二〕吴州：蘇州。《隋書·地理志下》（卷三一）：「吴郡。陳置吴州。平陳，改曰蘇州，大業初復曰吴州。」《元和郡縣圖志·蘇州》（卷二五）：「蘇州，吴郡。」籍青少年時代居此。二句謂詩人與陸暢同宦京城，如今陸暢歸鄉自己卻不能回蘇州。

〔三〕西塘：蘇州古水道。明張國維《吴中水利全書·水名·蘇州府·吴縣》（卷五）：「西華塘、前塘、横塘、龍塘、仙人塘、興福塘、興橋塘、走馬塘、胥塘……西塘、北塘……」吴縣爲蘇州治所，「横塘」、「胥塘」等均爲唐時已有水道，西塘亦當是。按：陸暢歸湖州路經蘇州；「昔年」之異文「胥門」，即「閶門」，古蘇州西城門，詳《送從弟戴玄往蘇州》（卷二）注釋〔二〕。

【繫　年】

作於元和六年（八一一）冬，時張籍因眼疾罷官閑居京城。韓愈同作《送陸暢歸江南》，錢仲聯《韓昌黎詩繫年集釋》繫於元和六年，當是。韓詩有「歲晚鴻雁過」、「踐此秦關雪」語，時爲冬。按：詩寫詩人懷念蘇州，請求陸暢路經蘇州時代爲打聽舊宅情況。

【同　唱】

韓愈《送陸暢歸江南》（暢娶董溪女，溪丞相晉第二子，愈嘗爲晉從事，故云門下士）：「舉舉江南子，名以能詩聞。一來取高第，官佐東宫軍。迎婦丞相府，誇映秀士群。鸞鳴桂樹間，觀者何繽紛。人事喜顛倒，旦夕異所云。蕭蕭青雲幹，遂逐荆棘焚。歲晚鴻雁過，鄉思見新文。踐此秦關雪，家彼吴洲雲。悲啼上車女，骨肉不可分。感慨都門别，丈夫酒方醺。我實門下士，力薄蚋與蚊。受恩不即報，永負湘中墳。」（全詩卷三四〇）

感春

遠客悠悠任①病身，謝②家池上又逢春。〔一〕明年各自東西去，此地看花是别人。

【校　記】

① 任：品彙（卷五一）作「在」。

② 謝：萬絶（卷二三）、三體（卷一）、宋本、石倉（卷五九）、品彙、庫本作「誰」。

【注　釋】

〔一〕悠悠：憂思貌。《後漢書·章帝紀》（卷三）：「中心悠悠，將何以寄？」謝家：南朝宋謝靈運家。謝靈運於會稽始寧縣（治今浙江上虞縣西南曹娥江東岸）有依山傍水的莊園，後以「謝家」代稱貴族莊園。唐李端《鮮于少府宅看花》：「謝家能植藥，萬簇相縈倚。」此當指張籍早年求學河北時所依貴門林園。「謝家」句化用謝靈運《登池上樓》：「池塘生春草，園柳變鳴禽。」

【繫　年】

當作於張籍早年求學河北「鵲山漳水」期間。按：詩寫詩人客旅他鄉的病愁憂思與人生聚散離合的感慨。

【集　評】

（清）顧璘：「盛唐恐更有語。」（陶文鵬等點校《唐音評注·正音》卷六）

贈李司議〔一〕

漢庭誰問投荒客，十載①天南著白衣。〔二〕秋草茫茫②惡谿路，嶺頭還③送北人歸④。〔三〕

【校　記】

① 載：萬絶（卷二三）、宋本、品彙（拾遺卷四）、庫本作「歲」。

②茫茫：席本作「漫漫」。

③還：萬絶、宋本、品彙、全詩、庫本作「遥」。按：當作「遥」。

④歸：全詩作「稀」。

【注釋】

〔一〕李司議：名不詳。陶敏《全唐詩人名考證》疑爲李涉：「詩云：『漢庭誰念投荒客，十載天南著白衣。』李涉元和六年十月自太子通事舍人貶峽州司倉，見兩《唐書》孔戣及吐突承璀傳；寶曆元年十月自太學博士流康州，見《舊書·敬宗紀》。李涉《岳陽别張祜》：『十年蹭蹬爲逐臣，鬢毛白盡巴江春。』又《再至長安》：『十年謫宦鬼方人。』與此詩合。疑涉長慶二年復入朝爲太子司議郎，後方轉太學博士。司議郎與太學博士同爲正六品上。」恐非。一者，李涉貶所峽州（治今湖北宜昌）不當謂「天南」，參《送蠻客》（卷二）注釋〔二〕。二者，依此説，詩作於長慶二年李涉由峽州入朝爲太子司議郎時，而尋詩意，李司議時當在嶺南，并未北歸；如詩作於李涉流康州（治今廣東德慶縣）時，則詩題應謂「李博士」而非「李司議」。三者，詩作於嶺南，而張籍元和元年居京爲官後不曾涉江南。司議，司議郎，東宫官屬。《舊唐書·職官志三》（卷四四）：「司議郎四人，正六品上。……掌啟奏記注宫内祥瑞，宫長除拜薨卒，每年終送史館。」

〔二〕漢：漢朝。唐人常借以稱唐。庭：通「廷」。投荒客：貶謫流放至荒遠之地的人。天南：見

《送蠻客》（卷二）注釋〔二〕。此指李司議嶺南貶所。白衣：指受處分或貶謫官員所著之服。《晉書·蔡謨傳》（卷七七）：「冬蒸，謨領祠部，主者忘設明帝位，與太常張泉俱免，白衣領職。」《新唐書·封常清傳》（卷一三五）：「敗書聞，帝削常清官，使白衣隸仙芝軍效力。」

〔三〕惡谿：見《送蠻客》（卷二）注釋〔三〕。嶺：五嶺。詳《送南客》（卷二）注釋〔三〕。北人：張籍自謂。

【繫　年】

當作於貞元十年（七九四）秋張籍由嶺南北歸途中。按：詩寫李司議謫居嶺南十載的悲慘命運及其送詩人北歸的凄涼心境。

別客〔一〕

青山歷歷水悠悠，今日相逢明日①秋。〔二〕繫馬城②邊楊柳樹③，爲君沽酒暫淹留。

【校　記】

①日：萬絶（卷二三）、品彙（卷五一）作「月」。

②城：庫本作「橋」。

③柳樹：席本作「樹下」。

【注　釋】

〔一〕別客：告別友人。

〔二〕歷歷：清晰貌。《古詩十九首·明月皎夜光》：「玉衡指孟冬，衆星何歷歷。」悠悠：綿延不盡貌。秋：秋天肅殺，古人常以喻悲傷的心境。

登樓寄胡家兄弟〔一〕

獨上西樓盡日閑，林烟演①漾鳥緜②蠻。〔二〕謝家兄弟重城裹，〔三〕不得同看雨後山。

【校　記】

①演：庫本作「裛」。

②緜：萬絶（卷二三）、宋本、全詩作「蠻」。

【注釋】

〔一〕胡家兄弟：陶敏《全唐詩人名考證》謂指「胡遇兄弟」，當是。韓愈《唐故中散大夫少府監胡良公墓神道碑》：「少府監胡公者，諱珦……其子湜、湎、巡、遇、述、遷、造與公壻廣文博士吴郡張籍……胡姓本出安定，後徙清河，於今爲宗城，屬貝州。」知胡氏兄弟乃張籍妻兄弟，貝州宗城（治今河北威縣東）人。胡遇，見《哭胡十八遇》（卷四）注釋〔一〕。

〔二〕演漾：飄摇貌。緜蠻：即「緜緜蠻蠻」。形容鳥聲柔美。唐韋應物《聽鶯曲》：「忽似上林翻下苑，綿綿蠻蠻如有情。」綿，同「緜」。

〔三〕謝家兄弟：南朝宋謝靈運與其從弟謝惠連。俱以詩文著稱，後用以指有文才的兄弟。唐鮑防《人日陪宣州范中丞傳正與范侍御傳真宴東峰亭》：「人日春風綻早梅，謝家兄弟看花來。」此指胡遇兄弟。重城：古代城市有内城、外城，故稱。晉左思《吴都賦》：「重城結隅。」劉逵注：「大城中有小城，周十二里。」（《六臣注文選》卷五）

【繫年】

尋詩意，當作於張籍早年求學河北「鵲山漳水」期間。

答劉明府〔一〕

身病多時又客居，滿城親①舊久②相疏。可憐絳縣劉明府，獨③解頻頻寄遠書。〔二〕

【校　記】

① 親：席本作「故」。

② 久：萬絶（卷二三）、宋本、全詩、庫本作「盡」。

③ 獨：萬絶、宋本、全詩、庫本作「猶」。

【注　釋】

〔一〕劉明府：名不詳。明府，縣令的別稱。詳《贈姚合少府》（卷二）注釋〔一〕「少府」。

〔二〕可憐：可喜。唐王昌齡《蕭駙馬宅花燭》：「可憐今夜千門裏，銀漢星回一道通。」絳縣：今屬山西省。其令從六品上。《新唐書・地理志三》（卷三九）：「河東道……絳州……絳，望。」《舊唐書・職官志三》（卷四四）：「諸州上縣：令一人，從六品上。」解：能夠。詳《崑崙兒》（卷四）注釋〔三〕。

【繫　年】

尋詩意，寫作時間當與《病中寄白學士拾遺》（卷七）相近，即元和五年（八一〇）。時張籍在太常太祝任。按：詩寫詩人病居長安的孤寂，感謝劉明府頻頻寄書存問。

酬藤杖

病裏出門行步遲，〔一〕喜君相贈古藤枝。倚來自覺身生力，每向傍①人說得時②。〔二〕

【校　記】

① 傍：庫本作「旁」。

② 時：劉本作「知」。

【注　釋】

〔一〕遲：見《築城詞》（卷一）注釋〔三〕。

〔二〕傍：通「旁」。

【繫　年】

當作於元和元年（八〇六）以後張籍居京爲官時期。按：詩寫詩人得藤杖的喜悦，感激友人相贈。

【集　評】

（清）李懷民：見《答僧拄杖》（卷二）。

法①雄寺東樓〔一〕

汾陽②舊宅③今爲寺，〔二〕猶有當時歌舞樓。四十年來車馬絶④，〔三〕古槐深巷暮蟬愁。

【校　記】

①法：英華（卷三一二）前有「登」字。

②陽：英華、萬絶（卷二三）、宋本、品彙（拾遺卷四）作「河」。按：當作「陽」，參注釋〔二〕。

③宅：英華作「宇」。

④絶：英華、萬絶、宋本、品彙、劉本、陸本、庫本作「客」。

【注　釋】

〔一〕法雄寺：唐著名將領郭子儀之妻於大曆年間捐私第所建，在長安城西。唐楊綰《汾陽王妻霍國夫人王氏神道碑》：「夫人藴高世之度，抱出塵之節，以爲致盈必損，理有固然，誓棄浮華，願歸正覺。……乃捨京城西别業，奏置法雄寺。」

〔二〕汾陽：汾陽郡王郭子儀。《舊唐書·郭子儀傳》（卷一二〇）：「（上元）三年二月，河中軍亂……子儀爲朔方、河中、北庭、潞、儀、澤、沁等州節度行營兼興平、定國副元帥，充本管觀察處置使，進封汾陽郡王，出鎮絳州。」

〔三〕車馬絶：謂無顯貴出入。

【繫　年】

《舊唐書·郭子儀傳》（卷一二〇）：「建中二年夏，子儀病甚……六月十四日薨，時年八十五。」詩云「四十年來車馬絶」，由建中二年（七八一）後推四十年，爲元和十五年（八二〇），知詩作於張籍晚年。又，詩云「古槐深巷暮蟬愁」，季節爲夏或秋。按：詩寫法雄寺的昔盛今衰以及詩人的感慨，托意深遠。

【集　評】

（清）黄周星：「歌舞改爲寺樓，猶是此宅之幸。」（《唐詩快》卷一五）

（清）俞陛雲：「汾陽以一代元勳，乃四十年中，棨戟高門，盛衰何速。趙嘏《經汾陽故宅》有『古槐疏冷夕陽多』句，與此詩詞意相似。但張詩明言其改爲法雄寺，以帶礪銘功之地，爲香燈禪誦之場。有唐君相，不知追念藎臣，保其世業，賸有詞客重過，對槐陰而詠歎耳。」（《詩境淺説續編·七言絶句》）

寄故人

靜曲閑房①病客居，蟬聲滿樹槿花疏。〔一〕故人衹在藍田縣，强半年來未②得書。〔二〕

【校　記】

①房：席本作「門」。

②未：萬絶（卷二三）、宋本、席本、庫本作「不」。

【注　釋】

〔一〕曲：偏僻。《莊子·天下》：「雖然，不該不偏，一曲之士也。」成玄英疏：「斯乃偏僻之士。」閑房：張籍居所。疑指其長安西街延康坊寓所。白居易《寄張十八》：「同病者張生，貧僻住延康。」張籍《酬韓庶子》：「西街幽僻處，正與懶相宜。」參《送蕭遠弟》（卷六）注釋〔二〕。槿：見《送鄭尚書赴廣州》（卷四）注釋〔四〕。

〔三〕藍田縣：唐畿縣名，今屬陝西省。距長安較近。强半：大半。强，超過。二句婉責友人音信不通。

【繫　年】

作於元和元年（八〇六）以後張籍居京爲官時期。按：詩寫詩人病居的孤寂及其對友人的思念。

鄰婦哭征夫

雙鬟初合便分離，〔一〕萬里征夫不得隨。今日軍回身獨①殁②，去時鞍馬别人騎。

【校　記】

① 獨：石倉（卷五九）作「已」。

② 殁：萬絶（卷二三）、品彙（拾遺卷四）、庫本作「没」。

【注　釋】

〔一〕雙鬟初合：謂新婚。雙鬟，少女的妝束。唐王維《别弟妹二首》其一：「兩妹日成長，雙鬟將及人。」婚嫁則合鬟。唐白居易《井底引銀缾》：「感君松柏化爲心，闇合雙鬟逐君去。」

【繫　年】

當作於張籍早年求學或貞元間居和州時。按：詩寫征婦喪夫的痛苦，控訴戰爭給人民造成深重的災難。

和崔駙馬聞蟬〔一〕

鳳凰①樓下②多歡樂，〔二〕不覺秋風暮雨天。應爲昨來身暫病，蟬聲得到耳傍③邊。〔三〕

【校　記】

① 凰：萬絶（卷二三）作「皇」。

②下：席本作「上」。

③傍：庫本作「旁」。

【注　釋】

〔一〕崔駙馬：崔杞。見《晚春過崔駙馬東園》（卷二）注釋〔一〕。

〔二〕鳳凰樓：宮中樓閣的美稱。唐張説《三月三日詔宴定昆池宮莊賦得筵字》：「鳳皇樓下對天泉，鸚鵡洲中匝管弦。」亦美稱公主、駙馬宅第。唐蘇頲《奉和初春幸太平公主南莊應制》：「鳳凰樓下交天仗，烏鵲橋頭敞御筵。」鳳凰，見《古釵歎》（卷一）注釋〔二〕。

〔三〕爲：因。身：指崔駙馬。傍：通「旁」。

【繫　年】

當作於長慶（八二一—八二四）年間，詳《晚春過崔駙馬東園》（卷二）「繫年」。季節爲秋。時張籍在國子博士或水部員外郎任。按：詩寫崔駙馬身病而聞秋蟬。蓋崔原唱感傷於秋雨和蟬聲。

和裴僕射看櫻桃花①〔一〕

昨日南園新雨後，〔二〕櫻桃花發舊枝柯。天明不待人同看，繞樹重重履跡多。

【校　記】

① 和裴僕射：萬絶（卷二三）無此四字。

【注　釋】

〔一〕裴僕射：裴度。見《沙堤行呈裴相公》（卷一）注釋〔一〕。度長慶二年六月至三年八月爲左僕射。詳《和裴僕射移官言志》（卷二）注釋〔一〕。櫻桃：見《朝日敕賜櫻桃》（卷四）注釋〔一〕。

〔二〕南園：見《和户部令狐尚書喜裴司空見招看雪》（卷二）注釋〔二〕。

【繫　年】

作於長慶三年（八二三）早春，參注釋〔一〕。時張籍在水部員外郎任。

和長安郭明府與友人縣中會飲①〔一〕

一罇②清③酒兩人同，好在街西水縣中。〔二〕自恨病身相去遠，此時閑坐對秋風。

【校　記】

① 詩題萬絶（卷二三）、庫本作「和郭明府縣中會飲」。

② 罇：萬絶、庫本作「樽」，席本、全詩作「尊」。

③ 清：席本作「新」。

【注　釋】

〔一〕長安：唐京兆縣名。治所在今陝西西安市。《舊唐書·地理志一》（卷三八）：「京師……皇城之南大街曰朱雀之街，東五十四坊，萬年縣領之。街西五十四坊，長安縣領之。京兆尹總其事。」郭明府：名不詳。明府，縣令的别稱。詳《贈姚合少府》（卷二）注釋〔一〕「少府」。長安令，正五品上，詳《寄孫洛陽格》（卷四）注釋〔一〕。縣中：指縣廨。《長安志·唐京城四》（卷一〇）「長壽坊」條：「西南隅長安縣廨。去府六里。」

〔三〕同：謂共飲。好在：正在。水縣：長安縣。或縣廨臨水而建，故謂。

【繫　年】

作於元和元年（八〇六）居京爲官時期，時節爲秋。按：詩寫友人聚飲而詩人身病不能遠赴的遺憾與惆悵。

唐昌①觀看花〔一〕

新紅舊紫不相宜，看覺從前兩月遲。〔二〕更向同來詩客道，明年到此莫過時。

【校　記】

① 唐昌：萬絶（卷二三）、宋本、陸本、庫本作「唐興」，席本作「興唐」。

【注　釋】

〔一〕唐昌觀：道觀名。在長安朱雀大街街西皇城之南第四坊安業坊。因唐玄宗女唐昌公主得名。觀中有公主手植玉蘂花。宋宋敏求《長安志·唐京城三》（卷九）「安業坊」條：「横街之地郎國公主宅，次南唐昌觀。」宋張禮《游城南記》：「唐昌觀，又曰唐興觀，在安業坊玄都觀北，中有玉蘂花。」明顧起元《説略・卉牋下》（卷二八）：「唐昌觀，在長安光業坊。明皇女唐昌公主下降，因以爲名。花爲公主手植。」按：光業坊當作安業坊。花：指玉蘂花。詳《同嚴給事聞唐昌觀玉蘂近有仙過作二首》其一（卷六）注釋〔一〕。按：席本異文所謂「興唐觀」，《長安志》（卷八）載在長樂坊。

〔二〕從前：謂按往年的日子觀花。兩月遲：「遲兩月」的倒裝。疑「月」爲「日」。二句謂玉蘂花已過盛期，當提前往年兩日觀賞。

【繫　年】

作於元和元年（八〇六）以後居京爲官時期。按：詩寫詩人去唐昌觀觀花而錯過佳期的遺憾。

九華觀看花〔一〕

街西無數閑游處，〔二〕不似九華仙觀中。花裏可憐池上景，〔三〕幾重①牆壁貯春風。

【校　記】

①重：萬絶（卷二三）、庫本作「回」。

【注　釋】

〔一〕九華觀：道觀名。在長安朱雀街西第二街皇城之南街西第二坊通義坊。《長安志·唐京城三》（卷九）「通義坊」條：「西北隅右羽林大將軍邢國公李思訓宅，後爲九華觀。開元一十八年蔡國公主捨宅立，即思訓宅。」《唐會要·觀》（卷五〇）：「九華觀：通義坊，開元二十八年蔡國公主捨宅置，其地本左光禄大夫李安遠宅，開元初爲左羽林大將軍李思訓宅。」二書所載建觀時間有異，未知孰是。

〔二〕街西：見《酬韓庶子》（卷二）注釋〔二〕。通義坊屬街西。

〔三〕可憐：可愛。「花裏」句謂「花裏」、「池上」皆景色宜人。

【繫　年】

作於元和元年（八〇六）以後張籍居京爲官時期。按：詩寫九華觀春色可人。

贈姚合〔一〕

丹鳳城門①向曉開，千官相次入朝來。〔二〕唯君獨走衝塵土，下馬橋邊報直迴。〔三〕

【校　記】

① 城門：萬絶（卷二三）、庫本作「門前」。

【注　釋】

〔一〕姚合：見《贈姚合少府》（卷二）注釋〔一〕。

〔二〕丹鳳門：唐大明宮正門。《長安志·宫室四》（卷六）：「東内大明宮，在禁苑之東南……南面五門，正南曰丹鳳門。」相次：依班品次第。

〔三〕衝塵土：冒著灰塵。衝，冒。下馬橋：橋名。唐大明宮南面望仙門、建福門内各有下馬橋。百官上朝，於此下馬肅衣，故名。《長安志·宫室四》（卷六）：「丹鳳東曰望仙門……西曰建福門……望仙、建福二門内，各有下馬橋，跨東西龍首渠。」詩所指當爲建福門内下馬橋。《雍録·待漏院》（卷八）：「元和元年初置百官待漏院，各據班品爲次，在建福門外候禁門啟入朝。」報直：報告當值情況。時姚合爲殿中侍御史，百官上朝時負責肅紀。詳「繫年」。

【繫　年】

《册府元龜》載，寶曆二年（八二六）四月姚合爲監察御史（詳卷二《贈姚合少府》「繫年」）。此爲東都留臺御史。白居易《姚侍御見過戲贈》：「晚起春寒慵裹頭，客來池上偶同游。東臺御史多提舉，莫按金章繫布裘。」「東臺」即東都御史臺。此詩《白居易年譜》繫於大和二年（八二八）春，時白居易奉命使洛陽。馬戴《洛中寒夜姚侍御宅懷賈島》詩亦可證。宋洪邁《容齋四筆》（卷一一）「唐御史遷轉定限」條：「唐元和中，御史中丞王播奏：『監察御史，舊例在任二十五月轉，準具員不加，今請仍舊；其殿中侍御史，舊十二月轉，具員加至十八月，今請減至十五月……』從之。」據此推知姚合東都留臺監察御史秩滿在大和二年四月。又，《舊唐書·温造傳》（卷一六五）：「大和二年十一月，宫中昭德寺火。……造奏曰：『昨宫中遺火……其兩巡使崔蠡、姚合火滅方到，請别議責罰。』」《因話録》（卷五）：「殿中侍御史，衆呼爲『侍御』。……最新入，知右巡，已次知左巡，號『兩巡使』。」知姚合監察御史秩滿後入京爲殿中侍御史，因「新入」，故温造稱其與崔蠡爲「兩巡使」。據洪邁所載推知，姚合當於大和二年五月上任，次年七月秩滿。又，《通典·職官·殿中侍御史》（卷二四）：「閤門之外，百僚班序有離立失列、言囂而不肅者，則糾罰之。」知殿中侍御史有糾察百官上朝班序和言行舉止的職責。籍詩所寫姚合「報直」當指此。故詩當作於大和二年（八二八）五月至次年七月姚合任殿中侍御史期間，時張籍在國子司業任。

同韋員外開元觀①尋時②道士〔一〕

觀裏初晴竹樹涼，閑行共到最高房。〔二〕昨來官罷無生計，欲就師求斷穀方。〔三〕

【校　記】

① 同韋員外開元觀：萬絶（卷二三）無此七字。

② 時：席本無此字。

【注　釋】

〔一〕韋員外：韋處厚。見《和韋開州盛山十二首・宿雲亭》（卷五）注釋〔一〕。員外，員外郎的簡稱，尚書省各司之副。韋約於元和七、八年間任禮部、考功二員外。詳「繫年」。開元觀：道觀名。《唐會要》卷五〇《雜記》：「（開元）二十六年六月一日，敕每州各以郭下定形勝觀寺，改以『開元』爲額。至天寶元年四月八日，開元觀主李昭宗奏：『本觀先是清都觀，敕改爲開元觀，屬元元降符，陛下加號。往年改額，題「開元」文字，今日崇號，合兼天寶之名，其額望請改爲「大唐開元天寶」之觀。』敕依。其天下諸州開元觀並加『天寶』字。」京師開元觀在朱雀大街街西皇城南第七坊道德坊。《長安志·唐京城三》（卷九）「道德坊」條：「開元觀，本隋秦王浩宅，武后朝置永昌縣，神龍元年縣廢，遂爲長寧公主宅，景雲元年置道士觀，開元五年金仙公主居之，改爲女冠觀，十年改爲開元觀。」時道士：名不詳。

〔二〕最高房：指時道士所居雲房。

〔三〕官罷：指張籍因眼疾而罷官。詳「繫年」。師：對僧人、道士的尊稱。斷穀：即「辟穀」，見《贈辟穀者》（卷二）注釋〔一〕。末二句當爲戲言。

【繫年】

《舊唐書·韋處厚傳》（卷一五九）：「（元和初）遷右拾遺，並兼史職。修《德宗實録》五十卷上之，時稱信史。轉左補闕、禮部考功二員外。早爲宰相韋貫之所重，時貫之以議兵不合旨出官，處厚坐友善，出爲開州刺史。」知韋處厚出爲開州刺史前曾歷禮部、考功二員外郎。詩當作於韋任二職期間。又，《舊唐書·憲宗本紀》載，韋處厚元和五年十月上《德宗實録》，十一年九月由「考功郎中」出刺開州。（按：「考功郎中」當爲「考功員外郎」之誤，韓愈《韋侍講盛山十二詩序》：「韋侯昔以考功副郎守盛山。」）據韋歷官推測，元和八年前後其當在「員外」任。又，張籍元和六年春夏間患眼疾（詳卷六《患眼》「繫年」），六年秋韓愈作《代張籍與李浙東書》謂其「兩目不見物」，時籍已因眼疾罷官，與此詩所謂「昨來官罷」合。又，詩云「閑行共到最高房」，知張籍眼疾時已好轉，與其元和九年春《患眼》（卷六）所謂眼「校」合。綜上推知，詩約作於元和八年（八一三），季節爲秋（「竹樹涼」）。時張籍閑居長安。按：詩寫詩人與韋員外閑游開元觀訪時道士。

同韓侍郎①南谿夜賞〔一〕

喜作閑人得出城，〔二〕南谿兩月逐君行。忽聞新命須歸去，〔三〕一夜船中語到明。

【校　記】

① 郎：原本與宋本、全詩、庫本等作「御」，據萬絶（卷二三）、席本改。韓愈晚年未曾任侍御。

【注　釋】

〔一〕韓侍郎：韓愈。見《酬韓庶子》（卷二）注釋〔一〕。侍郎，尚書省六部長官之副。韓愈長慶三年（八二三）十月由京兆尹、御史大夫改兵部侍郎，同月轉吏部侍郎，四年五月因病告假罷官。南谿：谿流名。在長安城南而得名。其地幽靜，士大夫多置別墅，韓愈有「城南莊」。夜賞：指長慶四年七月十五日前後張籍與韓愈月夜共泛南谿。詳「繫年」。

〔二〕作閑人：謂長慶四年五月張籍水部員外郎秩滿而候官。出城：指詩人陪同韓愈往「城南莊」養病。張籍《祭退之》：「去夏公請告，養疾城南莊。籍時官休罷，兩月同游翔。黄子陂岸曲，地曠氣色清。……移船入南谿，東西縱篙撑。」

〔三〕新命：指張籍受命遷主客郎中。歸去：謂回京城。韓愈同歸。張籍《祭退之》：「籍受新官詔，拜恩當入城。公因同歸還，居處隔一坊。」

【繫　年】

作於長慶四年（八二四）七月十五日前後，即張、韓由城南莊返京城前。《全唐詩》所收韓愈《南谿始泛三首》題注：「此詩乃長慶間以病在告日所作。」張籍《祭退之》（卷七）作於寶曆元年（八二五），知其所謂「去夏公請告，養疾城南莊」之「去夏」爲長慶四年夏。又，姚合《和前吏部韓侍郎夜泛南溪》：「新秋月滿南溪裏，引客乘船處處行。」知時在七月十五前後。按：詩寫詩人陪韓愈養病「城南莊」及二人返城前一同夜泛南谿。

【唱　和】

賈島《和韓吏部泛南溪》：「溪裏晚從池岸出，石泉秋急夜深聞。木蘭船共山人上，月映渡頭零落雲。」（全詩卷五七四）

姚合《和前吏部韓侍郎夜泛南溪》：「辭得官來疾漸平，世間難有此高情。新秋月滿南溪裏，引客乘船處處行。」（全詩卷五〇一）

按：韓愈泛南溪詩佚。韓、張始泛南溪在夏，張籍《祭退之》有「移船入南溪，東西縱篙撑。……日來相與嬉，不知暑日長」語，韓愈存《南溪始泛三首》：「榜舟南山下，上上不得返。幽事隨去多，孰能量近遠。陰沈過連樹，藏昂抵横坂。石麤肆磨礪，波惡厭牽挽。或倚偏岸漁，竟就平洲飯。點點暮雨飄，梢梢新月偃。餘年懔無幾，休日愴已晚。自是病使然，非由取高蹇。」「南溪亦清駛，而無檝與舟。山農驚見之，隨我觀不休。不惟兒童輩，或有杖白頭。饋我籠中瓜，勸我此淹留。我云以病歸，此已頗自由。幸有用餘俸，置居在西疇。囷倉米穀滿，未有旦夕憂。上去無得得，下來亦悠悠。但恐煩里閭，時有緩急投。願爲同社人，雞豚燕春秋。」「足弱不能步，自宜收朝蹟。羸形可輿致，佳觀安事擲。即此南坂下，久聞有水石。拕舟入其間，溪流正清激。隨波吾未能，峻瀨乍可刺。鷺起若導吾，前飛數十尺。亭亭柳帶沙，團團松冠壁。歸時還盡夜，誰謂非事役。」（全詩卷三四二）

使行望[①]悟真寺[②]〔一〕

採玉峰連佛寺幽，高高斜對驛門樓。〔二〕無端來去騎官[③]馬，寸步教身不得游。〔三〕

【校　記】

① 望：席本作「至」。

② 寺：萬絶(卷二三)、宋本無此字。

③ 官：席本作「高」。

【注　釋】

〔一〕悟真寺：唐代名刹。建於隋文帝開皇年間(五八一—五九九)。在長安東南藍田縣王順山西崖上。唐白居易《游悟真寺詩》：「我游悟真寺，寺在王順山。」唐釋道世《法苑珠林》(卷一四)：「雍州藍田東悟真寺，寺居藍谷之西崖，製窮山美，殿堂嚴整。」《長安志・縣六・藍田》(卷一六)：「崇法寺即唐悟真寺也，在縣東南二十里王順山。白居易有詩述其靈異。後改名。」

〔二〕採玉峰：指藍田山。在王順山東南，二山相連。《長安志・縣六・藍田》：「藍田山，在縣東南三十里。《范子計然》曰：『玉英出藍田。一名覆車山。』郭緣生《述征記》曰：『山形如覆車之象。其山出玉，亦名玉山。』」唐錢起有《登玉山諸峰偶至悟真寺》詩。驛：指藍橋驛。見《使至藍谿驛寄太常王丞》(卷二)注釋〔一〕。悟真寺在其西北，相距很近。

〔三〕騎官馬：謂執行公務。《唐律疏義・廐庫》(卷一五)：「應乘官馬牛駝騾驢者，謂因公得乘，傳遞或是軍行。」寸步：謂距離極近。

【繫　年】

張籍入仕後曾於長慶二年（八二二）、大和元年（八二七）兩次出使襄陽（詳卷四《贈商州王使君》與卷二《使回留别襄陽李司空》二詩「繫年」），詩作於孰年不可知。按：詩寫使行途中望悟真寺卻不能登游的遺憾。

重陽日至峽道〔一〕

無限青山行已盡，迴看忽覺遠離家。逢高欲飲重陽酒，山菊今朝未有①花。〔二〕

【校　記】

① 有：萬絶（卷二三）、庫本作「見」。

【注　釋】

〔一〕重陽：見《送遠客》（卷二）注釋〔一〕。峽道：當指峽州的道路。峽州，治今湖北宜昌。《新唐書·地理志四》（卷四〇）：「峽州夷陵郡，中。本治下牢戍，貞觀九年徙治步闡壘。」

〔二〕逢高：謂每登高處。重陽酒：菊花酒。晉葛洪《西京雜記》（卷三）：「九月九日，佩茱萸，食蓬餌，飲菊華酒，令人長壽。菊華舒時，并採莖葉，雜黍米釀之，至來年九月九日始熟，就飲焉，故謂之菊華酒。」未有花：謂山高而花期遲。

【繫　年】

據詩歌所言時地與張籍生平游踪推測，當作於貞元十年（七九四）秋詩人由嶺南返中原途經峽州時。按：詩寫重陽節詩人漫游至峽州的思親之情與旅愁。

贈主客劉郎中〔一〕

憶昔君登南省日，老夫猶是褐衣身。〔二〕誰知二十餘年後，來作客①曹相替人。〔三〕

【校　記】

①客：萬絶（卷二三）、宋本、庫本作「學」。按：作「學」非，劉禹錫未曾任職於「學」曹。

【注　釋】

〔一〕主客劉郎中：劉禹錫。見《寄和州劉使君》（卷四）注釋〔一〕。主客郎中，尚書省禮部官員。

《舊唐書·職官志二》（卷四三）：「禮部……主客郎中一員，從五品上。……掌二王後及諸蕃朝聘之事。」劉禹錫曾兩任主客郎中。其《再游玄都觀絶句（并引）》：「余貞元二十一年爲屯田員外郎……是歲，出牧連州，尋貶朗州司馬。居十年，召至京師……旋又出牧，于今十有四年，復爲主客郎中。……時大和二年三月。」知第二次在大和二年（八二八）三月。又，其《子劉子自傳》：「自連歷夔、和二郡，又除主客郎中，分司東都。明年追入，充集賢殿學士。」《舉姜補闕倫自代狀》：「右臣蒙恩，授尚書主客郎中，分司東都。……大和元年六月十四日。」知第一次在寶曆二年罷和州刺史後，即大和元年（八二七）六月，分司東都；第二次爲「追入」，即入京任職。此詩所指爲第二次。

〔二〕登南省：指劉禹錫貞元二十一年爲屯田員外郎。南省，尚書省的别稱。《通典·職官·中書省》（卷二一）：「時謂尚書省爲南省，門下、中書爲北省，亦謂門下省爲左省，中書爲右省，或通謂之兩省。」屯田員外郎爲尚書省工部官員。褐衣身：謂平民。劉禹錫爲屯田員外郎時張籍尚未釋褐，故謂。褐衣，見《送韋評事歸華陰》（卷二）注釋〔四〕。

〔三〕二十餘年：自貞元二十一年（八〇五）至大和二年（八二八）計二十四年。客曹：尚書省禮部主客司。相替：謂張籍遷國子司業，劉禹錫替爲主客郎中。

【繫　年】

作於大和二年（八二八）三月。

同嚴給事聞①唐昌②觀玉蘂③近有仙過④作⑤二首〔一〕

其一

千枝花裏玉塵飛，阿母宫中見亦稀。〔二〕應共諸仙鬭百草，〔三〕獨來偷折⑥一枝歸。

【校　記】

①同嚴給事聞：萬絶（卷二三）、庫本無此五字。

②昌：萬絶、宋本、陸本作「興」。

③玉蘂：席本後有「院」字，庫本後有「花」字。

④近有仙過：萬絶作「仙」，宋本作「近有仙遇」，庫本無四字。

⑤作：萬絶、陸本、庫本無此字，席本、全詩作「因成絶句」。

⑥折：全詩作「得」。

【注釋】

〔一〕嚴給事：嚴休復。見《和李僕射雨中寄盧嚴二給事》（卷三）注釋〔一〕。唐昌觀：見《唐昌觀看花》（卷六）注釋〔一〕。玉蘂：花名。宋周必大《文忠集》（卷一八四）玉蘂辨證跋：「花苞初甚微，經月漸大，暮春方八出，如冰絲，上綴金粟。花心復有碧筒，狀類膽瓶，其中別抽一英出衆鬚上，散爲十餘蘂，猶刻玉然。花名玉蘂，乃在於此。」唐昌觀玉蘂花乃唐玄宗女唐昌公主手植，聞名京師，文人多觀賞吟詠。仙過：指時人附會仙女折玉蘂花事。唐康駢《劇談録》（卷下）「玉蘂院真人降」條：「上都安業坊唐昌觀舊有玉蘂花。其花每發，若瑶林瓊樹。元和中，春物方盛，車馬尋玩者相繼。忽一日，有女子年可十七八，衣緑繡衣，乘馬，峨髻雙鬟，無簪珥之飾，容色婉約，迥出於衆。從以二女冠三小僕，僕者皆丱頭黄衫，端麗無比。既下馬，以白角扇障面，直造花所，異香芬馥，聞於數十步之外。觀者以爲出自宫掖，莫敢逼而視之。佇立良久，令小僕取花數枝而出。將乘馬回，謂黄冠者曰：『曩者玉峰之約，自此可以行矣。』時觀者如堵，咸覺烟霏鶴唳，景物輝焕。舉轡百餘步，有輕風擁塵，隨之而去。須臾塵滅，望之已在半空天，方悟神仙之游。餘香不散者經月餘日。時嚴給事休復、元相國、劉賓客、白醉吟，俱有《聞玉蘂院真人降》詩。」

〔二〕玉塵：玉屑。喻花瓣。阿母：神話中的女仙人西王母。參《不食姑》（卷二）注釋〔五〕「西王母」。

〔三〕 鬬百草：古代游戲。競採花草，以多寡比優劣，常於端午舉行。南朝梁宗懔《荆楚歲時記》：「（五月五日）又謂之端午，蹋百草，即今人有鬬百草之戲也。」

【繫　年】

約作於大和二年三月，時張籍在國子司業任。嚴休復寶曆元年（八二五）至大和二年（八二八）在給事中任（詳卷三《和李僕射雨中寄盧嚴二給事》注釋〔一〕），詩當作於此間。又，白居易、劉禹錫、元稹皆有和作。大和二年三月，白居易在長安，劉禹錫入京爲主客郎中，唯元稹在浙東（元詩當爲後來追和）。按：《劇談録》所載「元和中」當爲「大和中」之誤。又按：二詩附會當時傳言，想象仙女因「鬬百草」、「尋仙」而來唐昌觀採玉蘂花。

【唱　和】

嚴休復《唐昌觀玉蘂花折有仙人游悵然成二絶》：「終日齋心禱玉宸，魂銷目斷未逢真。不如滿樹瓊瑶蘂，笑對藏花洞裏人。」「羽車潛下玉龜山，塵世何由覩蕣顔。唯有多情枝上雪，好風吹綴緑雲鬟。」（全詩卷四六三）

按：第二首全詩（卷二九五）又作何兆詩，題爲「玉蘂花」，校「一作嚴休復詩」；萬絶（卷八）作嚴詩，當依萬絶。

白居易《酬嚴給事（聞玉蘂花下有游仙絶句）》：「嬴女偷乘鳳去時，洞中潛歇弄瓊枝。不緣啼鳥春饒舌，青瑣仙郎可得知。」（全詩卷四四八）

元稹《和嚴給事聞唐昌觀玉蘂花下有游仙》：「弄玉潛過玉樹時，不教青鳥出花枝。的應未有諸人覺，只是嚴郎不得知。」（全詩卷四二三）

劉禹錫《和嚴給事聞唐昌觀玉蘂花下有游仙二絶》：「玉女來看玉蘂花，異香先引七香車。攀枝弄雪時回顧，驚怪人間日易斜。」「雪蘂瓊絲滿院春，衣輕步步不生塵。君平簾下徒相問，長伴吹簫别有人。」（全詩卷三六五）

武元衡《唐昌觀玉蘂花》：「琪樹芊芊玉蘂新，洞宫長閉綵霞春。日暮落英鋪地雪，獻花應過九天人。」（全詩卷三一七）

楊凝《唐昌觀玉蘂花》：「瑶華瓊蘂種何年，蕭史秦嬴向紫烟。時控綵鸞過舊邸，摘花持獻玉皇前。」（全詩卷二九〇）

按：武、楊二詩非和作，然所寫事件當同。

其二

九①色雲中紫鳳車，尋仙來到洞仙家。〔一〕飛輪迴處無蹤跡，唯有班班②滿③地花。〔二〕

【校　記】

①九：席本作「五」。

②班班：席本、全詩作「斑斑」。

③滿：席本作「落」。

【注　釋】

〔一〕九色：泛指多種色彩。紫鳳車：紫鳳所駕之車，仙人所乘。紫鳳，傳説中的神鳥。《太平御覽·輿輦》（卷六七七）引《上清訣》：「元父所控赤羽飛車，左御絳鸞，右駕紫鳳。」洞仙家：指唐昌觀。洞仙，仙人。傳説仙人好居深山洞壑，故稱。

〔二〕飛輪：即本詩所謂「紫鳳車」、嚴休復詩所謂「羽車」、劉禹錫詩所謂「七香車」之車輪。班班：明顯貌。《後漢書·文苑傳下·趙壹》（卷八〇下）：「余畏禁，不敢班班顯言，竊爲《窮鳥賦》一篇。」李賢注：「班班，明貌。」此形容色彩鮮明。唐孟郊《杏殤九首》其六：「班班落地英，點點如明膏。」

【集　評】

（明）楊慎：「劉禹錫詩：『玉女來看玉樹花……驚怪人間日易斜。』張籍詩：『五色雲中紫鳳車……惟見斑斑滿地花。』王建詩：『一樹瓏璁玉刻成，飄廊點地色輕輕。女冠夜覓香來處，惟見階前碎月明。』注云：『唐元和中，唐昌觀中玉蕊花盛開，有仙女來游，取數枝飄然而去。』余謂此詩未必然，蓋目劉、張詩有『玉女』、『雲車』、『飛輪』、『回首』之句，遂傅會其説。……不知詩人詠物托言也。」(《升菴詩話·附録》「瓊花」條)

秋思〔一〕

洛陽城裏見秋風，欲作歸①書意萬重。復②恐匆匆③説不盡，行人臨發又開封。〔二〕

【校　記】

① 歸：三體(卷二)、唐音(卷七)、品彙(卷五一)、庫本作「家」。

② 復：全詩作「忽」。

③ 匆匆：萬絶(卷二三)、宋本、席本作「忽忽」。

【注　釋】

〔一〕秋思：樂府琴曲歌辭古題。《樂府詩集》卷五九《琴曲歌辭·蔡氏五弄》題解：「《琴集》曰：

『《五弄》,《游春》、《渌水》、《幽居》、《坐愁》、《秋思》,並宫調,蔡邕所作也。』……今按近世作者多因題命辭,無復本意云。」又,唐白居易《和微之詩二十三首·和嘗新酒》:「舉臂一欠伸,引琴彈《秋思》。」知中唐尚有《秋思》曲。此詩《樂府詩集》失載。

〔二〕行人:指傳送書信的人。

【繫　年】

當作於張籍早年游寓洛陽期間,時約在貞元二年(七八六)秋。

【集　評】

(明)張震:「批云:常言常語,寫得思盡。」(《唐音》卷七輯注)

(明)李東陽:「『廣武城邊逢暮春』,不如『洛陽城裏見秋風』。」(《麓堂詩話》)

(明)陸時雍:「張籍絶句,别自爲調,不類故常。」(《唐詩鏡》卷四一)

(明)唐汝詢:「文昌敘情最切,此詩堪與『馬上相逢』頡頏。」(《唐詩解》卷二九)

(明)周珽:見《成都曲》(卷六)「集評」。

(明)周珽:「文昌工于樂府,舉□□綴□,莫非古調。此篇用情本實,語復痛切。書既緘而重開,人臨發而復戀,王元美謂六朝鮑謝之所自出。如此末二語,又不知何本。妙絶!妙絶!」「緘封有限，客恨無窮。『見』字、『欲』字、『恐』字與『復』字、『臨』字、『又』字相應發，便覺情真語懇，心口輒造精微之城。」（《删補唐詩選脉箋釋會通評林》卷五六）

（明）敖子發：「此詩淺淺語，提筆便難。前輩教人作絶句，令讀『三日入廚下……』『打起黄鶯兒……』『步出城東門……』『畫松一似真松樹……』皆自肺腑中流出，無牽强斧鑿痕。」（同上）

（明）謝肇淛：「陸士規《黄陵廟》詩與嚴羽《聞笛》詩皆絶似唐，而起句皆出韻，故選者不之及。然張籍『洛陽城裏見秋風』何害其佳？」（《小草齋詩話》卷三）

（清）王謙：「古人一倍筆墨便寫出十倍精采，只此結句類是也。如《晉史》傳殷浩竟達空函，令人發笑；讀此結句，令人可泣。」（《磧砂唐詩》注釋，轉引自陳伯海主編《唐詩彙評》）

（清）毛先舒：「文昌『洛陽城裏見秋風』一首，命意政近填詞，讀者賞俊，勿遽寬科。」（《詩辯坻》卷三）

（清）黄叔燦：「首句羈人摇落之意已概見，正家書中所説不盡者；『行人臨發又開封』，妙更形容得出。試思如此下半首如何領起，便知首句之難落筆矣。」（《唐詩箋注》）

（清）沈德潛：「亦復人人胸臆語，與『馬上相逢無紙筆』一首同妙。」（《重訂唐詩别裁集》卷二〇）

（清）管世銘：「張籍《秋思》、《涼州》等篇，入岑嘉州之室。」（《讀雪山房唐詩序例·七絶凡例》）

（清）徐增：「余平生苦作家書，每作家書，頭緒多，筆下寫不乾淨，必有遺落處。讀司業此詩，深

得我心，爲録于此。」（《而菴説唐詩》卷一一）

（清）黄周星：「家常情事，寫出便成好詩。」（《唐詩快》一五）

（清）潘德輿：「文昌『洛陽城裏見秋風』一絶，七絶之絶境，盛唐諸鉅手到此者亦罕，不獨樂府古澹，足與盛唐爭衡也。王新城、沈長洲數唐人七絶擅長者各四章，獨遺此作。沈於鄭谷之『揚子江頭』亦盛稱之，而不及此，此猶以聲調論詩也。」（《養一齋詩話》卷三）

（清）李鍈：「眼前情事，説來在人人意中，如『馬上相逢無紙筆，憑君傳語報平安』、『兒童相見不相識，笑問客從何處來』，皆是此一種筆墨。」（《詩法易簡録》卷一四）

（清）宋宗元：「至情真情。」（《網師園唐詩箋》卷一六）

（清）俞陛雲：「詩言已作家書，而長言不盡，臨發重開，極言其懷鄉之切。作書者殷勤如是，宜得書者抵萬金矣。凡詠寄書者，多本於性情。唐人詩，如『馬上相逢無紙筆，憑君傳語報平安』，僅傳口語，亦慰情勝無也；『隴山鸚鵡能言語，爲報家人數寄書』，盼書之切，托諸幻想也。明人詩：『萬里山河經百戰，十年重到故人書』，亂後得書，悲喜交集也。近人詩：『藥債未完官税逼，封題空自報平安』，得家書而祇益鄉愁也；『忽漫一牋臨眼底，丙寅三月十三封』，檢遺札而追念故交也；『聞得鄉音驚坐起，漁燈分火寫平安』，遠客孤舟，喜寄書得便也。詩本性情，此類之詩，皆至情語也。」（《詩境淺説續編·七言絶句》）

憶遠

行人猶未有歸期，萬里初程日暮時。〔一〕唯愛門前雙柳樹，枝枝葉葉不相離。

【注　釋】

〔一〕「萬里」句回憶行人離家時情景。

玉仙①館〔一〕

長谿新雨色如泥，〔二〕野水陰雲盡向西。楚客天南行漸遠，山山樹裏鷓鴣啼。〔三〕

【校　記】

①仙：萬絶（卷二三）、宋本、品彙（卷五一）作「山」。

【注　釋】

〔一〕玉仙館：驛館名。仙，或作「山」。在今江西省萬安縣。《明一統志·吉安府》（卷五六）：「玉山館：在萬安縣，唐張籍詩『長溪新雨色如泥……』。」館，指非通途大道所設的驛站。《通典·職官·鄉官》（卷三三）：「三十里置一驛。其非通途大路則曰館。」

〔二〕色如泥：謂谿水夾帶泥沙，非常渾濁。

〔三〕楚客：客居或羈旅他鄉的楚地人。唐岑參《送人歸江寧》：「楚客憶鄉信，向家湖水長。」此詩人自謂。天南：見《送蠻客》（卷二）注釋〔二〕。鷓鴣：鳥名。晉左思《吴都賦》：「鷓鴣南翥而中留。」劉逵注：「鷓鴣，如雞，黑色，其鳴自呼。或言此鳥常南飛不北。豫章已南諸郡處處有之。」（《六臣注文選》卷五）《本草綱目·禽·鷓鴣》（卷四八）「集解」李時珍云：「鷓鴣，性畏霜露，早晚稀出，夜栖以木葉蔽身，多對啼，今俗謂其鳴曰『行不得哥』也。」古人常借以寄托思鄉之情。

【繫　年】

作於貞元九年（七九三）秋張籍游贛時。按：詩寫詩人南游經玉仙館時的所見所聞所感，彌漫著濃郁的鄉思和旅愁。

寄府吏〔一〕

野外①尋花共作期，〔二〕今朝出郭不相隨。待君公事有閑日，此地春光②應過時。

【校　記】

①外：萬絶（卷二三）、宋本、劉本、陸本、席本、庫本作「水」。

②光：萬絶、宋本、全詩、庫本作「風」。

【注　釋】

〔一〕府吏：當指京兆府小吏。具體所指不詳。

〔二〕作期：約定日期。

【繫　年】

作於元和元年（八〇六）年以後張籍居京爲官時期。按：詩婉責府吏未能如約出城踏青。

張[①]蕭遠雪夜同宿〔一〕

數卷新游蜀地[②]詩，長安僻巷得相隨。〔二〕草堂雪夜攜琴宿，説似[③]青城館裏時。〔三〕

【校　記】

①張：席本、全詩、庫本作「弟」。

②地：萬絶（卷六八）、宋本、席本、全詩、庫本作「客」。

③説似：萬絶、宋本、劉本作「況似」，全詩作「説是」。

【注釋】

〔一〕張蕭遠：籍貫、生卒年不詳。宋尤袤《全唐詩話》（卷三）「張蕭遠」條引《唐摭言》：「元和進士登第，與舒元輿聲價俱美。」《唐詩紀事》（卷四一）載同。《登科記考》（卷一八）載其元和八年登舒元輿榜。唐張爲《詩人主客圖》列爲「環奇美麗主武元衡」之升堂。據此詩知其曾游蜀。《全唐詩》存詩三首。按：《唐詩大辭典》「張蕭遠」條據此詩首句異文「蜀客」謂其「或爲蜀（今四川）人」，不可信。一者，「蜀客」又作「蜀地」；二者，「蜀客」未必謂蜀人；三者，詩末句謂蕭遠曾游蜀，此與其爲蜀人難合。又，《全唐詩》（卷四九一）謂「張蕭遠……籍之弟也」，所據當爲此詩與《送蕭遠弟》（卷六），亦不可信。其一，唐詩中「弟」未必謂胞弟，如李白《贈臨洺縣令皓弟》。其二，二詩情感似非手足之情。其三，據《唐摭言》所載，蕭遠元和間已有詩名，如爲籍胞弟，籍所存與其交往詩當不唯此二首。

〔二〕僻巷：當指長安街西延康坊。張籍自元和元年（八〇六）得官太常寺太祝至長慶元年（八二一）春遷居街東靖安坊，皆寓居延康坊。參《酬韓庶子》（卷二）注釋〔二〕。

〔三〕青城：縣名。治所在今四川都江堰市東南，因境内青城山而得名。相傳東漢張道陵（民間俗稱張天師)曾於青城山修道，道教稱其爲第五洞天。《元和郡縣圖志・蜀州・青城縣》(卷三一)：「本漢江原縣地，周武帝於此置青城縣，因山爲名……垂拱二年改屬蜀州，開元十八年改爲青城。」「青城山，在縣西北三十二里。《仙經》云此是第五洞天。」館：見《玉仙館》(卷六)注釋〔一〕。

【繫　年】

據「新游蜀地」推測，張蕭遠尚未入仕，時當在元和初中期張籍爲太常太祝或因眼疾罷官閑居時。

涼州詞　三首〔一〕

其一

邊城暮雨雁飛低，蘆筍初生漸欲齊。無數鈴聲遥①過磧，應馱白練到安西。〔二〕

【校　記】

① 遥：品彙(卷五一)作「摇」。

【注　釋】

〔一〕涼州詞：樂府近代曲辭「涼州」的變題。涼，同「涼」。《樂府詩集》收入卷七九《近代曲辭一》。《樂府雜録》《涼州》題解：「《樂苑》曰：『《涼州》，宫調曲。開元中，西涼府都督郭知運進。』《樂府雜録》曰：『《梁州曲》，本在正宫調中，有大遍小遍。至貞元初，康崑崙翻入琵琶玉宸宫調，初進曲在玉宸殿，故有此名。合諸樂即黄鐘宫調也。』張同《幽閑鼓吹》曰：『段和尚善琵琶，自制《西涼州》。後傳康崑崙，即《道調涼州》也，亦謂之《新涼州》云。』」涼州，治所在姑臧縣（今甘肅武威市）。唐西北軍事重鎮。《舊唐書·地理志一》（卷三八）：「河西節度使治，在涼州。」「涼州節度使。治涼州，管西、洮、鄯、臨、河等州。」《元和郡縣圖志·涼州》（卷四〇）：「廣德二年陷於西蕃。」

〔二〕鈴聲：指商隊駝鈴聲。磧：見《築城詞》（卷一）注釋〔四〕。安西：見《送安西將》（卷二）注釋〔一〕。此泛指西域。

【繫　年】

其二云「白草黄榆六十秋」，由吐蕃陷涼州之廣德二年（七六四）後逆推六十年，知詩作於長慶三年（八二三）或稍後。時張籍在水部員外郎任。按：《涼州詞》三首乃有感於涼州失陷而朝廷長期不能收復而作。其一寫河西、隴右失陷前涼州的太平景象，其三寫涼州面臨失陷時的危險境況，其二寫當下詩人的感慨。

【集　評】

（明）周珽：見《成都曲》（卷六）「集評」。

（清）吴瑞榮：「寓愴憤納款意。」（《唐詩箋要後集》卷七）

（清）黄叔燦：「此篇言供應之無已。白練，賞邊之物。」（《唐詩箋注》）

（清）管世銘：見《秋思》（卷六）「集評」。

其二①

鳳林關裏水東流，白草②黄榆六十秋。〔一〕邊將皆承主恩③澤，無人解④道⑤取涼州。〔二〕

【重　出】

此詩《唐詩别裁》卷二〇作張仲素詩，題注「一作張籍詩」。佟培基《張籍詩重出甄辨》：「郭茂倩《樂府詩集》、洪邁《萬首絶句》、高棅《品彙》、胡震亨《統籤·丁籤七五》皆作張籍，《别裁》誤。」當是。

【校　記】

①此詩萬絶(卷二三)、樂府(卷七九)、宋本、全詩、庫本作第三首。按:據詩所寫時間判斷,作第三首是。

②草:唐音(卷七)作「葦」。

③主恩:席本作「明主」。

④無人解:席本作「渾無人」。

⑤道:宋本作「到」。

【注　釋】

〔一〕鳳林關:關塞名。在涼州節度使所轄河州鳳林縣(治今甘肅東鄉族自治縣)西北黄河南岸。《新唐書·地理志四》(卷四〇):「河州安昌郡……鳳林。中下。……北有鳳林關。」《太平寰宇記·河州·鳳林縣》(卷一五四):「鳳林關,在黄河側。」中唐時爲唐與吐蕃的邊界。《舊唐書·吐蕃傳下》(卷一九六下):「大曆二年十月……首領論泣陵隨景仙來朝,景仙奏云:『贊普請以鳳林關爲界。』」水東流:謂黄河水東向穿越。《水經注·河水》(卷二):「《秦州記》曰:枹罕原北名鳳林川,川中則黄河東流也。」此喻時光、世事如水流逝。白草:一種牧草。詳《漁陽將》(卷二)注釋〔二〕。黄榆:落葉喬木。樹皮有裂罅,早春開花。亦産於西北。

〔三〕解道：懂得，知道。二句抨擊邊將不思收復失地。唐白居易《西涼伎》：「遺民腸斷在涼州，將卒相看無意收。」

【集評】

（明）唐汝詢：「涼州本明皇所開，其後六十年而陷于吐蕃，故咎諸將之不能守。」（《唐詩解》卷二九）

（明）周珽：「『皆承』『無人解道』六字，譏時深切。」（《删補唐詩選脉箋釋會通評林》卷五六）

（明）何景明：「用意深備，使當時將帥聞之必有赧色。」（同上）

（明）敖英：「唐人詠邊塞，率道戍役之苦，否則代邊將爲自負語，獨此詩有諷刺，有關係。」（同上）

（明）宗臣：「圓轉玲瓏。」（同上）

（明）吴山民：「後二句説得醜殺人。」（同上）

（明）周明輔：「刺體，直中有婉。」（同上）

（明）李攀龍：「將不效力，不嫌直致。」（《唐詩訓解》，轉引自陳伯海主編《唐詩彙評》）

（明）黄克纘：「譏刺時事而意不淺露，可以風矣。」（《全唐風雅》，轉引自陳伯海主編《唐詩彙評》）

（清）沈德潛：「高常侍亦云『豈無安邊書，諸將已承恩。』高説得憤，此説得婉。」（《重訂唐詩別

裁集》卷二〇）

（清）吴瑞榮：「比前首更唾罵痛快。」「王翰、王之涣二作感喟出以悠揚，是渾然元氣。此則全以激昂之意發之，讀之毛髮爲豎，令人自强。」（《唐詩箋要後集》卷七）

（清）吴昌祺：「盡脱笛、笳等意，亦一快也。」（《删訂唐詩解》卷一五）

（清）黄叔燦：「此篇言邊將安坐居奇，不以立功報主爲念，自開元中，王君㚟等先後突吐蕃取涼州，後復陷吐蕃，經今已六十年，邊將空邀主恩，無人出力。言之深切著明。」（《唐詩箋注》）

（清）俞陛雲：「詩言涼州寇盜，已六十年矣，白草黄榆，年年秋老，而諸將坐擁高牙，都忘敵愾。少陵詩『獨使至尊憂社稷，諸君何以答昇平』，花蘂夫人詩『四十萬人齊解甲，更無一箇是男兒』，與文昌有同慨也。」（《詩境淺説續編·七言絶句》）

其三①

古鎮城門白磧開，胡②兵往往傍沙堆。〔一〕巡邊使客行應早，欲問平安無使來③。〔二〕

【校記】

① 此詩萬絶（卷二三）、宋本、樂府（卷七九）、全詩、庫本作第二首。

② 胡：萬絶作「蕃」。

③「欲問」句：萬絶、宋本、樂府、席本作「每待平安火到來」，陸本作「欲問平安火到來」。

【注　釋】

〔一〕古鎮：指涼州。漢武帝置，故謂。白磧：茫茫沙漠。胡：指吐蕃。「胡兵」句謂敵人常常在涼州城附近出没。

〔二〕巡邊使客：指唐廷所遣巡視邊防的使者。《舊唐書·玄宗本紀上》（卷八）：「兵部尚書張説往朔方軍巡邊。」無使來：謂形勢危急，已無人報告平安。末句襲用杜甫《所思》詩句。按：異文所謂「平安火」，指報平安的烽火。《資治通鑑·唐紀·肅宗至德元載》（卷二一八）：「及暮，平安火不至。」胡三省注：「《六典》：唐鎮戍烽候所至，大率相去三十里。每日初夜，放烟一炬，謂之平安火。」

宫詞　二首〔一〕

其一

新鷹初放兔猶①肥，白日君王在内稀。〔二〕薄暮千門臨欲鎖，紅妝飛騎向前歸。〔三〕

【重　出】

二詩《王司馬集》(卷八)、紀事(卷四四)收入王建「宫詞一百首」，然絶句(卷二三)與諸本張籍集皆收作張籍詩(原本、劉本缺第二首)。當爲張籍作。宋人早有明辨。如宋趙與時《賓退録》(卷一)：「王建以宫詞著名，然好事者多以他人之詩雜之。今世所傳百篇不皆建作也。余觀詩不多，所知者如『新鷹初放兔初肥……』、『黄金捍撥紫檀槽……』張籍《宫詞二首》也。」

【校　記】

①猶：《王司馬集》(卷八)作「初」。

【注　釋】

〔一〕宫詞：一種詩體。多寫宫廷生活瑣事，一般爲七言絶句，中唐始以「宫詞」爲題，且多爲大型組詩，如王建《宫詞》百首。

〔二〕新鷹：剛馴服的獵鷹。唐殿中省設五坊，專爲皇帝飼養獵鷹獵犬。《新唐書·百官志二》(卷四七)：「閑廄使押五坊，以供時狩：一曰雕坊，二曰鶻坊，三曰鷂坊，四曰鷹坊，五曰狗坊。」放：放鷹狩獵。兔猶肥：時或爲冬，故謂。内：指宫中。

〔三〕千門：指宫門。《資治通鑑·唐紀·文宗開成元年》(卷二四五)：「流血千門，僵尸萬計。」胡三省注：「漢武帝起建章宫，度爲千門萬户，後世遂謂宫門爲千門。」唐制，日暮宫門先於皇城、京城關閉。《舊唐書·職官志二》（卷四三）：「（門下省）城門郎掌京城、皇城、宫殿諸門啟閉之節，奉出納管鑰。開則先外而後内，闔則先内而後外，所以重中禁，尊皇居也。候其晨昏擊鼓之節而啟閉之。凡皇城、宫城闔門之鑰，先酉而出，後戌而入；開門之鑰，後丑而出，夜盡而入。」紅妝：女子盛妝。因婦女妝飾多用紅色，故稱。亦借稱女子。此指隨皇帝出獵的射生宫女。唐王建《宫詞》：「射生宫女宿紅妝，把得新弓各自張。臨上馬時齊賜酒，男兒跪拜謝君王。」飛騎：唐禁軍名。《舊唐書·姜行本傳》（卷五九）：「時太宗選趫捷之士，衣五色袍，乘六閑馬，直屯營以充仗内宿衛，名爲『飛騎』，每游幸，即騎以從，分隸於行本。」向前：謂前導。

【繫年】

據《舊唐書·元稹傳》（卷一六六）所載「嘗爲《長慶宫辭》數十百篇，京師競相傳唱」，以及王建百首《宫詞》亦作於長慶間（八二一—八二四）推斷，張籍二詩所作時間相近。時張籍在國子博士或水部員外郎或主客郎中任。按：其一寫皇帝領射生宫女與禁軍出城狩獵，薄暮方歸。其二寫琵琶宫伎演奏新曲而獲君王櫻桃之賞。

【集評】

（宋）許顗：「張籍、王建，樂府、宫詞皆傑出，所不能追逐李、杜者，氣不勝耳。」（《彦周詩話》）

(清)王士禛:「許彦周謂張籍、王建樂府、宫詞皆傑出,所不能追蹤李、杜者,氣不勝耳。余以爲非也,正坐格不高耳。不但李、杜,盛唐諸詩人所以超出初唐、中、晚者,只是格韻高妙。」(《分甘餘話》卷三)

(清)俞陛雲:「首句言鷹健兔肥,正堪射獵。次句言白日爲勤政之時,乃不在宫廷,而在原野。後言直至暮色蒼茫,千門欲閉,始見前導之紅妝宫女、飛騎而歸。其時宫女亦習射,舉止效男子。王建詩云:『射生宫女宿紅妝,把得新弓各自張。臨上馬時齊賜酒,男兒跪拜謝君王。』宸游無度,女子行圍,與此詩情事相類。等於羽獵河南,止十旬之鳳輦矣。」(《詩境淺説續編·七言絶句》)

其二①

黄金捍撥紫檀槽,絃索初張調更高。〔一〕盡理昨來新上曲,内官簾外送櫻桃。〔二〕

【校　記】

① 原本、劉本缺此首,據萬絶(卷二三)、宋本、陸本、席本、全詩、庫本等補。

【注　釋】

〔一〕捍撥:彈奏琵琶用以撥絃的器具。因質地堅硬,故稱。捍,堅實。以黄金爲飾的稱「金捍撥」。

宋葉廷珪《海録碎事·音樂部》（卷一六）「金捍撥」條：「金捍撥，在琵琶面上當絃。或以金塗爲飾，所以捍護其撥也。」古以益州所産爲優。《太平寰宇記·益州》（卷七二）：「舊貢：……琵琶捍撥。」紫檀：檀木之一種。木材堅實，紫紅色，爲製作貴重傢俱、樂器或美術品的優等材料。晉崔豹《古今注·草木》（卷下）：「紫栴木，出扶南，色紫，亦謂之紫檀。」槽：絃樂器上架絃的凹格子。多以檀木或玉石製成。《太平廣記·樂·琵琶》（卷二〇五）「楊妃」條引《譚賓録》：「開元中，有中官白秀貞自蜀使回，得琵琶以獻。其槽邏皆桫檀爲之，温潤如玉，光耀可鑑。」更：猶「極」。

〔二〕理：演奏。三國魏嵇康《琴賦》：「理正聲，奏妙曲；揚《白雪》，發《清角》。」新上曲：新進奉的樂曲。櫻桃：見《朝日敕賜櫻桃》（卷四）注釋〔一〕。唐宫廷内園多植櫻桃，皇帝常以賞賜百官、宫女。

【集　評】

（清）俞陛雲：「唐宫歌曲最精，奏《霓裳曲》者，上皇則親授散聲，貴妃則疊頒羅綺。梨園法部，不授外人，惟功臣得拜曲譜之賜。見王建《霓裳詞》中。此詩前二句所言，與王建詩之『紅鸞桿撥貼胸前』及『側商調裏唱伊州』，皆詠一事。後二句言，新曲教成，即受櫻桃之賞。唐代嘗新之例，先薦寢園，後頒臣下。王維詩『芙蓉闕下會千官』，可知典制殊崇。此因習曲而恩及歌者，見寵賜之濫加

也。」(《詩境淺説續編·七言絶句》)

華清宫[一]

温泉流入漢離宫，宫樹行行浴殿空。[二]武帝時人今欲盡，青山空閉御牆中。[三]

【注　釋】

〔一〕華清宫：唐行宫名。又名「温泉宫」。在昭應縣(治今陝西西安市臨潼區)驪山北麓。《新唐書·地理志一》(卷三七)：「有宫在驪山下，貞觀十八年置，咸亨二年始名『温泉宫』。天寶……六載，更『温泉』曰『華清宫』，宫治湯井爲池，環山列宫室，又築羅城，置百司及十宅。」其内湯池稱華清池。唐明皇與楊貴妃常游樂於此。

〔二〕漢：漢朝。唐人常借以稱唐。浴殿：指華清宫内御湯九龍殿。《長安志·縣五·臨潼》：「御湯九龍殿，亦名蓮花湯。」

〔三〕武帝：漢武帝劉徹。此代稱唐玄宗李隆基。「青山」句：因「環山列宫室，又築羅城」，故云。

【繫　年】

疑詩人與王建同游驪山作(參卷二《寄昭應王中丞》尾聯)。時建爲昭應丞(元和九年九月至十二年冬），籍在太常寺太祝或國子助教或廣文博士任。建集有《華清宫感舊》、《宫前早春》、《曉望華清宫》、《華清宫前柳》等詩。元和九年（八一四）距天寶十四載（七五五）安史之亂爆發六十年，玄宗「時人」皆至耄耋，與詩所謂「武帝時人今欲盡」合。按：詩寫華清宫的蕭條與詩人的深沉感慨，寓意深遠。

崔駙馬養鶴〔一〕

身閑無事稱高情，已有人間章句名。求得鶴來教翦翅，望仙臺下亦將行。〔二〕

【注　釋】

〔一〕崔駙馬：崔杞。見《晚春過崔駙馬東園》（卷二）注釋〔一〕。

〔二〕翦翅：剪短鶴翅上的羽毛，防其飛走。望仙臺：漢甘泉宫（在今陜西淳化縣西北甘泉山上）臺名。此借指宫中臺閣。《三輔黄圖·臺榭》（卷五）：「（漢）武帝元封二年作甘泉通天臺。《漢舊儀》云：『通天者，言此臺高通于天也。』……亦曰『候神臺』，又曰『望仙臺』，以候神明、望神仙也。」按：《增訂注釋全唐詩》謂望仙臺「在西京大明宫内」，非。《唐會要》卷五〇《雜記》：「（大中）八年八月敕改『望仙臺』爲『文思院』。始，會昌中，武宗好神仙之事，于大明宫築臺，號曰『望仙』。」知大明宫望仙臺爲武宗所築，時張籍早卒。將：攜帶，帶領。末句謂崔駙馬進宫亦攜鶴。

【繫　年】

據姚合《崔少卿鶴》詩題可知，此詩當作於崔杞任大理少卿時，即長慶（八二一—八二四）年間。詳《晚春過崔駙馬東園》（卷二）「繫年」。時張籍在國子博士或水部員外郎任。按：詩寫崔駙馬清閑無事、吟詩養鶴的生活與情趣。

【同　唱】

姚合《崔少卿鶴》：「入門石徑半高低，閑處無非是藥畦。致得仙禽無去意，花間舞罷洞中棲。」（全詩卷五〇二）

按：合詩同寫鶴，或爲同唱。

閑游①

老身不計人間事，野寺秋晴每獨過。〔一〕病眼校②來猶斷酒，卻嫌行處菊花多。〔二〕

【校　記】

①游：唐音(卷七)作「行」。

②校：唐音、庫本作「較」。

【注　釋】

〔一〕計：考慮。野寺：指京郊寺廟。每：常常。

〔二〕校：見《患眼》(卷六)注釋〔一〕。斷酒：戒酒。治眼疾需要禁酒。末句言菊花使人起飲酒之思。菊花及其莖葉可雜黍米釀酒，詳《重陽日至峽道》(卷六)注釋〔二〕。

【繫　年】

詩云「病眼校來」，寫作時間當與《患眼》(卷六)相近，即元和九年(八一四)九月。時張籍已復官太常太祝。按：詩寫詩人眼疾初愈獨游的情思。

劉兵曹贈酒〔一〕

一缾顔色似秋①泉，開②向新栽小竹前。飲罷身中更無事，移床獨就夕③陽眠。〔二〕

【校　記】

①秋：萬絶（卷二三）、宋本、全詩、庫本作「甘」。

②開：全詩作「閑」。

③夕：萬絶、宋本、陸本、庫本作「日」。

【注　釋】

〔一〕劉兵曹：名不詳。兵曹，兵曹參軍。管兵事的官員。唐諸衛，五府，左右羽林軍，太子左右衛率府，京兆、河南、太原府，大都護府，上都護府，上鎮，中鎮，下鎮等皆設兵曹。品位自正七品上階至從九品下階不等。

〔二〕更無事：謂酒酣而逍遥。床：見《宿廣德寺寄從舅》（卷二）注釋〔二〕。

【繫　年】

作於元和元年（八〇六）以後張籍居京爲官時期。

送梧州王使君①〔一〕

楚江亭上秋風起，看發蒼梧太守船。〔二〕千里同行從此別，〔三〕相逢又隔幾多年。

【校　記】

①梧州王使君：萬絶（卷二三）、庫本作「王梧州」。

【注　釋】

〔一〕梧州：州名。治所在蒼梧縣（今廣西梧州市）。《舊唐書·地理志四》（卷四一）：「梧州下，隋蒼梧郡。武德四年，平蕭銑，置梧州……天寶元年，改爲蒼梧郡。乾元元年，復爲梧州。」王使君：名不詳。使君，見《逢王建有贈》（卷四）注釋〔三〕。

〔二〕楚江：指漢江。因流經古楚地，故謂。參《贈商州王使君》（卷四）「繫年」。太守：刺史。參《贈商州王使君》注釋〔三〕。

〔三〕千里同行：謂二人自長安同行至襄陽。時張籍出使襄陽，王使君赴梧州上任。

【繫　年】

作於長慶二年（八二二）張籍以水部員外郎出使襄陽時，時爲初秋。詳《贈商州王使君》（卷四）「繫年」。

春日早朝

曉陌春寒朝騎來，瑞雲①深處見樓臺。〔一〕夜來新雨沙堤②濕，東上閤③門應未開。〔二〕

【校　記】

① 雲：席本作「烟」。

② 堤：萬絶（卷二三）、宋本、品彙（拾遺卷四）、劉本、陸本、庫本作「堤」。

③ 閤：萬絶、宋本、全詩、庫本作「閣」。按：當作「閤」。

【注　釋】

〔一〕瑞雲：瑞氣。指晨靄。見：通「現」。

〔二〕沙堤：見《沙堤行呈裴相公》（卷一）注釋〔一〕。東上閤門：唐大明宮宣政殿東側門。唐皇帝於便殿紫宸殿臨朝，喚仗由此門入。詳《早朝寄白舍人嚴郎中》（卷四）注釋〔五〕「閤門」。末句謂時尚早。

【繫　年】

作於元和十五年（八二〇）冬張籍遷國子博士預朝班後。

寄朱闞①二山人〔一〕

爲箇朝章束此身，〔二〕眼看東路②去無因。歷陽舊客今應少，〔三〕轉憶鄰家二老人。

【校　記】

① 朱闞：萬絶（卷二三）無二字。

② 路：萬絶作「洛」。按：當作「路」。張籍曾客居洛陽，王建《洛中張籍新居》可證；然據詩題「山人」判斷，「朱」、「闞」當非居洛陽。

【注　釋】

〔一〕朱闞二山人：名皆不詳。

〔二〕朝章：朝服。章，繡有日月、星辰等圖案的官服。每圖爲一章，天子十二章，群臣按品級以九、七、五、三章遞降。

〔三〕歷陽：即和州。詳《寄和州劉使君》（卷四）注釋〔一〕。張籍貞元十二年（七九六）遷居於此。舊客：老朋友。唐劉長卿《歲夜喜魏萬成郭夏雪中相尋》：「新年欲變柳，舊客共霑衣。」

【繫　年】

作於元和元年（八〇六）以後張籍居京爲官時期。

寄李渤①〔一〕

五度②谿頭躑躅紅，嵩③陽寺裏講時鐘。〔二〕春山處處行應好，一月看花到幾峰。〔三〕

【校　記】

① 渤：宋本、席本作「激」。
② 度：三體（卷一）作「渡」。
③ 嵩：宋本、陸本、席本作「高」。按：當作「嵩」。五度谿在嵩山，嵩山有「嵩陽寺」。參注釋〔二〕。

【注　釋】

〔一〕李渤（七七三—八三一）：字濬之，號白鹿先生，行第十。貞元中隱廬山白鹿洞，十九年（八〇三）移居嵩山。元和元年（八〇六）九月徵爲左拾遺，不至，移家洛陽；九年拜著作郎；十一年遷右補闕，後歷分司贊善大夫、庫部員外郎、考功員外郎。長慶元年（八二一）貶虔州刺史，轉江州刺史、職方郎中、諫議大夫、給事中。寶曆元年（八二五）出爲桂管觀察使，二年以疾罷歸。大和五年（八三一）徵爲太子賓客，七月卒。兩《唐書》有傳。

〔二〕五度谿：嵩山谿流名。度，又作「渡」。《河南通志·山川·河南府》（卷七）：「五渡溪，在登封縣東南二十五里，源出嵩山東谷白山頂。下流疏爲二十八浦，山下大潭中有石，高廣平整，其水潔洄者五，故名。……唐張籍詩『五渡溪頭躑躅紅……一月看花到幾峰。』」頭：猶「傍」。躑躅：羊躑躅，即杜鵑花。又稱「黄杜鵑」、「羊不食草」、「鬧羊花」、「驚羊花」等。《本草綱目·草·羊躑躅》（卷一七）「釋名」引陶弘景語：「羊食其葉，躑躅而死，故名。」嵩陽寺：嵩山寺名。《洛陽伽藍記·城北》（卷五）：「嵩高中有閑居寺、栖禪寺、嵩陽寺、道場寺。」嵩高，嵩山。講時鐘：高僧講經説法時敲擊的鐘聲。亦省稱「講鐘」。

〔三〕幾峰：嵩山有三十六峰，故謂。《資治通鑑·唐紀·武則天萬歲通天元年》（卷二〇五）：「禪於少室。」胡三省注引戴延之曰：「嵩山三十六峰，東曰太室，西曰少室，相去十七里，嵩其總名也。」

【繫　年】

作於李渤隱居嵩山期間。李渤《少室仙伯王君碑銘》：「貞元癸未，鄙人至自廬嶽，棲託瀯溪。」《舊唐書·李渤傳》（卷一七一）：「隱於嵩山……元和初……以山人徵爲左拾遺。渤托疾不赴，遂家東都。……九年以著作郎徵之……於是赴官。」同書《憲宗本紀》：「（元和元年九月）癸丑，以山人李渤爲左拾遺，徵不至。」合上知李渤於貞元十九年（八〇三）由廬山徙隱嵩山，元和元年九月朝廷徵詔不赴，遂家洛陽，九年入仕。又，韓愈元和三年十二月作《與少室李拾遺書》，有「今可爲之時，自藏深山，牢關而固距」語，時李渤尚隱嵩山少室。又，《宋高僧傳·唐廬山歸宗寺智常傳》（卷一七）：「李渤員外，元和六年隱嵩少，以著作徵起。」「六年」爲「九年」之誤。可見，李渤拒徵後雖家東都，但仍居嵩山，直至「赴官」。故此詩當作於貞元十九年至元和九年（八一四）間，季節爲春，時張籍居長安。按：明周珽云作於元和元年朝廷徵召不赴後（詳「集評」）。又按：詩寫嵩山美麗的春色與李渤隱居嵩山的閑適恣情。

【集　評】

（明）周珽：「時良地勝，山居逸士，徜徉行賞，誠用之不窮，取之不禁者。末句正想慕其恣情不倦處。蓋渤隱嵩山少室，元和以左拾遺召，不至；後河南尹使吏持詔促，不赴。其高節爲時所稱，故文昌以此詩寄之。」（明周珽輯《删補唐詩選脉箋釋會通評林》卷五六）

（明）顧璘：「語意清宛。」（同上）

（明）唐汝詢：「渤之興趣可想。」（同上）

（清）黄生：「三言『應行處處春山好』，倒轉句法始健。一、二實説，三、四虚説。一、二零星説，三、四囫圇説：皆從古文得來法。」（《增訂唐詩摘鈔》卷四）

尋仙〔一〕

谿頭一徑入青崖，處處仙居隔杏花。〔二〕更見峰西幽客説，〔三〕雲中猶有兩三家。

【注　釋】

〔一〕仙：指隱士。

〔二〕谿頭：谿邊。青崖：青山。「處處」句：謂山上多隱士居舍，皆掩映在杏花之中。

〔三〕幽客：隱士。唐李白《游水西簡鄭明府》：「涼風日瀟灑，幽客時憩泊。」

同白侍郎[1]杏園贈劉郎中〔一〕

一去瀟湘頭已[2]白，今朝始見杏花[3]春。〔二〕從來遷客應無數，重到花前有幾人。〔三〕

【校　記】

①同白侍郎：萬絶（卷二三）無此四字。

②已：萬絶、宋本、全詩、庫本作「欲」。

③花：英華（卷三二一）、席本作「園」，英華校「雜詠作苑」。

【注　釋】

〔一〕白侍郎：白居易。見《酬白二十二舍人早春曲江見招》（卷二）注釋〔一〕。侍郎，尚書省六部長官之副。白居易大和二年二月十九日由秘書監除刑部侍郎，十二月乞百日病假，次年三月末假滿，罷刑部侍郎，以太子賓客分司東都。杏園：長安曲江著名游覽勝地。元李好文《長安志圖》（卷中）：「杏園者，唐新進士宴游之所，在曲江雁塔之南。」劉郎中：劉禹錫。見《寄和州劉使君》（卷四）注釋〔一〕。劉禹錫大和二年三月入朝替張籍爲主客郎中。詳《贈主客劉郎中》（卷六）注釋〔一〕。

〔二〕瀟湘：瀟水與湘水的并稱。泛指今湖南地區。此指朗州（治今湖南常德市）。「永貞革新」失敗，劉禹錫被貶朗州司馬，至元和十年（八一五）方召回，尋又出爲連州、夔州、和州刺史，前後共二十四年，故云「頭已白」。「今朝」句：隱言劉禹錫步入仕途春天。

〔三〕重到花前：謂重新入朝爲官。

【繫　年】

據「重到花前」知作於大和二年（八二八）三月劉禹錫入朝時。張籍始遷國子司業。按：詩寫劉禹錫歷盡坎坷而重新入朝以及詩人的感慨。

【唱　和】

白居易《杏園花下贈劉郎中》：「怪君把酒偏惆悵，曾是貞元花下人。自别花來多少事，東風二十四回春。」（全詩卷四四八）

劉禹錫《杏園花下酬樂天見贈》：「二十餘年作逐臣，歸來還見曲江春。游人莫笑白頭醉，老醉花間有幾人。」（全詩卷三六五）

答鄱陽客藥名詩〔一〕

江皋歲暮相逢地，黄葉霜①前半夏②枝。〔二〕子夜吟詩向③松桂，心中萬事喜君知。〔三〕

【校　記】

① 霜：永樂（卷一一二〇四三）作「生」。

②夏：永樂作「下」。

③向：永樂作「問」。

【注釋】

〔一〕鄱陽：饒州屬縣，治今江西波陽縣，州治所。《舊唐書·地理志三》（卷四〇）：「饒州下。隋鄱陽郡。武德四年，平江左，置饒州，領鄱陽、新平……上饒九縣。」「鄱陽。漢縣，屬豫章郡。古城在今縣東界，有鄱江，今爲州所理。」藥名詩：詩體的一種。詩以藥名連綴而成或詩句間藏有藥名。又稱「離合體」。唐皮日休《雜體詩序》：「梁元藥名詩曰：『戍客恒山下，當思衣錦歸。』藥名由是興焉。」宋胡仔《苕溪漁隱叢話·前集》（卷二七）「陳亞」條引《西清詩話》：「藥名詩起自陳亞，非也，東漢已有離合體，至唐始著『藥名』之號，如張籍《答鄱陽客詩》云『江臯歲暮相逢地……心中萬事豈君知』是也。」按：陳亞，宋朝人，有《藥名詩》一卷。

〔二〕江臯：江邊地。半夏：藥草名。《禮記·月令》：「（仲夏之月）鹿角解，蟬始鳴，半夏生，木堇榮。」鄭玄注：「半夏，藥草。」漢史游《急就篇》（卷四）：「半夏皂莢艾橐吾。」顔師古注：「半夏，五月苗始生，居夏之半，故爲名也。」

〔三〕松桂：松樹與桂樹。按：除「半夏」外，詩句間尚藏藥名「地黄」、「梔（「枝」諧音）子」、「桂心」。地黄：以根狀莖入藥。新鮮者稱鮮地黄或鮮地，清熱生津；乾燥後稱生地黄或生地，養陰涼血；

經蒸製加工後稱熟地黄或熟地，滋腎補血。梔子：常緑灌木或小喬木。春夏開白花，夏秋結果實，生青熟黄，性寒味苦，可解熱消炎。《本草綱目·木·卮子》（卷三六）「脩治」引王好古語：「去心胸中熱用仁，去肌表熱用皮。」桂心：肉桂樹皮的裏層。《本草綱目·木·桂》（卷三四）李時珍云：「此即肉桂也，厚而辛烈，去粗皮用。其去内外皮者，即爲桂心。」

【集　評】

（清）沈濤：「藥名詩起于梁簡文，唐張籍、宋陳亞皆接踵爲之，自後作者遂多。小言破義，君子弗尚，且如張詩之『黄葉霜前半下枝』、陳詩之『衣嫌春瘦縮紗裁』，假字牽合，尤爲無工。此種詩當以渾成爲主。吾鄉蔣春雨明經（元龍）有句云：『破故紙中尋獨活，一燈如豆笑空青。』離合處如羚角之無跡，又何嘗不佳耶？」（《匏廬詩話》卷上）

（清）張德瀛：「藥名詩創於梁簡文帝。唐張籍《答鄱陽客詩》云：『江皋歲暮相逢地，黄葉霜前半夏枝。』可謂入妙。」（《詞徵》卷六「藥名詩詞」條）

寄宋景〔一〕

詔發官兵取亂臣，將軍弓箭不離身。〔二〕君今①獨在征東府，〔三〕莫遣功名屬別人。

【校　記】

①君今：全詩作「今君」。

【注　釋】

〔一〕宋景：兩《唐書》無傳。韓愈《祭石君文》：「維元和七年歲次壬辰七月二十七日，右補闕宋景、國子博士韓愈，謹以清酌庶羞之奠，敬祭于石三學士之靈。」《太平廣記·夢·韋詞》（卷二七八）引《續定命録》：「元和十年已後，景甚著，時望籍甚，有拜大憲之耗。及景自司刑郎中知雜，出爲澤州刺史，尋又物故。」知宋景元和中曾官右補闕，後遷刑部郎中，出刺澤州，尋又轉刑部郎中，一度有政聲。

〔二〕亂臣：指淮西節度使吴少陽子元濟。元濟元和九年九月自襲父位，叛唐；十二年（八一七）八月，裴度受詔持節蔡州諸軍事，督師征討。將軍：泛指討蔡將領。

〔三〕征東府：指裴度征蔡幕府。蔡州（治今河南汝南縣）在長安東南，故曰「征東」。

【繫　年】

作於元和十二年（八一七）八月後不久，時張籍在國子助教或廣文博士任。按：詩寫朝廷征蔡，勉勵宋景建立功勛。

寄王奉①御②〔一〕

愛君紫閣峰前好，新作書堂藥竈成。〔二〕見欲移居相近住，有田多與種黄精。〔三〕

【校　記】

① 奉：全詩作「侍」。

② 御：萬絶（卷二三）作「卿」。

【注　釋】

〔一〕王奉御：名不詳。吴汝煜等《全唐詩人名考》據全詩題作「王侍御」以爲指王建，當非。宋本、劉本、陸本、席本、庫本等亦皆題作「王奉御」，而王建未曾任「奉御」職。又，王建未曾居「紫閣峰前」。紫閣峰，終南山主峰之一，《元和郡縣圖志·京兆府·萬年縣》（卷一）載，「終南山，在縣南五十里」，而王建「原上新居」距長安「百里」，其《原上新居》其三：「長安無舊識，百里是天涯。」

〔二〕紫閣峰：見《寄紫閣隱者》（卷二）注釋〔一〕。藥竈：道家煉丹爐。

〔三〕見欲：希望，打算。黄精：藥草名。道家以爲瑞草，服之能長生。三國魏嵇康《與山巨源絶交書》：「又聞道士遺言，餌朮、黄精，令人久壽，意甚信之。」《本草綱目·草·黄精》（卷一二）「釋名」李時珍云：「黄精爲服食要藥，故《别録》列于草部之首，仙家以爲芝草之類，以其得坤土之精粹，故謂之黄精。」

【繫　年】

當作於元和元年（八〇六）後張籍居京爲官期間。按：詩寫王奉御隱居終南山，表達詩人追慕之情。

題渭北寺上方①〔一〕

昔祭郊壇今謁陵，〔二〕寺中高處復②來登。十餘年後③人多别，喜見當時轉讀僧。〔三〕

【校　記】

①方：原本作「人」，據萬絶（卷二三）、宋本、席本、全詩改。

②復：萬絶、宋本、全詩作「最」，席本作「重」。

③後：席本作「外」。

【注　釋】

〔一〕渭北寺：具體所在不詳。渭，渭水。上方：住持僧居住的内室。

〔二〕郊壇：朝廷祭祀天地神靈所築的土壇。有南郊、北郊之分。南郊祀天，北郊祭地。《舊唐書·禮儀志一》（卷二一）：「孟春辛日，祈穀，祀感帝于南郊……孟冬，祭神州於北郊。」「方丘祭地之外，别有神州，謂之北郊。」唐北郊壇在渭北。《文獻通考·郊社考九》（卷七六）：「乾封初，詔依舊祀神州、皇地祇，壇依舊於渭水北安置。」按：張籍參與郊祭當在任太常太祝期間。《舊唐書·職官志三》（卷四四）：「太祝掌出納神主于太廟之九室，而奉享薦禘祫之儀。凡國有大祭祀，凡郊廟之祝版，先進取署，乃送祠所。將事，則跪讀祝文，以信于神；禮成而焚之。」謁陵：拜謁帝陵。唐制，每年春、秋仲月遣公卿巡行諸帝陵。詳《拜豐陵》（卷四）注釋〔一〕。唐帝陵皆在渭北今陝西東起蒲城縣西至乾縣一帶。

〔三〕轉讀：見《題玉像堂》（卷六）注釋〔三〕。

【繫　年】

據《拜豐陵》（卷四）所謂「歲朝園寢遣公卿，學省班中亦攝行」可知，此詩當作於張籍爲國子助教與廣文博士期間（元和十一年春至十五年秋）或爲國子博士期間（元和十五年冬至長慶二年三月）。或與《拜豐陵》作於同時。按：詩寫詩人十餘年後重登渭北寺而復見轉讀僧的喜悦與感慨。

閑游①

終日不離塵土間，若爲能②見③此身閑。〔一〕今朝暫共游僧語，更恨多④時别舊山。〔二〕

【校　記】

①詩題席本作「題山寺僧院」。

②能：席本作「人」。

③見：庫本作「得」。

④多：萬絶（卷二三）、宋本、全詩、庫本作「趨」。

【注　釋】

〔一〕塵土：喻塵世。若爲：如何，怎麽。

〔二〕游僧：雲游四方的僧人。舊山：過去隱居之地。

【繫　年】

據詩所謂難「見此身閑」判斷，當作於籍爲秘書郎（元和十五年）或水部員外郎（長慶二年盛春至四年五月）或主客郎中（長慶四年七月至大和二年三月）期間。按：詩寫詩人累於塵事而向往閒靜的生活。

倡女詞〔一〕

輕鬢叢梳闊掃眉，〔二〕爲嫌風日下樓稀。畫羅金縷難相稱，故著尋常淡薄衣。〔三〕

【注釋】

〔一〕倡女詞：張籍自創的新樂府題。倡女，以歌舞娱人的婦女。亦指賣身的娼妓。南朝梁何遜《擬輕薄篇》：「倡女掩扇歌，小婦開簾織。」詞，詩歌（樂府）體裁之一種。詳《雜怨》（卷一）注釋〔一〕。

〔二〕輕鬢叢梳：古代婦女的一種髮式，即薄鬢高鬟。唐王建《宫詞》：「玉蟬金雀三層插，翠髻高叢緑鬢虚。」闊掃眉：描廣眉。古代婦女的一種妝式。《後漢書·馬廖傳》（卷二四）：「長安語曰：『城中好高髻，四方高一尺；城中好廣眉，四方且半額；城中好大袖，四方全匹帛。』」明鎦績《霏雪録》（卷上）：「唐時婦女畫眉尚闊，故老杜《北征》云：『狼籍畫眉闊。』或云言女幼不能畫眉，狼籍而闊耳。余記張司業《倡女詞》有『輕鬢叢梳闊掃眉』之句，蓋當時所尚如此。」掃眉，描眉。唐王建《貽小尼師》：「新剃青頭髮，生來未掃眉。」

〔三〕畫羅：有畫飾的絲織衣物。金縷：金絲綫。唐白居易《秦中吟·議婚》：「紅樓富家女，金縷繡羅襦。」此指繡以金絲綫的衣物。淡薄衣：樸素淡雅的衣服。二句謂倡女有素淡之美，不宜金飾玉妝。

答元八遺①紗帽〔一〕

黑②紗方帽君邊得，稱對③山前坐竹床。〔二〕唯恐被人偷樣剪④，〔三〕不曾閑戴出書堂。

【校　記】

①遺：原本作「遣」，據萬絶（卷二三）、宋本、席本、全詩改。

②黑：席本作「墨」。

③對：萬絶、宋本、劉本、陸本、庫本作「到」。

④樣剪：全詩作「剪樣」。

【注　釋】

〔一〕元八：元宗簡。見《和左司元郎中秋居十首》其一（卷二）注釋〔一〕。紗帽：易於散熱的紗製夏帽。唐白居易《夏日作》：「葛衣疎且單，紗帽輕復寬。」

〔二〕稱：適合。床：見《宿廣德寺寄從舅》（卷二）注釋〔二〕。

〔三〕偷樣剪：謂暗地裏學得其式樣。此翻用東漢名士郭林宗典。相傳林宗外出遇雨，巾被淋濕而一角下陷，時人見之，紛紛仿效，一時成爲風氣。詳《答僧拄杖》（卷二）注釋〔二〕「角巾」。

【繫　年】

詩作於元和元年（八〇六）張籍入仕至長慶二年（八二二）春元宗簡卒之間。

題僧院

聞師行講青龍院①，本寺往②來多少年。〔一〕靜掃空房唯獨坐，〔二〕千莖秋竹在簷前。

【校　記】

① 院：萬絶（卷二三）、宋本、全詩作「疏」。

② 往：萬絶、宋本、全詩、庫本作「住」。

【注　釋】

〔一〕師：對僧人、道士的尊稱。行講：指講解佛經。青龍院：青龍寺。長安城中名刹，唐密宗大師惠果駐錫之地，位於延興門内樂游原新昌坊。《長安志·唐京城三》（卷九）「新昌坊」條：「南門之東青龍寺。本隋靈感寺，開皇二年立。文帝移都，徙掘城中陵墓，葬之郊野，因置此寺，故以『靈感』爲名，至武德四年廢。龍朔二年，城陽公主復奏立爲觀音寺。初，公主疾甚，有蘇州僧法朗誦《觀音經》乞願得愈，因名焉。景雲二年，改爲青龍寺。北枕高原，南望爽塏，爲登眺之美。」按：異文「青龍疏」，佛經名，指唐代宗時青龍寺翻經沙門良賁奉敕所撰《仁王護國經疏》（見《宋高僧傳·唐京師安國寺良賁傳》卷五），或指唐玄宗時青龍寺沙門道氤奉詔所造《金剛經疏》（見《宋高僧傳·唐長安青龍寺道氤傳》卷五）。本寺：僧人駐錫之寺，即詩題所謂「僧院」。往來：謂往返於本寺與青龍寺之間。

〔三〕坐：指坐禪。

送元八〔一〕

百神齋祭相隨偏，〔二〕尋水①看山亦共行。明日城西送君去，舊游重到獨題名。〔三〕

【校　記】

① 水：萬絶（卷二三）、宋本、全詩、庫本作「竹」。

【注　釋】

〔一〕元八：元宗簡。見《和左司元郎中秋居十首》其一（卷二）注釋〔一〕。

〔二〕齋祭：齋戒祭祀。唐承古制，每年按定日在郊壇或州縣祭祀三皇、五帝、五嶽、四鎮、四海等百神。詳《舊唐書·禮儀志四》（卷二四）。相隨徧：謂詩人曾與元宗簡一同參與祭祀各種神靈的活動。按：據此推測，元宗簡或曾與張籍同在太常寺任職。

〔三〕城西：當指長安西城門金光門（詳卷六《寺宿齋》注釋〔二〕）外。唐杜甫有《至德二載甫自京金光門出問道歸鳳翔……有悲往事》詩。末句當寫別後詩人的孤獨。

【繫　年】

據首句可知，時張籍在太常太祝任。張籍元和元年調補此職，六年春夏間患眼疾罷官（詳卷六《患眼》「繫年」），九年春復官。其罷官期間不可能參與「齋祭」活動；復官後至元和十一年春遷國子助教期間，眼疾尚未痊愈（參卷六《答開州韋使君寄車前子》注釋〔三〕），「尋水看山」可能性亦小。故詩當作於元和元年至六年間。又，白居易元和五年冬所作《送元八歸鳳翔》云「與君況是經年別，暫到城來又出城」，知宗簡元和四年離京居鳳翔，次年回京旋返鳳翔。合上推測，詩當作於元和四年（八〇九）元宗簡赴鳳翔時。按：詩寫詩人與元宗簡同官同游的深厚友誼以贈別。

吴楚歌詞①〔一〕

庭前春鳥啄林聲，紅夾羅襦②縫未成。〔二〕今朝社日③停針綫，起向朱櫻樹下行。〔三〕

【校　記】

① 詩題樂府（卷八三）作「吴楚歌」，石倉（卷五九）作「吴歌詞」。

② 襦：樂府作「繻」。

③ 日：劉本作「酒」。

【注　釋】

〔一〕吴楚歌：樂府雜歌謡辭古題。《樂府詩集》收入卷八三《雜歌謡辭一》，題解：「《樂府詩集》曰：『《傅玄辭》。一曰《燕美人歌》。』」明梅鼎祚《古樂苑·雜曲歌辭》（卷三五）收晉傅玄辭，題注：「漢樂府有《吴楚汝南歌》詩十五篇。」吴楚，泛指春秋時吴、楚故地，即今長江中、下游一帶。詞：詩歌（樂府）體裁之一種。詳《雜怨》（卷一）注釋〔一〕。

〔二〕春鳥：指啄木鳥。紅夾羅襦：泛指春衣。夾，夾衣。有裹有面的雙層衣服。羅襦，見《節婦吟》

（卷一）注釋〔一二〕景象。

〔三〕社日：祭祀土地神的日子。一般在立春、立秋後第五個戊日。此指春社，即春耕前祭祀土地神，以祈豐收。《禮記·明堂位》：「是故，夏礿、秋嘗、冬烝、春社、秋省，而遂大蜡，天子之祭也。」鄭玄注：「春田祭社。」社，土地神。《國語·魯語上》：「共工氏之伯九有也，其子曰后土，能平九土，故祀以爲社。」停針綫：停下女紅。明謝肇淛《五雜俎·天部二》（卷二）：「唐、宋以前，皆以社日停針綫，而不知其所從起。余按吕公忌云：『社日男女輟業一日，否則令人不聰。』始知俗傳社日飲酒治耳聾者爲此，而停針綫者亦以此也。」朱櫻：櫻桃之一種。成熟時呈深紅色，故稱。《本草綱目·果·櫻桃》（卷三〇）「集解」引蘇頌語：「其實熟時深紅色者，謂之朱櫻。」樹下：春社活動的場所。南朝梁宗懍《荆楚歲時記》：「社日，四隣並結宗會社，宰牲牢，爲屋於樹下，先祭神，然後享其胙。」

【集　評】

（明）周珽：見《成都曲》（卷六）「集評」。

題方睦上人①月臺觀②〔一〕

一身清淨無童子，獨坐空堂得幾年？〔二〕每③夜焚香通月觀，可憐光影④最團圓。

【校記】

①題方睦上人：萬絶(卷二三)無此五字；席本「睦」作「瞳」。
②臺觀：席本作「觀臺」。
③每：宋本作「海」。
④影：萬絶、宋本、劉本、陸本作「得」，庫本作「景」。

【注釋】

〔一〕方睦上人：生平不詳。上人，對僧人的尊稱。月臺觀：樓臺名。觀，樓臺。
〔二〕清淨：佛教謂遠離罪惡與煩惱。《法華經·法師功德品第十九》(卷六)：「爾時，佛告常精進菩薩摩訶薩：『若善男子、善女人，受持是《法華經》……以是功德莊嚴六根，皆令清淨。』」坐：指坐禪。幾年：謂時間長。
〔三〕光影：月光。借指月亮。

華山①廟〔一〕

金天廟下西京道，巫女紛紛走似烟。〔二〕手把紙錢迎過客，遣求恩福到神前。〔三〕

【校　記】

① 山：席本作「岳」。

【注　釋】

〔一〕華山廟：即華嶽廟（祠）。在西嶽華山下，今陝西華陰市東華嶽鎮。漢武帝修封禪之禮時所建。東漢袁逢《西嶽華山廟碑》：「孝武皇帝修封禪之禮，思登假之道，巡省五嶽，禋祀豐備，故立宫其下，宫曰集靈宫，殿曰存仙殿，門曰望仙門。」《舊唐書·玄宗本紀上》（卷八）載，先天二年九月「癸丑，封華嶽神爲金天王」，故又稱金天王廟。

〔二〕西京道：通往京師長安的官道。唐高宗顯慶二年，以洛陽爲東都，因稱長安爲西都，一稱西京；天寶元年，定稱西京。巫女：指從事鬼神迷信活動的女子。似烟：如烟瀰漫。形容巫女多。《董逃行·古辭》：「百鳥集，來如烟。」晉陸機《隴西行》：「我静如鏡，民動如烟。」

〔三〕二句寫巫女勸客祈神以售「紙錢」。

【同　唱】

王建《華嶽廟二首》：「女巫遮客買神盤，争取琵琶廟裏彈。聞有馬蹄生拍樹，路人來去向南看。」「自移西嶽門長鎖，一箇行人一遍開。上廟參天今見在，夜頭風起覺神來。」（全詩卷三〇一）

按：據詩題與内容判斷，二詩與張籍詩或爲同唱。

病中酬元宗簡①〔一〕

東風漸暖②滿城春，獨向③深房④養病身。〔二〕莫説櫻桃花已發，今年不作看花人。

【校　記】

①酬元宗簡：萬絶（卷二三）無此四字。

②暖：席本作「漸」。

③向：宋本、全詩作「占」，萬絶作「自」。

④深房：萬絶、宋本、全詩作「幽居」。

【注　釋】

〔一〕元宗簡：見《和左司元郎中秋居十首》其一（卷二）注釋〔一〕。

〔二〕深房：指長安延康坊西明寺後詩人寓所。參《酬韓庶子》（卷二）注釋〔二〕。病：眼疾。張籍元和六年春夏間患眼疾，十一年春方愈。

【繫　年】

詩云「今年不作看花人」，當作於籍病眼罷官後首春即元和七年（八一二）春。

寺宿齋〔一〕

晚到金光門外寺，〔二〕寺中新竹隔簾多。齋宮①禁與僧相見，院院開門不得過。〔三〕

【校　記】

① 宮：萬絶（卷二三）、宋本、席本、全詩作「官」。按：當作「官」。

【注　釋】

〔一〕宿齋：祭祀前的齋戒禮儀之一。朝廷大祭前三日，百官隨君於外齋宿三日。宋陳暘《樂書・周禮訓義》（卷四二）：「古者將祭，散齋七日，宿齋三日，所謂前期十日。」清盛世佐《儀禮集編》（卷三七）引明郝敬曰：「宿，齋宿。凡祭，致齋三日。祭之前三日，齋宿於外。」

〔二〕金光門：長安西城門之一。《唐六典・尚書工部》（卷七）：「京城……西面三門：中曰金光，北曰開遠，南曰延平。」

〔三〕齋宫：供齋戒用的宫室、屋舍。《國語·周語上》：「王即齋宫，百官御事各即其齋三日。」韋昭注：「所齋之宫也。」《史記·滑稽列傳·西門豹》（卷一二六）：「爲治齋宫河上，張緹絳帷，女居其中。」此指百官宿齋的寺院房舍。按：異文「齋官」，指執掌齋祀的官員。《隋書·禮儀志二》（卷七）：「有祈禜，則齋官寄藉田省云。」過：訪問。宋陸游《老學庵筆記》（卷九）：「行在百官，以祠事致齋於僧寺，多相與偏游寺中，因游傍近園館。或齋於道宫亦然。按張文昌《僧寺宿齋》詩云：『晚到金光門外寺……』乃知唐齋禁之嚴如此。今律所云『作祀事悉禁』是也。」

【繫　年】

尋詩意，張籍時在常參官之列，故詩作於元和十五年（八二〇）冬詩人遷國子博士後。

贈施肩吾〔一〕

世間漸覺無多事，雖得①空名未著身。〔二〕合取藥成相待喫，不須先作上天人。〔三〕

【校　記】

①得：庫本、全詩作「有」。

【注釋】

〔一〕施肩吾：見《送施肩吾東歸》（卷四）注釋〔一〕。

〔二〕空名：虚名。指進士及第。未著身：謂施肩吾超脱世俗不願授官。《唐才子傳·施肩吾》：「元和十五年盧儲榜進士第後……不待除授，即東歸。張籍群公吟餞，人皆知有仙風道骨……以洪州西山十二真君羽化之地，慕其真風，高蹈於此。」著身，語出《維摩經·觀衆生品》：「時維摩詰室有一天女，見諸大人聞所説法，便現其身，即以天華散諸菩薩、大弟子上，華至諸菩薩即皆墮落，至大弟子便著不墮。……天曰：『……結習未盡，故華著身耳；結習盡者，華不著也。』」

〔三〕合藥：配製藥物。此指煉製道家所謂使人長生不老的丹藥。取：語助詞，猶「得」。上天人：仙人。

【繫年】

作於元和十五年（八二〇）或稍後。時張籍在廣文博士或秘書郎或國子博士任。

贈王建〔一〕

于①君去後交游少，東野亡②來篋笥貧。〔二〕賴有白頭王建在，〔三〕眼前猶見③詠詩人。

【校　記】

① 于：原本作「自」，據萬絶（卷二三）、宋本、紀事（卷二九）、庫本改。作「自」則一、三句抵牾。陶敏《全唐詩人名考證》：「晏幾道《臨江仙》：『東野亡來無麗句，于君去後少交親。追思往事好沾巾。白頭王建在，猶見詠詩人。……』恐以作『于君』爲是。」又，席本、全詩作「白」，亦或是。「白君」，白居易，元和十年（八一五）八月貶江州司馬，與詩意合。

② 亡：萬絶、宋本、紀事作「無」。

③ 見：紀事作「是」。

【注　釋】

〔一〕王建：見《登城寄王建》（卷二）注釋〔一〕。

〔二〕于君：于鵠。約生於天寶初（據其《山中寄樊僕射》詩推測，年齡當與樊澤相仿）。江東吴人（其《塞上曲》云「薊城通漢北，萬里别吴鄉」，《寓意》云「自小看花長不足，江邊尋得數株紅」，又有《餞司農宋卿立太尉碑了還江東》詩）。應舉未第，退隱漢陽山中。貞元中曾佐山南東道、荆南節度幕。長於樂府。張爲《詩人主客圖》列爲清奇雅正主李益之入室。去：婉言卒。于鵠約卒於元和十年冬或稍後。詳《送宫人入道》（卷二）「繫年」。東野：孟郊之字。孟郊（七五一—八一四），湖州武康（今浙江德清）人，祖籍平昌（今山東臨邑東北）。少隱嵩山，貞元十二年（七九六）進士及第，十六年初仕溧陽尉，不得志辭官。元和元年（八〇六），河南尹鄭餘慶奏爲河南水陸轉運從事，試協律郎；九年鄭鎮興元，又奏爲參謀、試大理評事，八月，郊於赴任途中暴死閿鄉（今河南靈寶）。張籍私謚貞曜先生。篋笥貧：謂少有友人唱和，箱中詩稿匱乏。

〔三〕白頭：時王建年逾五十歲，故謂。

【繫　年】

當作於元和十三年（八一八）春王建入京任太府寺丞後不久，時張籍在廣文博士任。按：詩寫友人或離或亡後詩人的孤寂與感傷，以及王建入京後詩人的喜悦。

【集　評】

（清）黄周星評末二句：「可見詠詩人之少，詩人可易得乎？」（《唐詩快》卷一五）

逢賈島〔一〕

僧房逢著款冬花，〔二〕出寺行吟①日已斜。十二街中春雪②遍③，馬蹄今去入誰家？〔三〕

【校　記】

①行吟：萬絶（卷二三）、宋本、三體（卷一）、庫本作「吟行」。

②雪：品彙作「色」。

③遍：萬絶、宋本、陸本、席本、庫本作「滿」。

【注　釋】

〔一〕賈島：見《過賈島野居》（卷二）注釋〔一〕。

〔二〕款冬花：多年生草本植物。性耐寒，嚴冬開花。《本草綱目・草・款冬花》（卷一六）「釋名」李時珍云：「《述征記》云：『洛水至歲末凝厲時，款冬生于草冰之中，則「顆凍」之名以此而得，後人訛爲「款冬」，乃「款凍」爾。款者，至也，至冬而花也。』」宗奭曰：「百草中，惟此不顧冰雪，最先春也，故世謂之『鑚凍』；雖在冰雪之下，至時亦生芽。……」

〔三〕十二街：指京師長安。唐長安城有東西向五街，南北向七街，合稱十二街。唐韓愈《南内朝賀歸呈同官》：「緑槐十二街，涣散馳輪蹄。」入誰家：謂去誰家干謁。末句謂世道艱難，賈島求仕無門。

【繫　年】

當作於元和七年(八一二)賈島由范陽至京定居後。按:詩寫詩人逢賈島而感慨其不合於時、求仕無門的境遇。

【集　評】

(元)釋圓至:「島初爲僧,名無本,此詩有『僧房』、『出寺』之語,當是島未加冠巾時作。」「張衡《四愁詩序》云:『效楚詞以香草比君子,以雪雱水深比小人。』此詩用其體。以款冬花耐寒寂比島,以春雪比小人,以日斜比時昏,而傷己與島未知所托也。杜云『風濤暮不穩,捨棹宿誰門』,此詩全用杜意。」(《箋注唐賢絶句三體詩法·實接》卷一,另見清高士奇輯注《三體唐詩》卷一)

(明)周敬:「此篇意不欲賈島之出山也。含蓄深婉,有楚狂歌鳳過孔之風。」(明周珽輯《删補唐詩選脉箋釋會通評林》卷五六)

(明)楊慎:「『僧房逢著款冬花』,正『十二街頭春雪』時也,詩人之興于時物如此。」(同上)

(明)敖英:「後二句托喻末路艱虞,知己難遇。」(同上)

(明)唐陳彝:「四語皆比,深想自然得之。」(同上)

(明)唐汝詢:「島初爲僧,已而舉進士,復鬱鬱不得意,蓋深不合於時者。故以款冬花比之,爲其甘歲寒也。出寺行吟,而當日斜,則君德有玷。彼十二街中並爲時貴所據,正如春色已遍,豈款冬所宜

居？是馬蹄無所往也。」（《唐詩解》卷二九）

（清）王堯衢：「島初爲僧，後舉進士，不合于時，鬱鬱不得志。」「（首句）以款冬花比島之能耐歲寒也。」「（第二句）謂島出寺而行吟，將有所適。奈日已斜矣，能無遲暮之感？」「（第三句）京城有十二街衢，併屬時貴所居，如春色之遍。彼款冬花者，豈能投合乎？」「（末句）馬蹄雖去，今無愛此款冬花者，而又將誰入乎？所以深嗟賈島之不合時也。」（《唐詩合解箋注》卷六）

（清）吴昌祺：「詩意當是諷島之游朱門，不如『款冬』之守歲寒也。」（《删訂唐詩解》卷一五）

（清）曹錫彤：「唐汝詢曰，島初爲僧，名無本，此詩有『僧房』、『出寺』之語，當是島未加冠巾。按題不云『逢無本上人』，且馬蹄亦無關禪意，及觀李洞之詩，實稱賈生，則島非尚爲僧，其在舉進士後與！」（《唐詩析類集訓》卷二二）

楚妃怨〔一〕

梧桐葉下黄金井，横架轆轤牽素綆。〔二〕美人初起天未明，手拂銀瓶秋水冷。〔三〕

【重　出】

全詩（卷八〇〇）重出於姚月華詩。萬絶（卷二三）、樂府（卷二九）皆署名張籍，劉本、陸本、席本亦收作張籍詩，當爲張籍作。

【注　釋】

〔一〕楚妃怨：樂府相和歌辭古題《楚妃歎》的變題。《樂府詩集》收入卷二九《相和歌辭四》。楚妃，楚莊王夫人樊姬。據傳在她的勸諫之下，楚莊王戒淫樂，勵精圖治，勤於朝政，罷免庸臣虞丘子，啟用賢良孫叔敖，楚國終成爲稱雄中原的霸主。詳《楚妃怨》（卷七）注釋〔一〕。怨，詩歌（樂府）體裁之一種。詳《雜怨》（卷一）注釋〔一〕。

〔二〕黄金井：又稱「金井」。井欄用金屬材料或飾以黄金的水井。爲對井的美稱。轆轤：以輪軸原理製成的井上汲水裝置。北魏賈思勰《齊民要術·種葵》（卷三）：「井別作桔橰、轆轤。」原注：「井深用轆轤，井淺用桔橰。」素綆：汲水桶上的繩索。二句寫宫女汲水。

〔三〕銀瓶：銀質的用以汲水的器具。唐白居易《井底引銀缾》：「井底引銀缾，銀缾欲上絲繩絶。」二句暗示宫女心「冷」如「秋水」，寫其「怨」。

【繫　年】

當作於貞元十年（七九四）秋張籍由嶺南北上薊北經荆州時。

【集　評】

（明）周珽：見《成都曲》（卷六）「集評」。

（清）毛先舒：「籍、建並稱，然建遠不如籍。籍《楚妃》、《離宫》有盛唐之調，俱得樂府遺風。建《宫詞》直落晚葉，去孟蜀花蕊夫人一間耳。《夜看揚州市》，何里巷也！」（《詩辯坻》卷三）

離宫怨〔一〕

高堂①别館連湘渚，〔二〕長向春光②開萬户。荆王去去不復來，〔三〕宫中美人自歌舞。

【校記】

①堂：席本作「唐」。

②光：萬絶（卷二三）、品彙（卷五一）、陸本、席本、庫本作「江」。

【注釋】

〔一〕離宫怨：張籍自創的新樂府題。怨，詩歌（樂府）體裁之一種。詳《雜怨》（卷一）注釋〔一〕。

〔二〕高堂：指華麗的行宫。按：席本異文「高唐」，戰國時楚國臺觀名，在雲夢澤中。傳説楚襄王游高唐，夢見巫山神女。戰國楚宋玉《高唐賦》序：「昔者楚襄王與宋玉游於雲夢之臺，望高唐之觀。」别館：行宫。《史記·李斯列傳》（卷八七）：「（始皇）治離宫别館，周徧天下。」連湘渚：謂屋舍衆多，在湘水之畔連成一片。

〔三〕荆王：楚王。荆，春秋時楚國的舊稱。《春秋·莊公十年》：「九月，荆敗蔡師于莘。」杜預注：「荆，楚本號，後改爲楚。」

【繫　年】

據詩所寫人物與地點推斷，或作於貞元九年（七九三）春張籍游荆州時。按：詩寫離宫宫女之怨，婉刺帝王荒淫腐朽；借古諷今。

【集　評】

（清）毛先舒：見《楚妃怨》（卷六）「集評」。

成都曲〔一〕

錦江近西烟水①緑，新雨山頭荔枝熟。〔二〕萬里橋邊多酒家，游人愛向誰家宿。〔三〕

【校　記】

① 烟水：唐音（卷七）作「春水」，席本作「水更」。

【注釋】

〔一〕成都曲：張籍自創的新樂府題。成都，府名。治所在成都縣（今四川成都市）。曲，詩歌（樂府）體裁之一種。詳《雜怨》（卷一）注釋〔一〕。

〔二〕錦江：見《送蜀客》（卷六）注釋〔二〕。近西：謂流經成都西郊。荔枝：果樹名。唐白居易《荔枝圖序》：「荔枝生巴峽間，樹形團團如帷蓋。葉如桂，冬青。華如橘，春榮。實如丹，夏熟。」按：成都産荔枝，陸游有疑（詳「集評」），實則尚有其他文獻記載。如北宋薛田《成都書事百韻》：「月季冒霜秋肯挫，荔支衝瘴夏宜然。」宋祁《避暑江瀆祠池》：「烟稠芰荷葉，霞熱荔支房。」江瀆祠，在成都近郊。《元和郡縣圖志·成都府·成都縣》（卷三二）：「江瀆祠，在縣南八里。」唐盧綸《送從舅成都縣丞廣歸蜀》：「晚程椒瘴熱，野飯荔枝陰。」所寫亦或爲成都附近風物。

〔三〕萬里橋：在成都南郊。《元和郡縣圖志·成都府·成都縣》（卷三一）：「萬里橋，架大江水，在縣南八里。蜀使費禕聘吴，諸葛亮祖之，禕嘆曰：『萬里之路，始於此橋。』因以爲名。」末句謂游人可以隨意選擇誰家投宿。二句寫成都的繁華。

【集評】

（宋）陸游：「張文昌《成都曲》云：『錦江近西烟水緑……游人愛向誰家宿。』此未嘗至成都者也。成都無山，亦無荔枝。蘇黄門詩云：『蜀中荔枝出嘉州，其餘及眉半有不。』蓋眉之彭山縣已無荔枝矣，

況成都乎！」(《老學庵筆記》卷五)

(明)胡應麟：「七言絶，李、王二家外，王翰《涼州詞》、王維《少年行》……張籍《成都曲》……皆樂府也。然音響自是唐人，與五言絶稍異。」(《詩藪·内篇》卷六)

(明)周珽：「益州，舊稱風景繁華之地。此首舉其都會之麗，次舉其物産之新，三舉其情事之盛，無一非不可動人思、繫人志者。末句謂恣人游宿，不妨意擇，蓋極述成都之盛也。」「唐人樂府詞，文昌可稱獨步，絶句中如《成都曲》、《春别曲》、《寒塘曲》、《涼州辭》、《吴楚歌》、《楚妃怨》、《秋思》等篇，俱跌盪風逸，逼真齊梁樂府，中透徹之禪，非有相皈依之可到。」(《删補唐詩選脉箋釋會通評林》卷五六)

(明)胡震亨：「《成都曲》：『錦江近西……』似未嘗至成都者。成都無山亦無荔枝，然此詩自不礙其風致。」(《唐音癸籤·詁箋八》卷二三「附訂譌」)

寒塘曲〔一〕

寒塘沈沈柳葉疏，水暗人語驚棲鳧。〔二〕舟中少年醉不起，持燭照水射游魚。〔三〕

【注　釋】

〔一〕寒塘曲：張籍自創的新樂府題。曲，詩歌(樂府)體裁之一種。詳《雜怨》(卷一)注釋〔一〕。

〔二〕沈沈：又作「沉沉」，寂静無聲貌。唐柳宗元《游黄溪記》：「(溪水)黛蓄膏渟，來若白虹，沈沈無聲。」人語：指飲酒少年的嬉笑聲。鳧：野鴨。狀如家鴨而略小。《詩·鄭風·女曰雞鳴》：「將翺將翔，弋鳧與雁。」朱熹集傳：「鳧，水鳥，如鴨，青色，背上有文。」

〔三〕醉不起：謂酒興酣暢而不願上岸。射魚：用弓箭射魚。捕魚的一種方法。唐陸龜蒙《漁具詩·射魚》：「彎弓注碧潯，掉尾行涼沚。青楓下晚照，正在澄明裏。抨弦斷荷扇，濺血殷菱蘂。若使禽荒聞，移之暴烟水。」其序云：「鏃而綸之曰射。」

【集評】

（明）顧璘：「跌蕩風流。」（陶文鵬等點校《唐音評注·正音》卷六）

（明）周珽：見《成都曲》（卷六）「集評」。

春別曲〔一〕

長江春水①緑堪染，蓮②葉出水大如錢。〔二〕江頭橘③樹君自種，那不長繫木蘭船。〔三〕

【校記】

① 水：席本作「波」。

②蓮：文粹（卷一二）、唐音（卷七）作「荷」。

③橋：文粹、唐音作「橋」，席本作「高」。

【注釋】

〔一〕春别曲：張籍自創的新樂府題。曲，詩歌（樂府）體裁之一種。詳《雜怨》（卷一）注釋〔一〕。

〔二〕堪染：可作染料。形容顔色深。錢：銅錢。

〔三〕木蘭船：木蘭樹製造的船。對船的美稱。此指夫君遠去所乘之船。二句寫妻子對丈夫聚少離多的怨責。其夫或爲常年漂泊在外的商人，初春時節，又啟程遠行。

【集評】

（明）顧璘：「是樂府語。」（陶文鵬等點校《唐音評注·正音》卷六）

（明）周珽：見《成都曲》（卷六）「集評」。

山禽①

山禽毛如白練帶，〔一〕栖我庭前栗②樹枝。獼猴半夜③來取栗，一雙中④林向月飛。〔二〕

【重　出】

宋高似孫《剡録・禽・拖白練》(卷一〇)作張九齡詩，然張九齡集不載。萬絶(卷二三)、唐音(卷七)、劉本、陸本、席本、全詩(卷三八六)皆作張籍詩。當爲張籍作。

【校　記】

①山禽：原本卷七「拾遺」重收此詩，已删。

②粟：原本作「粟」，據卷七、萬絶(卷二三)、唐音(卷七)、全詩、庫本等改。

③半夜：唐音作「夜半」。

④中：庫本作「出」。

【注　釋】

〔一〕白練帶：鳥名。尾上有白毛三五根，長二三尺，如白練帶，故名。宋周紫芝《太倉稊米集・雜説十三首》(卷五〇)「雜書」條：「鳥有白衣而修尾者，其潔如玉，人謂之『白練帶』，以其尾而得名也。江南人謂之『紙錢鳥』。」

〔二〕獼猴：猴的一種。以野果、野菜等爲食。中林：林中央。

秋山[1]

秋山無雲復無[2]風，溪頭看月出深松。草堂不閉石床靜，葉間墜[3]露聲重重。

【校　記】

①秋山：原本卷七「拾遺」重收此詩，已删。

②無：萬絶（卷二三）、陸本作「可」。

③墜：石倉（卷五九）作「墮」。

【繫　年】

當作於張籍早年求學「鵲山」漳水時。參《贈同谿客》（卷二）「繫年」。按：詩寫秋山月夜的寧靜和詩人看月的情致。詩境清絶。

【集　評】

（清）潘德輿：「劉夢得《生師講堂》云：『一方明月可中庭。』張籍《秋山》云：『秋山無雲可無風。』朱新仲云：『兩「可」字義不同，皆新而不怪。』此宋人講字法之魔障也。放翁『山可一窗青』，亦此類耶！」（《養一齋詩話》卷三）

玉真觀〔一〕

臺殿曾爲貴主家，春風吹盡竹窗紗。院中仙女修香火，〔二〕不許閑人入看花。

【注　釋】

〔一〕玉真觀：道觀名。在長安輔興坊。玉真，唐睿宗第九女昌隆公主道號。《舊唐書·睿宗本紀》（卷七）：「（景雲二年五月）辛丑，改西城公主爲金仙公主，昌隆公主爲玉真公主，仍置金仙、玉真兩觀。」《唐會要·觀》（卷五〇）：「玉真觀：輔興坊，與金仙觀相對。本工部尚書竇誕宅，武后時爲崇先府，景雲元年十二月七日爲第九女昌隆公主立爲觀，二年四月十日，公主改封玉真，所造觀便以玉真爲名。」

〔二〕仙女：指女道士。修香火：修道。

【繫　年】

當作於元和元年（八〇六）以後張籍居京爲官時期。

蠻中〔一〕

銅柱南邊毒草春，行人幾日到金潾①。〔二〕玉鐶②穿耳誰家女③，自抱琵琶迎海神。〔三〕

【校　記】

①潾：原本及萬絶（卷二三）、宋本、席本、全詩等作「驎」，據品彙（卷五一）改。明胡震亨《唐音癸籤·詁箋一》（卷一六）「金潾」條：「張籍《蠻中》詩：『銅柱南邊毒草春，行人幾日到金潾。』今本『潾』作『驎』，誤也。『金潾』乃交趾地名，《水經注》所謂『金潾清渚』是也。」明楊慎《升菴詩話》（卷六）「金潾」條、明方以智《通雅》（卷一六）「金潾交趾地名」條同。

②鐶：品彙作「環」。

③女：席本作「客」。

【注　釋】

〔一〕蠻中：指今廣西、越南一帶。蠻，見《賈客樂》（卷一）注釋〔四〕。

〔二〕銅柱：見《送南客》（卷二）注釋〔四〕。毒草：有毒的草。此泛指蠻中草木。幾日：猶「何日」。謂時間長。金潾：水名。又作「金鄰」、「金隣」。在今越南境内，秦屬象郡（治今廣西崇左縣）。晉左思《吴都賦》：「金鄰，象郡之渠。」唐時亦稱其流域屬國。《新唐書·楊思勖傳》（卷二〇七）：「開元初，安南蠻渠梅叔鸞叛，號黑帝，舉三十二州之衆，外結林邑、真臘、金隣等國，據海南，衆號四十萬。」《太平御覽·銀》（卷八一二）引《異物志》：「金鄰國去扶南二千餘里，土地出銀。」

〔三〕玉鐶穿耳：見《崑崙兒》（卷四）注釋〔四〕。鐶，通「環」。迎海神：祭祀海神的一種儀式。《史記·秦始皇本紀》（卷六）：「始皇夢與海神戰，如人狀。」

【繫　年】

作於貞元十年（七九四）春張籍游嶺南時。按：詩寫行人旅行蠻中及其所見風物習俗。

【集　評】

（清）宋顧樂：「三作（按：另爲《送蜀客》、《蠻州》）説出南方風土，使人如履其地。就事直抒，佈置得法，自有情景，真高手也。凡登臨風土之作，當如此寫得明淨。」（《唐人萬首絶句選評》，轉引自陳伯海主編《唐詩彙評》）

贈道士①

茆山近别剡谿逢，玉節青旄②十二重。〔一〕自説年年上天去，羅浮最近海邊峰。〔二〕

【校　記】

① 贈道士：全詩校「一作剡溪逢茅山道士」。

② 旄：萬絶（卷二三）、宋本、陸本作「毛」。

【注　釋】

〔一〕茆山：見《送揚州判官》（卷四）注釋〔一〕。剡谿：見《送越官》（卷二）注釋〔三〕。玉節青旄：道徒所持之麾節。《太平御覽·道部》（卷六七五）「節」條引《列仙傳》：「裴真人從者持青毛之節，一童帶秀囊，周君從者持黄毛之節。」十二重：謂麾節上的飾物多。

〔二〕羅浮：山名。史載有二。一在今浙江温州市北。《太平寰宇記·温州·永嘉縣》（卷九九）：「羅浮山，在州北十八里。高三十丈。《永嘉記》云：『此山秦時從海中浮來。』」一在今廣東博羅縣西北，接增城縣界。晉葛洪曾於此修道，道教稱爲「第七洞天」。《元和郡縣圖志·循州·

博羅縣》(卷三四):「羅浮山,在縣西北二十八里。羅山之西有浮山,蓋蓬萊之一阜,浮海而至,與羅山並體,故曰羅浮。高三百六十丈,周迴三百二十七里,峻天之峰,四百三十有二焉。」據詩所謂「剡谿逢」推斷,此當指温州羅浮山。末句謂道士將往海邊的羅浮山。

【繫　年】

作於貞元十二年(七九六)夏秋間南游剡谿時。

重平①驛作②〔一〕

茫茫菰草平如地,〔二〕渺渺長堤曲似城。日暮未知投宿處,逢人更問向前程。

【校　記】

① 重平:萬絶(卷二三)、宋本、品彙(卷五一)、陸本、席本作「望平」,庫本作「平望」。按:作「重平」、「平望」或是。平望驛,在今江蘇吴江縣。唐張祐有《題平望驛》:「一派吴興水,西來此驛分。」《大清一統志·蘇州府》(卷五五):「平望驛:在吴江縣東門外。唐置,驛在平望鎮,後因之。」

② 作:萬絶、庫本無此字。

【注　釋】

〔一〕重平：縣名。故城在今山東省安德縣西北。《太平寰宇記·德州·德平縣》（卷六四）：「重平故城，在縣西北三十里。漢爲縣，後漢省。今有故城存。後魏宣武帝景明三年復置，高齊天保七年省併入平昌縣。」或驛處重平故地而得名。

〔二〕菰：俗稱「茭白」。多年生草本植物，生於池沼；果實狹圓柱形，名「菰米」，又稱「雕胡米」。

【繫　年】

作於貞元十二年（七九六）四月，時詩人由薊北返蘇州，枉道河北鶴嶺訪王建，途經重平驛。按：如題爲「平望驛」，則當作於詩人早期漫游江南時，或貞元十二年夏秋間南游湖、杭途中。按：詩寫詩人面對茫茫原野而無處投宿的旅愁。

宿天竺寺寄靈隱①寺②僧〔一〕

夜向靈谿息此身，〔二〕風泉竹露淨衣塵。月明石上堪同宿，那作山南山北人。〔三〕

【校　記】

① 靈隱：原本作「盧隱」，據萬絶（卷二三）、宋本、席本、全詩、庫本等改。天竺寺在杭州，杭州有靈

隱寺而無盧隱寺。

② 寺：萬絶、庫本無此字。

【注釋】

〔一〕天竺寺：指後世所謂「下天竺寺」。位於杭州天竺山，隋開皇中就晉慧理翻經院改建。明田汝成《西湖游覽志》（卷一一）：「下天竺寺，坐靈鷲山麓，亦晉僧慧理建，隋開皇十五年有僧真觀者……與禪師道安……拓而修之，號南天竺寺。」按：唐後天竺山又建有上、中天竺寺；上天竺寺建於後晉天福中，中天竺寺建於宋太平興國初。靈隱寺：位於杭州靈隱山。晉咸和元年印度僧人慧理創建，慧理以爲「佛在世日，多爲仙靈之所隱」，因名「靈隱」。《方輿勝覽·臨安府》（卷一）：「靈隱寺：在錢塘十二里。靈隱、天竺兩山，由一門而入。」元潛説友《咸淳臨安志·山川二》（卷二三）「飛來峰」條引晏元獻《輿地志》：「晉咸和元年，西天僧慧理登兹山，歎曰：『此是中天竺國靈鷲山之小嶺，不知何年飛來。佛在世日，多爲仙靈所隱，今此亦復爾邪？』因掛錫造靈隱寺，號其峰曰『飛來』。」

〔二〕靈谿：谿流的美稱。晉郭璞《游仙詩十九首》其一：「靈谿可潛盤，安事登雲梯。」此當指天竺寺南之「南澗」。詳下所引《咸淳臨安志》。

〔三〕那：即「奈何」。《左傳·宣公二年》：「牛則有皮，犀兕尚多，棄甲則那？」楊伯峻注：「那，奈何之合音，顧炎武《日知録》三十二云：『直言之曰「那」，長言之曰「奈何」，一也。』」唐李白《長干行二首》其二：「那作商人婦，愁水復愁風。」山：指杭州飛來峰。天竺、靈隱二寺分别在飛來峰南、北，故曰「山南山北」。唐賈島《早秋寄題天竺靈隱寺》：「峰前峰後寺新秋，絶頂高窗見沃洲。」《咸淳臨安志·山川二》「合澗橋」條：「靈山之陰、北澗之陽，即靈隱寺；靈山之南、南澗之陽，即天竺寺。」靈山，印度佛教聖地靈鷲山的簡稱，此稱飛來峰。詳上《咸淳臨安志》所引宋晏元獻《輿地志》。二句謂己在天竺寺而對方在靈隱寺，不得同宿。

【繫　年】

作於貞元十二年（七九六）夏秋間張籍游杭州時。